Sabine Gronover
Falkenmord

Bisher von der Autorin bei *KBV* erschienen:

Wölfe im Münsterland
Edles Geblüt
Die Rotte

Sabine Gronover, geboren 1969 in Hamm-Heessen, studierte Diplom-Pädagogik und Kunsttherapie an der WW Universität Münster und arbeitet als Therapeutin an der LWL-Klinik Münster sowie auf einer Palliativstation und im Hospiz. Sie lebt mit ihrer Familie und einigen Tieren auf dem Land in Mersch-Drensteinfurt.
Falkenmord ist der vierte Teil ihrer Münsterland-Krimireihe bei KBV. www.sabinegronover.de

SABINE GRONOVER

FALKENMORD

Originalausgabe
© 2023 KBV Verlags- und Mediengesellschaft mbH, Hillesheim
www.kbv-verlag.de
E-Mail: info@kbv-verlag.de
Telefon: 0 65 93 - 998 96-0
Umschlaggestaltung: Ralf Kramp
unter Verwendung von © misplaced_photon und
© Marcus Retkowietz - beide: stock.adobe.com
Lektorat: Volker Maria Neumann, Köln
Druck: CPI books, Ebner & Spiegel GmbH, Ulm
Printed in Germany
ISBN 978-3-95441-646-2

*Probleme kann man niemals
mit derselben Denkweise lösen,
durch die sie entstanden sind.*

Albert Einstein

1. KAPITEL

Die Luft roch angenehm feucht und blumig, der Frühling nahte. Ihre Lieblingszeit war eigentlich der Herbst, wenn es zunehmend früher dunkel wurde und sich eine gewisse Ruhe auf die Umgebung legte. Im Sommer meinten alle Leute, sie müssten die meiste Zeit draußen herumspringen, ihren Müll verteilen und lauthals die Sonne anbeten. Im Herbst dagegen hatte sie den Wald für sich allein.

Sie hörte den Jogger, bevor sie ihn sah, und duckte sich schnell hinter eine der dicken Eichen. Es war ein sportlicher Typ mit breiten Schultern und einem lockeren Laufbild. Bis unerwartet aus dem Dickicht ein Bussard wie ein Pfeil hervorstieß, seine Flügel nach hinten streckte und die Krallen vorwärts ausrichtete.

»Kamerad, bleib bloß, wo du bist!«, rief der Jogger aus und wehrte den Vogel mit den Armen ab.

Der Vogel ließ sich dadurch jedoch nicht beeindrucken, sondern wurde durch das Manöver erst richtig aggressiv und griff erneut an. Sie sah, wie der junge Mann die Hand schützend zum Gesicht hob, doch es war zu spät. Der Bussard erwischte ihn mit scharfen Krallen im Gesicht. Blut quoll zwischen den Fingern hervor. Sie konnte das erschrockene Gesicht deutlich sehen. *Lauf doch endlich weg*, hätte sie ihm am liebsten laut zugerufen. Denn mehr wollte der Greifvogel ja gar nicht, wusste sie. Das Tier verteidigte nur seinen Horst und würde sofort von dem Mann ablassen, wenn der seinen Hintern endlich wegbewegte. Stattdessen wedelte der Jogger wütend mit den Armen in der Luft herum, entschied sich dann aber doch noch zum Rückzug. Er rannte plötzlich in die Richtung, aus der er gekommen war.

Nach zwei Minuten wagte sie selbst sich aus der Deckung und suchte nach dem Horst. Denn nur dann griffen Mäusebussarde an, wenn sie jemanden aus der Nähe ihrer Brut verjagen wollten. Mit ruhigen Bewegungen schoss sie ein Foto von dem Horst, als sie ihn gefunden hatte.

»Sorg du mal schön für deine Brut, damit die Jungen groß und stark werden«, sagte sie leise und ging lächelnd davon.

* * *

»Wie siehst du denn aus?«

Sein Chef blickte ihn belustigt an, und er hatte damit gerechnet. Dirk Kemper wusste, wie er gerade aussah. Als hätte er mit einer Furie gekämpft. Jeder, der ihn kannte, wusste, dass seine Freundin Ella ihn verbal in die Enge treiben konnte, nicht aber ihre Fingernägel in sein Gesicht vergraben würde. Aber genau so sah er aus. Zwei dicke, blutrote Striemen zogen sich über seine linke Wange. Da konnte er nur hoffen, dass keine Narbe zurückblieb. Als Polizist, der viel auf seine körperliche Fitness hielt und einen Ruf zu verlieren hatte, konnte er jetzt mit einigen blöden Kommentaren rechnen. Das war Dirk bewusst, als er am heutigen Montag auf seiner Dienststelle in Warendorf erschien.

»Ich wurde angegriffen. Beim Joggen.«

»Von einer Frau oder von einem Ast?« Kommissar Horst Schmitt grinste.

Der musste gerade laut tönen, dachte Dirk. Wenn sein tierphobischer Chef wüsste, woher er die tiefen Kratzer an der Wange hatte, würde das Spötteln aufhören. Er setzte sich auf seinen Platz, machte eine kunstvolle Pause und verkündete dann: »Von einem Mäusebussard.«

»Du meine Güte. Ich habe davon gelesen, dass die Vögel recht frech werden können, wenn man ihren Jungen im Horst zu nahe kommt. Sie brüten zurzeit. Was musst du auch immer durch den Wald laufen?« Völlig ungerührt, kein Zittern in der Stimme und schon gar kein Mitleid. Seitdem Schmitt an einen Dackel gekommen war, wurde er immer abgebrühter. Dabei würde der Dackel in einem Meerschweinchengehege kaum auffallen, so klein war er.

Schmollend fuhr Dirk den Computer hoch. »Pass bloß auf, dass so ein Greif nicht mal deinen John davonträgt. Den verspeisen die zum Frühstück.«

Jetzt glitt tatsächlich ein leicht panischer Blick über das Gesicht des Kommissars. »Meinst du wirklich, das könnte passieren? Dackel sind doch auch Raubtiere. Das müsste so ein Bussard doch ahnen.«

Dirk zog die Augenbrauen hoch. Sich John als Raubtier vorzustellen, fiel ihm schwer, auch wenn sein Chef streng genommen recht hatte. Ein Dackel war sogar ein Jagdhund. »Ich habe mal gesehen, wie sich so ein Vogel ein Meerschweinchen aus dem Freigehege meiner Nichte gepackt hat und damit weggeflogen ist. Den Bussard, der mich angegriffen hat, hat es jedenfalls nicht interessiert, dass ich am Abend zuvor noch raubtiergleich ein halbes Hähnchen gegessen hatte und dass ich eher einem Baum ähnele als einem Kaninchen. Er ist mit den Krallen voran auf mich los, und nur ein gezielter Haken auf seinen Schnabel hat ihn verscheucht.« Dirk nickte gewichtig und fasste an seine Wange, auf der die beiden Kratzer ganz schön brannten.

Unwillkürlich ging die Hand von Horst Schmitt nach unten, wo sein John auf einer Decke zusammengerollt lag und schlief. Dann meinte er, während er aufstand und näher kam. »Vielleicht solltest du das verarzten lassen. Also desinfizieren zumindest. Raubvogelkrallen sind bestimmt alles andere als sauber.«

Dirk dachte daran, dass seine Freundin Ella ihm dies auch schon empfohlen hatte, aber er war kein Weichei und hatte wegen dieser Kratzer nicht zu spät zum Dienst erscheinen wollen. Ella hatte ihn ruppig beim Erzählen seiner Heldentat unterbrochen und gezischt: »Auf einen Raubvogel beim Angriff einfach draufzuhauen, ist ja wohl die dümmste aller Ideen. Davor wird dringend gewarnt.« Missbilligend hatte sie ihren Kopf geschüttelt, dass die blonden Haare Wellen schlugen.

Als wenn er groß Zeit zum Nachdenken gehabt hätte. Abwehrreaktionen geschahen meist instinktiv.

»Lass mal, Horst. Das heilt schon wieder«, sagte er nun ein wenig genervt zu seinem Chef. »Haben wir nichts Besseres zu tun, als über meine Blessuren zu reden?«

»Doch, aber es wird dir nicht gefallen. Im Hotel Johann hat ein Kunde die Zeche geprellt. Er habe auf seine ganz eigene Art ausgecheckt, meinte der Hotelier zumindest. Der geht davon aus, dass sein Gast nämlich so heimlich verschwunden ist, dass er nur das Fenster genommen haben kann. Sämtliche Personenangaben, die er gemacht hat, sind falsch. Fühlst du dich in der Lage, dort hinzufahren und dir eine Personenbeschreibung geben zu lassen? Fred Hauptmann ist schon vor Ort und nimmt Fingerabdrücke etc.«

Dirk stöhnte innerlich. Ausgerechnet der rotbärtige Fred, der alles tat, um Kommissar Schmitt zu beeindrucken. Und dabei auch noch kollegial und nett war. Und zwar auf eine Art, die es Dirk schwer machte, schlecht über ihn zu reden. Aber Fred hatte wohl erkannt, dass Dirk die rechte Hand des Kommissars bleiben würde und war vor einigen Monaten zur Spusi gewechselt. Stöhnend und steif stand Dirk wieder auf. Da hätte er sich ja gar nicht erst hinzusetzen brauchen. »Und was machst du, Chef? Kommst du nicht mit?«

»Ich ruhe mich aus und warte auf einen interessanteren Fall.« Schmitt strich mit der Hand über seinen kurzen Bürstenschnitt und lächelte diabolisch.

Dirk schnappte sich den Schlüssel eines Dienstfahrzeugs und machte sich auf den Weg. Trotz der Hotelparkplätze parkte er den Wagen mit einer kindlichen

Freude direkt vor der Eingangstür des Hotels. An der Rezeption erwartete ihn ein rotgesichtiger Mann Anfang vierzig, der zwar ein volles Gesicht, aber eine relativ schmale Figur besaß, sodass er optisch falsch zusammengesetzt schien.

»Also so eine Frechheit ist mir noch nicht untergekommen. Da zeigt man sich einmal nachgiebig und akzeptiert die Barzahlung, und dann so was.«

Dirk zog die Brauen hoch. »Guten Tag erst mal. Dirk Kemper mein Name. Wenn er bar bezahlt hat, ist doch alles gut, oder hat er die Handtücher mitgenommen?«

Der Hotelier, der sich mit dem Namen Rolf Maas vorstellte, raufte sich seine dünnen Haare. »Er hat für eine Nacht bar bezahlt und dann bei einem Mitarbeiter verlängert. Der dachte natürlich, wie hätten eh die Kreditkarte gespeichert, und hat es abgenickt. Der gesamte Verzehr aus Restaurant und Bar und die vier Nächte, das alles wurde einfach immer auf die Zimmernummer notiert.«

Das war mal ein geschicktes Vorgehen, dachte Dirk und zückte Stift und Notizbuch und schrieb sich alles auf, was in die Anzeige musste. Bei dem Namen, den der Mann beim Einchecken angegeben hatte, runzelte er misstrauisch die Stirn. Markus Müller aus Köln. Na prima. Er gab die hinterlegte Adresse ein und suchte den Mann zunächst einfach über verschiedene Register und starrte dann grinsend auf sein Handy. »Die gute Nachricht ist: Ihr Gast hat Humor. An der angegebenen Adresse befindet sich ein Friedhof. Hoffentlich ist das kein Hinweis, dass er Selbstmord begehen wollte.« Dirk steckte das Handy wieder ein und grinste noch immer, bis ihn der Hotelier anpflaumte.

»Sie finden das wohl alles sehr witzig, oder? Wir Gastronomen haben es eh schon schwer genug, da zählt jede Rechnung.« Am Ende fragte Maas beinahe bittend: »Sie kriegen den Kerl, oder?«

Dirk nickte nur dezent. »Mal sehen. Ist ja nicht ganz einfach mit einem wahrscheinlich falschen Namen und ohne Foto. Der kann schon über alle Berge sein.«

Eine blonde, dralle Frau in der Kleidung einer Servicekraft kam aus dem Restaurant und pfiff wie ein Hafenjunge. »Hallo, Ihr Job scheint ja richtig gefährlich zu sein. Das sieht sehr nach einer weiblichen Raubkatze aus.« Sie blickte amüsiert auf die tiefen Kratzer, und Dirk antwortete prompt: »Es war ein Mäusebussard, aber ja, wahrscheinlich weiblich.«

»Chef«, wandte sie sich an ihren Kollegen, »einer aus der Radfahrertruppe meinte, er habe mit unserem Flüchtigen ein paar Worte gewechselt. Er wohnt angeblich wirklich in Köln.« Dann wandte sie sich wieder an Dirk. »Sie können ja mal bei den Kollegen in Köln wegen der Fingerabdrücke nachfragen.« Sie setzte ein schlaues Gesicht auf, was ihren Ratschlag aber nicht schlauer machte.

Dirk wies sie darauf hin, dass die Datenbank mit den erfassten Fingerabdrücken sogar in mehreren Ländern global abrufbar sei. »Sollte Ihr Hotelgast in den Niederlanden am Strand seine Fingerabdrücke beim Raub eines Fischkutters hinterlassen haben, dann wissen wir das auch hier in Deutschland«, setzte er neunmalklug hinzu. »Wie war denn seine Aussprache?«

»Feucht, oder was meinen Sie?«, fragte die Blonde mit einem frechen Lächeln.

Dafür hatte Dirk nur ein Heben der linken Augenbraue übrig.

Der Hotelier antwortete ernsthafter: »Er sprach jedenfalls wie ein Rheinländer, Kölner oder Düsseldorfer. Das passte schon zur Adresse.«

In dem Moment vibrierte Dirks Handy in der Hosentasche. *Chef* stand im Display. Er entschuldigte sich mit einem Nicken und drehte sich um, als er das Gespräch annahm und Schmitt ihm mitteilte:

»Vergessen Sie den langweiligen Mundraub im Hotel. Wir haben einen Toten!«

* * *

Er sah den Adler kreisen, in großen Runden, die immer enger wurden, während das schöne Tier langsam näher kam. Eine majestätische Ruhe ging von ihm aus. Henry bewunderte die schöne Färbung des Adlers, der auf ihn zusteuerte. Dann sah er die unglaublich kräftigen Füße, die mit den gebogenen, tödlichen Krallen an Dinosaurier erinnerten. Das Schlagen der Flügel war nun gut zu hören. Die Krallen voraus flog der Greifvogel zu ihm und landete dann mit einem letzten Schlagen der Flügel auf seinem Arm. Dank der Lederhülle spürte er nichts von den Krallen.

Vis-à-vis mit einem Adler, das hatte sich Henry schon als Kind gewünscht. Der gebogene Schnabel und die stechend braunen Augen waren für den kleinen Jungen damals keine tierischen Merkmale gewesen. In Greifvögeln steckten verwandelte Helden, das waren nicht einfach Tiere. Die Arbeit als Erwachsener mit Greifvögeln hatte ihm einen Teil des Zaubers von damals genommen. Aber die Faszination war geblieben. Klug, mutig und unerbittlich waren seine Vögel.

Liebevoll betrachtete er den Adler, der zu einer Sammlung von drei Raubvögeln gehörte. Henry war seit über zwanzig Jahren Falkner. Den Adler hatte er sich erst vor Kurzem gegönnt. Mit so einem Vogel war es komplizierter als mit Wüstenbussarden oder Falken. Ein Adler wollte mehr, er ging eine Partnerschaft mit seinem Falkner ein und konnte dabei schon mal unangenehme Besitzansprüche geltend machen. Dessen war sich Henry bewusst. Mit langsamen Schritten ging er zu der großen Voliere und setzte Dragon dorthin zurück. Die Dämmerung hatte ihn überrascht; es war schon später, als er gedacht hatte. Die Arbeit mit Tieren ließ ihn die Zeit vergessen.

Ein Geräusch aus dem Schuppen, in dem er lauter Trainingsmaterial und jagdliche Utensilien aufbewahrte, machte ihn stutzig. Welche Maus war so leichtsinnig, in Reichweite von drei oft frei fliegenden Raubvögeln eine Wohngelegenheit zu suchen? Bei dem Gedanken musste er grinsen und nahm seinen Lederschutz ab, um ihn in den Schuppen zu bringen. Dort herrschte Dämmerlicht, und seine Augen mussten sich erst daran gewöhnen. Es gab auch einen Lichtschalter, aber es dauerte immer ewig, bis die alte Neonröhre reagierte. Also fand er sich lieber so zurecht und legte den Lederhandschuh in ein Regalfach, in dem sich noch weitere Lederutensilien für die Falknerei befanden.

Plötzlich packte ihn jemand von hinten am Kragen und zog die Jacke nach unten. Mit einem Aufschrei drehte Henry sich um und blickte auf eine Raubvogelklaue, die sich in diesem Moment mit voller Kraft in seine Kehle grub und die Haut mitsamt den darunter liegenden Gefäßen aufriss. Henrys Hand ging reflexartig zu seiner Kehle. Warm floss es ihm durch die Finger, seine Kraft ließ augenblicklich nach und der Arm sank hinab. Er bekam keine Luft mehr und ging mit einem gurgelnden Laut zu Boden.

Das Letzte, was er sah, war sein Blut, wie es über ein paar dunkle Sneaker spritzte, als er auf dem Boden aufschlug. Nur noch schwach hörte Henry das Gekreische seiner Raubvögel.

* * *

Schmitt legte auf und rieb sich über ein paar kaum sichtbare Bartstoppeln. Vielleicht hätte er Dirk besser seinen Job machen lassen, aber der Anruf, den er gerade von einer gewissen Mildred Buhl bekommen hatte, war mehr als skurril gewesen. Die Dame hatte ihm mitgeteilt, dass ihr das Schreien der Raubvögel vom Nachbargrundstück nicht zum ersten Mal den letzten Nerv geraubt habe. Aber heute Mittag sei es besonders schlimm gewesen.

»Haben Sie mal einen Bussard und einen Falken um die Wette singen hören?«

Sprach man bei diesen Vögeln überhaupt von Singen, fragte sich Schmitt, zunehmend amüsiert von der Dame, deren Anliegen er nicht recht erraten konnte. Eine Lerche war ein Singvogel, aber ein Falke? Schmitt hatte ihr höflich, wie es seine Art war, geantwortet: »Nein, meiner Meinung nach sind diese Vögel recht lautlos. Den Ruf einer Eule habe ich nachts schon mal gehört. Das klang sehr gemütlich.«

»Hören Sie mal, ich rede hier nicht von einem romantischen Spaziergang in Mutters Natur. Hundert Meter von mir entfernt hält mein Nachbar Raubvögel. Er hat mehrere davon, mordlustig – und einer riesengroß! Und wenn die nicht alltäglich beschäftigt werden, dann sind sie unleidlich.«

Das klang jetzt eher so, als spräche sie von ihrem Ehemann. Unleidlich. Er grinste. »Darf der das denn einfach so?«, fragte Schmitt, dem das Gespräch aus irgendeinem Grund sogar Spaß machte. Er liebte die ländliche Bevölkerung Westfalens.

»Himmel Herrschaftszeiten, Sie sollten mit den Gesetzen des Landes schon ein wenig vertraut sein, oder bin ich gar nicht mit der Polizei verbunden? Sie sind doch noch für Mord zuständig, oder?«

»Ja, aber ein Raubvogel folgt seiner Natur, wenn er ein Kaninchen erlegt. Und das Halten von Raubvögeln obliegt den Falknern. Da müsste man jetzt prüfen, ob Ihr Nachbar ...«

Weiter kam er nicht. »Ich kürze das jetzt mal ab, Herr Kommissar. Mein Nachbar heißt Henry Thomas, und er ist Falkner. Oder besser: Er war es. Und ich möchte, dass Sie jetzt vorbeikommen oder jemanden schicken, der sich mit Raubvögeln auskennt. Die können hier nicht bleiben.«

Schmitt nahm nun mit Bedacht den Hörer in die andere Hand. Er hatte die Vermutung, etwas Wichtiges nicht verstanden zu haben. Oder verschwieg die Dame ihm etwas Wesentliches? Vorsichtig fragte er: »Wo, sagten Sie, ist Ihr Nachbar Henry gerade?«

»Ich habe noch gar nicht gesagt, wo er ist, aber wenn Sie es nun schonungslos wissen möchten: Er liegt in seinem Schuppen, und seine Kehle sieht aus wie ein schlecht zubereitetes Mett. Bevor die nächste dumme Frage kommt, ein Krankenwagen macht keinen Sinn mehr, aber so ein paar Leute, die Spuren sichern können wie beim Tatort im Fernsehen, sollten sich mal Zeit nehmen. Der Schuppen bietet da einiges.«

Als er sich nun mit dem Kollegen Kemper auf den Weg machte, hatte er keine Ahnung, was sie erwartete. Laut Adresse lag das Grundstück ein wenig außerhalb von Warendorf in Richtung Telgte. Die Frau am Telefon hatte ihm versprochen, am Tatort zu bleiben, bis Schmitt mit seinen Männern dort auftauchte. Ihr einen Seelsorger anzubieten, das hatte Schmitt sich nicht getraut. Mildred Buhl machte nicht den Eindruck, als bräuchte sie tröstenden Zuspruch. Aber womöglich sein junger Kollege neben ihm.

Dirk Kemper begleitete ihn schon seit ein paar Jahren und hatte daher auch schon Leichen gesehen. Aber die Beschreibung von Frau Buhl ließ viel Raum für Horrorszenarien zu. Daher bereute Schmitt es nun, dass er so übereifrig Dirk aus dem Hotel weggerufen hatte. Unterwegs im Auto klärte er ihn über die Details auf. Die Hand des jungen Polizisten ging unwillkürlich zu seiner Wunde an der Wange, die Schmitt hier im Auto doch erheblich gerötet vorkam.

»Ein Falkner? Das ist doch mal ein interessantes Mordopfer. Hat einer seiner Raubvögel die Lieblingstaube des Nachbarn getötet?«

Noch scherzte der junge Kollege herum, doch wenig später hielten sie auf dem Schotterweg direkt neben den Volieren. Beim Anblick der drei Raubvögel, die sie mit ihren stechenden Blicken ganz genau beobachteten, wurden sie beide etwas andächtig. Selbst ein majestätischer Adler blickte auf sie herab.

»Was für herrschaftliche Tiere«, sagte Schmitt und wirbelte herum, denn die kräftige Altstimme einer Frau ertönte.

»Schönheit gepaart mit Mordlust, wenn Sie mich fragen. In Montreal soll ein Steinadler mal ein Kleinkind gepackt haben und wollte damit davonfliegen. So ein Adler gehört doch nicht nach Warendorf.«

Schmitt blickte auf eine Frau Anfang sechzig mit grauen Haaren, die unter einem Kopftuch hervorlugten, und einem vom Wetter gegerbten, vollen Gesicht. Ihre kräftigen Beine steckten in Gummistiefeln, und er stöhnte innerlich auf, als er die Blutspuren auf dem hellgrünen Gummi entdeckte. Die Dame hatte also den Tatort bereits verdorben. Aber wie hätte sie auch sonst feststellen sollen, ob ihr Nachbar noch Hilfe brauchte.

»Guten Tag, Kommissar Schmitt«, sagte er, »wir hatten miteinander telefoniert. Das ist Herr Kemper, mein Assistent. Können Sie uns die Leiche zeigen?« Er wurde unterbrochen, denn nun kamen auch die beiden Beamten von der Spurensicherung.

Mildred Buhl blickte mit zusammengekniffenen Augen gegen die Sonne und zeigte auf einen Holzschuppen. »Da drin liegt er. Sind auch schon ein paar Fliegen dabei. Ich schätze, er hat es schon gestern Abend hinter sich gehabt.«

Schmitt ging voran, die beiden Männer der Spusi folgten artig. Schmitt gab Dirk aber ein Zeichen, bei der Frau zu bleiben. Im Schuppen hörte er bereits das

Brummen einiger Fliegen. Es war März, und die wenigen warmen Tage hatten bereits für das Erwachen zahlreicher Insekten gesorgt. Und der metallische Geruch von Blut nahm ebenfalls zu, doch zum Glück war die Nacht kalt genug gewesen, um den Verwesungsprozess in Grenzen zu halten.

Henry war ein großer, schlanker Mann gewesen, der nun beinahe die Länge seines Schuppens einnahm. Und es war nur zu deutlich, woran er gestorben war. Die Kehle war aufgerissen, als hätte sich ein Raubtier über ihn hergemacht. Schmitt zuckte zusammen, denn der Anblick erinnerte ihn schlagartig an den Mordfall in Oelde, bei dem eine Frau ganz ähnliche Verletzungen am Hals aufgewiesen hatte und viele Bürger und Bürgerinnen panisch einen herumstreifenden Wolf in Verdacht gehabt hatten. Schmitt trat vorsichtig näher und untersuchte den Kopf des Toten, fand aber keine Zeichen weiterer Gewaltanwendung. Auch nicht am Oberkörper, soweit er das in der Kürze feststellen konnte. Angesichts der Volieren hätte man vermuten können, dass ein Raubvogel ihm die Kehle aufgeschlitzt hatte, aber so naiv war nicht einmal Kommissar Schmitt, auch wenn er große Tiere für potenziell gefährlich für Leib und Leben hielt. In der Theorie. In der Praxis war das größte Raubtier der Mensch.

»Kollegen, ich tippe auf Mord. Wer kümmert sich um einen Bestatter, der uns den Leichnam schnellstmöglich in die Rechtsmedizin bringt?«

Fred, einer der Männer von der Spusi, zog bereits sein Handy hervor. »Ich kümmere mich darum.« Doch auch er konnte den Blick kaum von der Leiche abwenden, während er in den Kontakten nach einer Nummer suchte und dann das Handy wählen ließ.

Der zweite Beamte packte derweil eine Kamera aus und machte Fotos von dem Leichnam und der inzwischen mit den typischen Schildchen ausgestatteten Umgebung.

Der Tote war etwa Anfang fünfzig, schätzte Schmitt, und sportlich. Einen Ehering trug er nicht, doch das musste nichts bedeuten. Vorsichtig tastete der Kommissar in den Jackentaschen nach einem Portemonnaie und zog schließlich eine Brieftasche und ein Handy hervor. Er blickte sich in dem Schuppen um, ob er eine mögliche Waffe erkennen könnte, die für das Massaker verantwortlich war, doch er entdeckte nur harmloses Werkzeug sowie Fallen, Lederhandschuhe und allerlei Krimskrams.

Dirk Kemper erschien am Eingang des Schuppens und lugte hinein. »Krass, was ist denn mit dem passiert?«

»Bleib, wo du bist, Dirk, hier trampeln schon genug Leute herum.« Das hätte er sich ja denken können, dass eine furchtbar hergerichtete Leiche dem Polizisten nicht das Frühstück hervorholte. Solange es ein Mann war. Bei einer Frauenleiche wurde Kemper sensibel. »Hier, prüf doch mal die Papiere des Unglücksraben.« Schmitt reichte ihm die Brieftasche und Dirk verschwand wieder aus dem Blickfeld.

Dafür stand nun Mildred Buhl im Türrahmen und rümpfte die Nase. »Ich hab nix übrig für Falkner und Jäger, aber das hat wohl keiner verdient. Wer macht so was, Herr Kommissar?«

»Ich werde es herausfinden«, antwortete er grimmig. »Aber jetzt ist es noch zu früh für diese Frage, meine Liebe. War Ihr Nachbar verheiratet?«

»Ja«, sagte sie und nickte.

»Dann sollten wir seine Frau benachrichtigen.«

Das Lachen, das Mildred Buhl nun anstimmte, passte nicht zur Situation, und er blickte erstaunt auf.

»›Frauen‹, mein Lieber«, wiederholte sie seine Anrede. »Henry war mehrmals verheiratet. Ich kenne Ehefrau zwei und drei und denke, bei den beiden sollten Sie die Alibis überprüfen und nicht die Tränen zählen, die sie großzügig vergießen werden.« Sie machte ein wichtiges Gesicht.

Innerlich stöhnte Schmitt und zog sein Notizbuch aus der Tasche, während er nun den Beamten der Spurensicherung das Feld überließ. Ein böiger Wind zog auf, und die fahle Frühlingssonne verschwand zunehmend hinter dichten Wolken. Schmitt zog seinen feinen, aber wenig warmen Trenchcoat zusammen. »Können wir irgendwo hingehen, wo es wärmer ist?«

Die Frau musterte ihn und nickte knapp. »Kommen Sie mit zu mir, sind nur hundert Meter in die Richtung.« Sie zeigte vage Richtung Westen, und bevor sie gleich losmarschierte, wedelte Schmitt mit den Autoschlüsseln. »Soll ich Sie mitnehmen?«

»Nee. Das schaffe ich schon. Und Sie auch.«

Dabei hatte sie nicht einmal eine Jacke an, sondern trug zu den Gummistiefeln eine Jeanshose und ein langes Sweatshirt.

Im Inneren ihres alten Bauernhauses erwartete ihn eine gemütliche Wohnküche, in der eine hypermoderne Siebträgerkaffeemaschine auf einem Bord stand. Was für ein wunderbarer Anblick, dachte Schmitt. Der Duft von frisch gebackener Hefe lag in der Luft und verstärkte seinen Kaffeedurst. Wer eine solche Maschine besaß, der war ein Kaffeegenießer, einer, der der Bohne den nötigen Respekt entgegenbrachte. Und so blickte er begeistert auf die flinken Finger von Mildred Buhl, die ihm nun einen der besten Kaffees brühte, die er in letzter Zeit genossen hatte.

Nachdem er sich die Hände gewaschen hatte, machte er es sich gemütlich. »Dann legen Sie mal los. Denn jetzt ist eine ausgezeichnete Gelegenheit, alles an Klatsch, Tratsch und Wissen über Ihren Nachbarn Henry loszuwerden. Fangen wir mit den Frauen an.«

»Birte Schmor, Ehefrau Nummer zwo, nett und freundlich, aber auch etwas flach, wenn Sie mich fragen.« Und sie machte eine eindeutige Handbewegung zum Kopf hin, bevor sie fortfuhr. »Claudia Vogel, Ehefrau Nummer drei, hat in der Tat einen Vogel im Oberstübchen, wie ihr Name schon verrät, aber intellektuell ist sie auf der Höhe. Die Dame hat ihn einiges gekostet, als er sich im letzten Jahr von ihr trennte. Beide wohnen noch in Warendorf, und beide haben ein Motiv.« Sie hielt ihren Kaffeebecher mit beiden Händen fest und blickte ihn an. »Er kam gut an bei den Mädels.«

Schmitt erwiderte ihren Blick und fragte sich, ob Henry bei Mildred auch mal gut angekommen war. Auch wenn sie ein paar Jährchen älter war, durfte sie ja für jüngere Männer schwärmen.

»Er hatte viel Zeit, denn er arbeitete selbstständig von zu Hause aus, irgendetwas im Softwarebereich. Daher war er oft bei seinen Viechern.«

»Sie mögen keine Raubvögel?«

»Doch, sind schöne Tiere. Aber seine Vögel töten auf Kommando und nicht nur, weil sie Hunger haben. Sie sind mir unheimlich. Nichtsdestotrotz werde ich die Viecher versorgen, bis sich jemand darum kümmert. Wussten Sie, dass Turmfalken oft eingesetzt werden, um die Tauben an Kirchen zu dezimieren? Das ist ein wahres Blutbad, was die anrichten, deshalb wird es oft dann gemacht, wenn wenig Leute unterwegs sind.«

Schmitt hatte sich noch nicht viel mit dem Thema Jagd mit Raubvögeln beschäftigt. Doch er hatte es immer so verstanden, dass an den Kirchtürmen extra Nistkästen angebracht wurden, damit besonders viele Falken dort brüteten und so die Anzahl der Tauben in Schach hielten. Aber eventuell ergab sich aus der Jagd mit Greifvögeln ein Motiv. Es gab ja genug militante Tierschützer.

»Hatte Henry Feinde?«

Mildred Buhl trank mit sichtlichem Genuss ihren schwarzen Kaffee und sagte amüsiert: »Jede Menge, aber ob darunter jemand war, der so viel Energie verwendet hat, ihn zu töten, wage ich zu bezweifeln. Das Risiko war der Mann nicht wert. Also, er war nicht böse oder so, er war nur nervig, wissen Sie, was ich meine?«

Schmitt nickte, wusste es aber nicht so wirklich. Als verwitweter Mann Mitte fünfzig fühlte er sich eher einsam, als dass andere ihm schnell auf die Nerven gingen. Und wenn er an seine Nachbarschaft dachte, dann kam ihm als Erstes das Bild der sympathischen, meist gut gelaunten Nachbarin von gegenüber in den Sinn. Er machte sich Notizen, dankte für den Kaffee und marschierte die hundert Meter zurück, um Dirk einzusammeln. Den hatte er zurückgelassen, damit er den Bestatter in Empfang nehmen konnte.

Ein großer, schwarzer Kombi parkte nun vor dem Schuppen, und soeben kamen ihm zwei dunkel gekleidete Männer mit ausdruckslosem Allerweltsgesicht entgegen. Kam ihm das immer nur so vor, dass die alle gleich aussahen, oder war seine eingeschränkte Wahrnehmung bei dieser Berufsgruppe dafür verantwortlich?

»Sie wissen, wo Sie hinmüssen?«

»Jip, Chef. Wie immer, wenn der Anruf von Ihrer Mannschaft kommt.« Das klang so, als müsste er die Leute kennen. Er nickte nur freundlich.

Als er eine halbe Stunde später ein Team zusammengetrommelt hatte, das aus Dirk, den Kollegen der Spurensicherung und seiner Wenigkeit sowie einer Praktikantin bestand, konnte die eigentliche Arbeit beginnen. Schmitt verteilte die ersten Aufgaben. »Dirk, du fährst zu Ehefrau Nummer zwei, eine Birte Schmor, und ich nehme mir Ehefrau Nummer drei vor. Und du, Jenny ...« Er blickte zu der neuen Praktikantin hinüber, einer Studentin, die von der Polizeischule aus Hiltrup kam. »Du findest alles über Henry Thomas heraus. Jag seinen Namen durchs Netz, schau dir seine Freunde oder Geschäftspartner an, seine Facebook-Seite, wenn vorhanden, sammle alles, was es über ihn im Netz gibt. Es muss ja auch noch eine Ehefrau Nummer eins geben.« Er sah sehr wohl, dass das eh schon schmale, längliche Gesicht der Praktikantin noch länger wurde, aber sie hatten hier keine Task-Force von zehn Leuten, wie das in Krimiserien häufig dargestellt wurde. Sie mussten sich aufteilen.

»Kann ich nicht mitkommen und mir eine Vernehmung ansehen? Dabei lerne ich viel mehr.« Ihre braunen Rehaugen bettelten.

»Jetzt geht es nicht ums Lernen, sondern um einen Mord und um schnelle Ergebnisse. Ich lasse dir John da.« Er verließ schnell das Büro, bevor er sich einen Vortrag darüber anhören konnte, dass er Praktikanten zum Hundesitten missbrauchte.

* * *

Dirk fand die Wohnung, in der Birte Schmor wohnte, erst nach mehrmaligem Wenden, Fluchen und Überlegen. Sie befand sich in einer Sackgasse und gehörte als Einliegerwohnung zu einem größeren Haus. Geöffnet wurde die Tür von einem jungen, langhaarigen und südlich aussehenden Mann. Zu jung, um ihr neuer Partner zu sein, stellte Dirk fest, als eine blonde, kleine und sehr zierliche Frau im Flur erschien. Sie musste um die vierzig sein. Auf seine Polizeiuniform reagierten die Leute stets auf besondere Weise.

Empört sprach die Frau den jungen Mann an: »Metim, hast du etwas angestellt?«

»Ja klar, ich bin Türke. Ey, was soll der Scheiß? Der steht doch vor Ihrer Tür.« Metim machte ein grimmiges Gesicht und zupfte an seinem Bart.

Dirk sprang ihm zur Hilfe. »Ich möchte tatsächlich zu Frau Schmor. Sind Sie das?« Ein spitzer Schrei, und dann blickten ihn zwei babyblaue Augen an.

»Kann ich gehen?«, fragte Metim, und ein bisschen Triumph klang mit.

Sie nickte nur und führte Dirk in einen hübschen Wohnraum mit einem großen Flügel in der Mitte. »Dirk Kemper mein Name, guten Tag. Ich möchte Sie wegen Ihres Exmannes Henry Thomas sprechen. Wer war denn der junge Mann?«

»Mein Schüler. Was will Henry von mir? Hat er mich etwa angezeigt?« Sie nestelte an einem grünen Halstuch herum und ließ sich auf ein blaues Sofa plumpsen.

Was für eine merkwürdige Frage, dachte Dirk und wartete erst einmal ab, was da sonst noch so kam.

Die Dame blickte auf. »Ich habe das doch nicht so gemeint. Wirklich.«

»Können Sie mir das letzte Treffen mit Henry Thomas aus Ihrer Sicht genauer schildern?«, fragte er sie und kam sich ein klein wenig schäbig vor, weil er so tat, als würde ihr Exmann noch leben.

»Wir haben uns letzte Woche gestritten, und dann habe ich meinen Hund auf ihn gehetzt.«

Dirk blickte um sich. Von welchem Hund sprach sie wohl? Er räusperte sich besorgt. »Haben Sie einen abgerichteten Rottweiler, oder wie darf ich das verstehen?«

Statt einer Antwort stand sie auf und öffnete die Tür zur Küche. Etwas Kleines, Wuscheliges stürzte aus dem Raum und sprang an seinem Bein hoch. Kleiner als eine Katze, stellte Dirk fest und rief sich die große Gestalt des toten Falkners ins Gedächtnis.

»Das ist Goliath, und er hat sehr spitze Zähne. Wenn ich ein bestimmtes Wort sage, dann beißt er zu. Wissen Sie, Henry sieht immerzu auf mich herab. Als wir verheiratet waren, wurde es immer schlimmer. Er hat mich verwöhnt, aber ich war immer sein kleines Frauchen.

Und das hat sich bis heute nicht geändert. Er ist der große Falkner, der jeden Raubvogel zu zähmen weiß, arbeitet als Freelancer erfolgreich mit wichtigen Firmen zusammen und kennt jeden Kommunalpolitiker mit Vornamen. Ich wollte ihm beweisen, dass ich das auch kann.« Sie verschränkte die Arme vor der Brust und setzte ein trotziges Gesicht auf, das nicht zu ihrem Alter passte.

»Was können Sie auch, und was ist überhaupt passiert?«

»Goliath abrichten. Er hat sich in sein Bein verbissen, und als er zugreifen wollte, ist mein kluger Hund schnell weggerannt. Und Henry ist wutschnaubend zu seinem Auto. Nehmen Sie mir den Hund jetzt weg?« Nun wurde ihr kleines Gesicht wieder traurig und weckte sofort und ganz klassisch seinen Beschützerinstinkt.

Es wurde Zeit für die grausame Wahrheit. »Frau Schmor, Herr Thomas hat Sie nicht angezeigt. Und er wird es auch nicht mehr tun. Denn er wurde ermordet.« So schonend wie möglich versuchte er die näheren Umstände zu beschreiben.

Nach der ersten Schockstarre liefen ein paar Tränen die gepuderten Wangen hinunter und hinterließen eine zarte Spur. Sie wandte sich ab, und er konnte ihre Mimik schlecht einschätzen. Doch dann rief sie erschrocken aus: »Aber dann sind Sie ja bei der falschen Frau. Er hatte doch noch die Claudia.«

Die Exfrauen kannten sich also gut genug, dass sie die Vornamen benutzten, registrierte Dirk, beruhigte seine Gesprächspartnerin und erklärte, dass sie bei einem Mordfall alle möglichen Kontaktpersonen befragten.

»Oh«, meinte Frau Schmor. »Er hat auch noch einen Sohn. Aber ob Sie den so unverblümt sprechen sollten.« Sie machte eine kunstvolle Pause, und Dirk wartete einfach ab. Sie würde schon erzählen, was sie loswerden wollte. Und sie wollte von sich ablenken. Und richtig. »Wenn Jan nicht in der Psychiatrie ist, ist er meist am Theater zu finden. Das ist seine zweite Heimat geworden. Zu Hause macht er die Tür manchmal gar nicht auf, am Theater erreichen Sie ihn besser.«

»Arbeitet er in der Psychiatrie?«

»Leider hält er sich dort schon mal als Patient auf. Er ist etwas labil.« Sie lächelte sanft. »Henry hat, Entschuldigung, hatte für seinen Sohn nie viel Verständnis. Der Bengel würde zwar verrückte Gestalten und sogar Mörder auf der Bühne spielen, aber im realen Leben würde er durchdrehen, wenn auch nur eine Maus getötet wird. Das hat Henry neulich noch gesagt und sich aufgeregt. Aber wie das Verhältnis aktuell war, kann ich nicht sagen.« Ein harmloser Blick traf ihn. Allzu harmlos, fand Schmitt.

»Worum ging es bei Ihrem Streit mit Henry letzte Woche?«

»Muss ich die Frage beantworten?«

»Wenn die Aussage Sie in dem Mordfall belastet, natürlich nicht. Aber ich rate immer zur Ehrlichkeit.«

»Ich habe Henry doch nicht umgebracht. Das können Sie doch nicht ernsthaft denken. Aber ich möchte trotzdem nichts dazu sagen.« Sie presste die Lippen zusammen wie ein Kind, das keinen Spinat essen will.

»Gut.« Dirk klappte sein Notizbuch zu und erhob sich. »Dann versuche ich es zunächst mal im Theater. Ich frage mich allerdings, ob es gut ist, einem labilen, jungen Mann den Mord an seinem Vater ohne verwandtschaftliche Rückendeckung mitzuteilen. Es gibt doch bestimmt noch eine Mutter, oder?«

Sie schüttelte zu seinem Erstaunen den Kopf. »Henry hat seine erste Frau durch einen tragischen Haushaltsunfall verloren. Ich glaube, damit fing dann erst seine Rastlosigkeit, was Frauen betrifft, an. Aber wenn Jan sich am Theater befindet, wird er gute Freunde um sich haben, und wenn er in der Psychiatrie ist ...« Sie machte wieder eine bedeutungsschwangere Pause »Dann hat er ja alles um sich, was er braucht. Therapeuten, Beruhigungsmittel, Ärzte.«

Dirk war sich nicht ganz sicher, ob die Dame ihm gerade mit Ironie begegnete. Er schrieb sich die Adresse und den vollen Namen des Jungen auf und verabschiedete sich mit dem Hinweis, dass sie im Falle einer Reise erst Bescheid geben müsse.

Als er aus dem Haus trat, kam ihm ein älteres Ehepaar entgegen, das anscheinend im Haupthaus wohnte. Erstaunt musterten sie seine Uniform. »Ist alles in Ordnung mit Frau Schmor?«

Er nickte höflich und sagte dann: »Ihr Exmann wurde ermordet, und wir müssen alle Kontaktpersonen befragen. Frau Schmor hatte letzte Woche Streit mit ihm, nicht wahr?«

Beide nickten betroffen, die Mundwinkel gingen synchron nach unten.

»Das ist schon lustig, dass so ein kleiner Hund solch einen großen Menschen verjagen kann. Scheint ein treuer Geselle, der kleine Goliath.«

Die Frau rührte sich als Erste. »Ja, wenn jemand ihr zu nahe kommt, macht Goliath seinem Namen alle Ehre.«

»Ist Herr Thomas denn handgreiflich geworden?« Dirk bemühte sich um einen lockeren Ton.

Der alte Herr reagierte darauf prompt. »Immerhin hat er versucht, sie zu küssen. Das kann man durchaus als eine Handgreiflichkeit sehen, wenn die Frau nicht geküsst werden will, nicht wahr?« Das Gesicht des Mannes blieb ausdruckslos.

Eventuell hatte er seine eigene Meinung über die Nachbarin. Jedenfalls war das eine durchaus interessante Anmerkung, denn Henry Thomas wollte vielleicht zu Ehefrau Nummer zwei zurück. Und jetzt war er tot.

Die nächste Frage lag auf der Hand: »Hat Frau Schmor aktuell einen Freund oder Partner?«

Das Ehepaar schaute sich an, und sie schüttelte den Kopf. »Nicht, dass wir etwas mitbekommen hätten.«

Dirk schaute auf die Uhr und beschloss, jetzt gleich noch nach Jan Thomas zu suchen.

Doch unterwegs rief sein Chef an. »Wo bleibst du denn? Wir müssen nach Münster. Unsere Leiche wird gleich obduziert.«

»Henry Thomas hat einen Sohn, den ich gerade aufsuchen wollte und …« Weiter kam er nicht, denn Schmitt unterbrach ihn einfach. »Ja, weiß ich schon. Gute Idee. Den bring einfach mit, sag ihm, er müsse die Leiche seines Vaters identifizieren.«

»Chef, der junge Mann scheint recht labil zu sein, vielleicht überfordern wir ihn damit.«

Sein Chef schnaubt ungeduldig. »Dirk, wir beginnen gerade mit einer Mordermittlung. Für einen Stuhlkreis ist jetzt keine Zeit. Außerdem sind die Leute bei der Gerichtsmedizin sicher geschult damit, dass mal der eine oder andere in Ohnmacht fällt. Bring ihn mit!«

Das Theater am Wall hatte natürlich für Normalsterbliche an einem frühen Nachmittag geschlossen, aber für einen Polizisten war es nur wichtig, ob jemand da war. Den Einlass verschaffte er sich dann schon. Und da er Musik und Stimmen aus dem Gebäude hörte, machte er sich durch lautes Klopfen an einem Fenster bemerkbar. Das Haus erinnerte in der Front an ein Kino aus den Fünfzigerjahren.

Der Haupteingang wurde ihm geöffnet und eine kleine, mollige Frau mit einer roten Haarmähne und einem einnehmenden Gesicht blickte ihn fragend an. Sie trug entweder ein Kostüm oder hatte einen ganz eigensinnigen Kleidungsstil, denn sie sah aus wie eine Marktfrau aus dem zwanzigsten Jahrhundert. Ihre Begrüßung war immerhin witzig. »Kommst du zum Vorsprechen oder bist du echt?

»Guten Tag. Polizist Dirk Kemper, ich suche Herrn Thomas in einer wichtigen familiären Angelegenheit.«

Unwillkürlich ging ihre Hand zum Mund, sie nagte an ihrem Daumennagel und schien zu überlegen. Das Ergebnis fiel zu seinen Gunsten aus. »Okay, komm rein. Jan hilft mir grad bei den Kostümen.« Und während sie flink voranschritt, fragte sie ihn: »Is' was mit seinem Vater? Habt ihr ihn verhaftet?«

»Wieso sollten wir ihn verhaften? Ist er kriminell?«

Sie zuckte mit den runden Schultern und meinte, ohne sich zu ihm umzudrehen: »Ich find's kriminell, Raubvögel zum Töten zu benutzen. Aber mich fragt ja keiner.«

Sie betraten die Bühne von hinten, auf der drei Personen in einem Wust aus Klamotten saßen und diese sortierten. »Jan, Besuch für dich.«

Ein schmaler, junger Mann mit dunklen, kurzen Locken blickte ihn teilnahmslos an. War seine Generation denn schon so abgebrüht, dass sie bei einer Polizeiuniform nicht wenigstens besorgt dreinschauten, dachte Dirk verdutzt. Er stellte sich vor und fragte, ob er ihn kurz allein sprechen könne.

»Nee, meinte Jan. Das sind meine Freunde, angestellt habe ich nichts, also können Sie auch hier mit mir sprechen.«

»Es geht um Ihren Vater.«

»Dann bleibe ich erst recht bei meinen Freunden sitzen«, meinte Jan und schaute auf seine Hände, an denen der Fingernagel des kleinen Fingers jeweils schwarz angemalt war.

Noch besser, dachte Dirk und blieb sachlich. Das Trösten könnten die Freunde dann viel besser übernehmen. »Ihr Vater ist heute Morgen ermordet im Schuppen bei seinen Raubvögeln aufgefunden worden, und ich muss Sie bitten, mich zu begleiten, um die Leiche zu identifizieren. Es tut mir sehr leid.«

»Einen Scheiß muss ich«, meinte Jan, sprang auf und verließ fluchtartig den Raum.

Die Frau, die Dirk geöffnet hatte, blickte ihn vorwurfsvoll an und rannte dann hinter Jan her.

Mist, das hatte sich sein Chef sicher anders vorgestellt. Dirk schaute kurz in die Runde, drehte auf dem Absatz um und folgte der Frau. Er sah sie gerade noch hinter einer Tür verschwinden und steuerte darauf zu. Plötzlich wurde er von hinten am Arm gepackt. Ein Mann in einem Arbeitskittel hielt ihn fest. »Hallo, das ist privat, auch für Beamte. Was oder wen suchen Sie denn?«

»Jan Thomas. Sein Vater wurde ermordet, und ich muss ihn bitten, mich in die Gerichtsmedizin zu begleiten.« Der Mann lehnte sich nun gegen die Wand. »Henry ist tot? Spielen Sie hier eine komische Nummer, oder sind Sie echt?«

Das war ein Theater hier, insofern war die Frage sogar berechtigt, aber Dirk hielt sich schon für sehr authentisch. Auch wenn er mal auf einer Party für die Animationsnummer gehalten worden war. Er reagierte daher ein wenig pubertär und zeigte auf seine Dienstwaffe. »Wie echt sieht die Ihrer Meinung nach aus? Ich muss jetzt wirklich dringend Jan Thomas um Mithilfe bitten. Können Sie ihn für mich da rausholen? Ich weiß, wie hart das für den Jungen sein muss, aber in den ersten Stunden haben wir die größtmögliche Chance, einen Mörder zu finden. Bitte.« Der Hausmeister, oder was immer er war, setzte ein wichtiges Gesicht auf, musterte Dirk noch mal gründlich, nickte dann knapp und verschwand hinter der Tür. Ungeduldig trat Dirk von einem Fuß auf den anderen und wartete eine gefühlte Ewigkeit, bis sich die Tür endlich öffnete und die merkwürdig gekleidete Freundin von Jan heraustrat. »Ich komme mit Ihnen.«

»Was ist mit Jan?«

»Was glauben Sie, was mit Jan ist?« Der Ton war nicht einmal unfreundlich, aber sie siezte ihn jetzt plötzlich, was er komischerweise schade fand. »Er ist total fertig. Ist ja nicht so, als wäre er umringt von zahlreichen Verwandten. Seine Mutter ist schon vor Jahren gestorben, und Geschwister hat er keine. Können wir los?«

Dirk überlegte kurz und nickte. »Sie können Henry Thomas also auch identifizieren?«

Ein knappes Nicken.

»Und Sie trauen sich das zu?«

»Wieso glauben Männer eigentlich immer, sie könnten eher eine Leiche betrachten als Frauen? Umgekehrt wird ein Schuh draus, mein Lieber. Jan kann es in jedem Falle nicht. Nicht jetzt. Ich hole mir eine Jacke.«

Wenige Minuten später trat sie mit einem pinkfarbenen Regencape auf die Straße und stieg in den Wagen. Sie hatte sich umgezogen.

»Woher kannten Sie Henry Thomas?«, fragte er und scherte auf die Straße aus. »Und bitte anschnallen.«

Umständlich schnallte sie sich an, und er ahnte, dass sie das nicht oft genug tat. Oder sie fuhr selten Auto.

»Ich bin ein paar Mal mit ihm ausgegangen.«

Er konnte es nicht verhindern, dass er sie überrascht ansah. Sie war Anfang dreißig, schätzte er, und Henry Thomas mindestens fünfzig.

»Finden Sie mich zu dick?« Sie lächelte provokant.

Dirk schien es klüger, darauf nicht zu antworten. »Was ist schiefgegangen?«, fragte er stattdessen.

»Nichts. Es war kurz und gut, aber Henry war für eine feste Beziehung zu alt für mich, und wir waren zu unterschiedlich. Eigentlich war es nur etwas Körperliches. Ach übrigens, Jan weiß das nicht. Er denkt, ich hätte seinem Vater im Haushalt geholfen. Sie wissen ja, Theaterspielen ist eine brotlose Kunst. Ich muss mir immer noch etwas dazuverdienen.« Sie strich sich ihren bunten Rock glatt und lehnte sich mit einem Seufzer zurück. »Puh, langsam kommt der Schock über seinen Tod bei mir an. Ihre Nachricht kam so plötzlich, das hatte etwas Unwirkliches. Wie ist Henry ermordet worden und warum?«

»Das Warum würden wir gerne von Ihnen hören oder von Jan. Alles, was Sie über den Mann wissen, kann wichtig sein. Alles.«

Sie schwieg, während Dirk Gas gab. Von Warendorf bis Münster fuhr man eine knappe halbe Stunde, je nach Verkehrslage.

Nach einer Weile sagte sie. »Ich bereite mich jetzt erst auf den Anblick des toten Henry vor, und danach überlege ich, ob ich etwas weiß, das ich Ihnen erzählen möchte.«

Dirk drehte das Radio lauter, in dem gerade die Imagine Dragons eines ihrer pathetischen Lieder zum Besten gaben. An der Röntgenstraße in Münster entdeckte er bereits Schmitts dunklen Audi und stellte das Dienstfahrzeug daneben. Beim Aussteigen fiel Dirk seine eigene Nachlässigkeit ein. »Sagen Sie mal, wie heißen Sie eigentlich?«

Sie lachte. »Sie sind mir vielleicht einer, schleppen einfach Frauen in Ihrem Dienstfahrzeug ab und haben keine Ahnung, wen Sie da überhaupt mitnehmen. Mein Name ist Steffi Sandmann.«

Je tiefer sie dann in das Innere des Gebäudes vordrangen, desto stiller wurde Steffi. Kommissar Schmitt erwartete sie in einem der Flure und nickte ihnen erstaunt zu. »Ich dachte doch tatsächlich, Jan wäre der Name für einen Sohn.« Sein Chef reichte ihr die Hand und gab ein knappes »Mein Beileid« von sich.

Dirk klärte ihn auf und stellte Steffi Sandmann vor.

»Bereit?«, fragte Schmitt sie beide und öffnete dann den Raum, in dem ihnen sofort der Geruch nach Formaldehyd entgegenschlug. Wie konnte man hier nur länger als eine halbe Stunde arbeiten, fragte Dirk sich einmal mehr. Dr. Bohne, ein Rechtsmediziner, den sie bereits kannten, begrüßte sie und kam gleich zur Sache. Zum Glück hatte er die Leiche wieder abgedeckt, denn er teilte ihnen gleich mit, dass er mittendrin sei in der Obduktion. »Aber das ist kein Anblick für Angehörige«, ergänzte er mit Blick auf Steffi Sandmann, die bereits recht blass um die Nase war, ohne dass sie überhaupt schon einen Blick auf Henry Thomas geworfen hatte.

»Bringen wir es hinter uns« sagte sie beherzt und trat näher an den Metalltisch, auf dem unverkennbar eine Leiche lag. Die Füße schauten halb hervor.

Dr. Bohne nickte und schob das grüne Tuch am Kopf bis zum Hals herunter und entblößte dabei auch den zerfetzten Hals ein Stück. Steffi hielt sich tapfer, guckte sich das bleiche Gesicht des Toten an mit dem Dreitagebart und dem markanten Kinn. Es war das Gesicht eines entschlossen wirkenden Mannes. Die ruhigen Züge darauf und der brutal blutige Anblick des Halses stellten einen krassen Gegensatz dar. Der Rechtsmediziner deckte den Hals rasch wieder zu.

»Das ist auf jeden Fall Henry Thomas«, sagte Steffi, und man hörte das Vibrieren in der Stimme.« Schmitt nickte dankbar und führte sie zur Tür. »Sie können sich ein wenig sammeln, wir müssen mit dem Mediziner rasch alleine sprechen. Bleiben Sie aber unbedingt in der Nähe, hier kann man sich verlaufen.«

Es tat Dirk leid, dass sie die Frau nun hier auf dem leeren Flur allein lassen mussten, und auch sein Chef ging überraschend behutsam mit Steffi Sandmann um.

»Tja, so was habe ich noch nie erlebt.« Der Rechtsmediziner deckte nun den Toten wieder bis zum Bauchnabel ab. »Die Verletzungen am Hals sind eindeutig die Todesursache. Da wurde mit ziemlicher Brutalität die Halsschlagader verletzt, und der Mann ertrank quasi in seinem eigenen Blut. Anhand der Verletzung gehe ich davon aus, dass es am Tatort zu zahlreichen Sprühmustern gekommen ist, anders, als wenn man ihm beispielsweise mit einem tiefen Schnitt die Halsarterien durchtrennt hätte. In unserem Fall hier war das Mordinstrument kein Messer, sondern ich tippe auf eine Art Tierkralle.«

Schmitt trat näher. »Sie wollen mir jetzt aber nicht sagen, dass einer seiner Raubvögel den Falkner auf dem Gewissen hat, oder?«

Dirk fasste sich unvermittelt an seinen Kratzer an der Wange, der zunehmend brannte.

»Keineswegs. Sie müssen schon einen Menschen als Täter suchen. Er hat sich die Kralle eines Raubvogels zu einem Werkzeug umfunktioniert und ist dabei handwerklich so geschickt vorgegangen wie ein Neandertaler, der es nicht besser wusste. Aber es hat seinen Zweck erfüllt, wie wir hier sehen. Da Ihr Toter offenbar ein Falkner war, ist es doch zumindest nicht ganz abwegig, dass der Mord etwas mit seinem Beruf zu tun hat, oder?«

»Bleiben Sie mal bei Ihren Leichen, und wir suchen den Täter und das Motiv«, knurrte sein Chef, lächelte den Mediziner dabei aber an.

Der lachte zurück. »Genau das habe ich auch getan, Herr Kommissar, und dabei habe ich das Mordinstrument gefunden. Es steckte in der Hosentasche des armen Kerls.« Und schon griff er nach einer Metallschüssel und hielt sie ihm unter die Nase.

Schmitt und Dirk blickten hinein. Dort lag eine große Kralle mit blutigen Fleischresten daran, die jemand stümperhaft an einen kurzen Holzgriff, wie von einem Kochlöffel, gebunden hatte. Das Ganze war mit Lederriemen fest verschnürt und mit einer harzähnlichen Substanz verklebt und so zu einem tödlichen Werkzeug gemacht worden.

»Das steckte in seiner Hosentasche? Der Mörder hat sich also überhaupt keine Mühe gegeben, die Mordwaffe zu verstecken, sondern er wollte, dass wir sie finden.« Dirk griff nach einem Handschuh. Er trug mindestens ein Paar immer in seiner Uniform bei sich. »Darf ich mal?« Und schon nahm er das einfache Werkzeug in die Hand und drehte es hin und her. »Hält sicher nicht ewig und sieht aus wie aus einer anderen Zeit. Aber Chef, ich stimme dir zu. Wenn das mal keine Botschaft ist. Denn es birgt ein gewisses Risiko, mit einer solch stümperhaften Waffe einen Menschen zu töten. Und dennoch hat es jemand getan. Die nehmen wir mit, oder?« Ein fragender Blick ging zum Rechtsmediziner.

Der stürmte vor und nahm ihm die Kralle ab. »Einen winzigen Augenblick, ich nehme noch ein paar Proben davon, dann gehört sie Ihnen. Ich tippe übrigens auf Falke oder Bussard, was die Kralle angeht. Sagen Sie mir Bescheid, wenn Sie herausgefunden haben, welchem Tier sie gehört? Ich habe eine Wette mit einem Kollegen laufen.«

Dirk schüttelte unmerklich den Kopf. Pathologen, Rechtsmediziner und Chirurgen waren ein bizarres Volk.

Schmitt nickte stumm. »Gibt es weitere Erkenntnisse, die uns helfen?«, fragte er nur.

Der Arzt dämpfte die Erwartungen seiner Besucher. »Ich bin ja noch nicht ganz fertig, aber Spuren unter den Fingernägeln gab es wenig, nichts, was nach menschlichem Gewebe aussieht. Der Mann war für sein Alter in ganz gutem Zustand, allerdings hat er seinen regelmäßigen Alkoholkonsum unterschätzt. Zumindest ist seine Leber vergrößert. Lebte er allein?«

Schmitt hob die Schultern hoch. »Sieht erst mal so aus, wir sind noch ganz am Anfang. Warum fragen Sie?«

Dr. Bohne machte sich noch an der Waage zu schaffen, womit er die Innereien wog, und murmelte: »Na ja, alleinlebende Männer leben ungesünder, manchmal aber zufriedener. Er hat eine Bisswunde an der Wade. Kleiner Hund oder Sexspiele. Mal sehen, was die Gewebeprobe ergibt.«

Hier konnte Dirk helfen, und er klärte seinen Chef und Dr. Bohne auf.

Der Gerichtsmediziner fasste grinsend zusammen: »Also der Tote wollte lieber Sexspiele, aber es brachte ihm nur einen Hundebiss ein. Was für eine Tragödie.«

»Können Sie uns schon den genauen Todeszeitpunkt nennen?«, fragte Schmitt, und der Mediziner nickte.

»Gestern, später Nachmittag. Sagen wir zwischen siebzehn und neunzehn Uhr.« Der nächste Griff ging zur Knochensäge, und Dirk war sehr froh, als sein Chef abwinkte.

»Mehr müssen wir erst einmal nicht wissen. Ich kümmere mich nun mal um die Angehörige da draußen.«

Dirk räusperte sich. »Chef, diese Steffi Sandmann ist eine Freundin des Sohnes. Sie wollte mit, und ich dachte, ich nutze die Gelegenheit. Von ihr können wir sicher einiges erfahren, sie hatte eine Affäre mit dem Toten.«

Schmitt nickte zustimmend.

Sie wollten sich gerade schnell genug abwenden, bevor das schreckliche Instrument die Schädeldecke des Toten öffnete, doch da hielt Dr. Bohne Dirk mit der Linken am Ärmel fest. »Warten Sie mal, junger Mann. Das da an Ihrer Wange schaut entzündet aus.«

Dirk hatte nur Augen für die elektrische Knochensäge in der Rechten des Mediziners, denn er befürchtete, dass sie jeden Moment losging. Und deshalb wollte er alle seine Körperteile gerne außer Reichweite haben. »Das ist nur ein Kratzer, allerdings auch von einem Raubvogel«, wehrte er ab. »Aber von einem lebendigen.«

»Wenn Sie wüssten, was an Bakterienstämmen an so einer aktiven Vogelkralle haftet, würden Sie sich helfen lassen. So eine Verletzung kann sehr fies werden. Lassen Sie sich schnell eine Antibiotikasalbe für Ihr hübsches Gesicht aufschreiben.« Dr. Bohne betätigte den Einschaltknopf, und mit einem kreischenden Geräusch ging die Säge in seiner Hand los, und Dirk und Schmitt eilten zur Tür.

»Er hat recht, Dirk. »Sie gehen gleich zum Arzt oder mindestens mal in eine Apotheke.«

Dirk nahm sich vor, nachher noch einen Schwung Rasierwasser aufzutun, das hatte bislang noch jedem Pickel den Garaus gemacht. Und so ein Fläschchen hatte er immer bei der Arbeit dabei.

Steffi Sandmann stand direkt vor der Tür, den Drang zu lauschen konnte Dirk nur zu gut nachvollziehen. Die

Dame war ganz schön hart im Nehmen. Und den ziemlich hässlichen Stuhl an der Wand hätte er auch nicht benutzen wollen. Steffi tippte gerade auf ihrem Handy herum. Ein wenig Farbe war in ihr volles Gesicht zurückgekehrt, aber dafür sorgten die hektischen Flecken auf den Wangen und nicht etwa eine gesunde Röte.

Sie schaute auf, als die Männer auf sie zukamen. »Ich muss zum Theater. Jan dreht durch und meint jetzt, er würde das nächste Opfer werden. Gibt es irgendwelche Hinweise auf einen Serienmörder, der sich auf Vater-und-Sohn-Morde spezialisiert hat?« Allein ihr Ton zeigte schon, dass sie ihren Freund mit seiner Panik nicht ganz ernst nahm.

Aber es konnte ja auch sein, vermerkte Dirk im Stillen, dass Jan sehr wohl etwas von Belang wusste und deshalb Panik schob.

2. KAPITEL

Freund hin oder her, manchmal ging ihr Jan ganz schön auf die Nerven. Theatralik gehörte auf die Bühne, basta. Steffi war am Vorabend wütend und erschöpft nach Hause gekommen und hatte die Schuhe von den müden Füßen gekickt. War sie zu hart zu ihrem Freund gewesen? Der hatte sich am frühen Abend überlegt, seine Trauer und den Schock in professionelle Hände zu geben, dabei hatten sie nur noch wenige Wochen Zeit, das aktuelle Stück einzuspielen.

»Das ist nichts weiter als eine feige Flucht und das Hineinstürzen in eine Opferrolle, für die es keinen Grund gibt«, hatte sie ihm mitgeteilt. Schließlich war nicht er ermordet worden, sondern sein Vater. Und nicht er hatte sich die Leiche angeschaut, sondern sie. »Schließ dich von mir aus zwei Tage ein und heul dich aus, aber dann steh das bitte durch wie jeder andere Angehörige auch, der einen Todesfall in der Familie hat.«

Jan hatte mit feuchten Augen zu Boden geschaut. »Es ist ein bestialischer Mord gewesen, Steffi, kein Herzinfarkt. Das ist ein bisschen was anderes, oder? Ich pack das nicht.«

»Natürlich packst du das. Du hast schließlich Freunde. Jan, dir geht es seit einem Jahr besser. Du hast keine Depression mehr, die Traurigkeit, die du jetzt fühlst, ist völlig normal. Das ist kein Anzeichen einer Erkrankung, das nennt sich Trauer.« Als sie dann den Anblick der zerfetzten Kehle von Henry vor Augen hatte, fürchtete sie allerdings auch ein wenig die Bilder, die nachts hochkommen könnten. Aber da half auch kein Therapeut. Und dann hatte sie etwas wirklich Mieses zu ihrem Kumpel Jan gesagt. »Du willst doch nur in die Psychiatrie, damit du dich mit irgendwelchen Medikamenten aus der Verantwortung ziehen und dich zudröhnen kannst. Du willst nichts aushalten, was anstrengend ist. Nicht die Trauer, nicht die Konfrontation mit der Polizei oder die Erkenntnis, dass es einen Mörder in deiner Umgebung gibt.« Und dann hatte sie sich auf dem Absatz umgedreht, ohne seine Reaktion abzuwarten, und war nach Hause gefahren. Mit dem Rad, denn ein Auto konnte sie sich zurzeit nicht leisten. Sie besaß eine halbe, schlecht bezahlte Stelle am Theater und einen Minijob im Restaurant. Das Künstlertum forderte vor allem eines: die Kunst zu überleben. Dabei hatte sie auch schon einmal »etwas Richtiges« gelernt. Sie hatte Politik und Geschichte studiert.

Nun, nach einer Nacht, in der sie wider Erwarten ganz passabel geschlafen hatte, machte sie sich doch Sorgen um Jan. Sie hoffte, dass er heute Nachmittag zur

Probe anwesend sein würde. Jan musste sich jetzt um eine Menge Dinge kümmern. Die Beerdigung, die Auflösung von Versicherungen, Bankgeschäfte. Er würde seinen Vater beerben. Das hieß, er musste endlich Verantwortung übernehmen.

Unbewusst seufzte sie und goss ihre Cornflakes mit Milch auf. Während ihrer Affäre mit Henry war sie ein paarmal in seiner Wohnung gewesen. Es war eine hübsche Eigentumswohnung mit großem Balkon in schöner, ruhiger Lage. Sie hatte keine Ahnung, ob die Wohnung noch belastet war. Sie wusste, dass Henry mal ein Grundstück etwas außerhalb der Wohngegenden geerbt hatte, wo er seine Vögel hielt und fliegen ließ. Dort hatte er auch regelmäßig Flugschauen und Infonachmittage für Schulen und Vereine angeboten. Er stand gerne im Mittelpunkt. Steffi verabscheute dieses Geschäft. Sich Tiere zu halten und mit ihnen auf die Jagd zu gehen, mochte für Jäger völlig normal sein. Für sie selbst bestand ein erheblicher Unterschied darin, ob ein Raubvogel seine regelmäßige Mahlzeit erbeutete oder ob er für einen Menschen bei der sogenannten Beizjagd auf Kommando tötete. So gesehen hatte Henry diese Art von Tod sogar verdient. Himmel, solche Gedanken durfte sie nicht laut äußern. Sie erinnerte sich vage an einen Abend vor einigen Wochen, als Henry bei einem Treffen mit unglaublich schlechter Laune angekommen war. Es war kurz vor ihrer Trennung gewesen, und er hatte angegeben, dass es Ärger mit einem Kollegen gegeben habe. Henry hatte aus vielen Dingen ein Geheimnis gemacht. Auch ohne den Altersunterschied wäre ihre Beziehung nicht stabil genug geworden. Jedenfalls nicht, soweit es Steffi betraf. Sie musste einem Partner vertrauen und wollte alles mit ihm teilen, nicht nur das Bett. Dass sie etwas üppig war, hatte Henry nicht gestört. Aber mit ihrer direkten Art konnte nicht jeder leben. Ihr war das egal. Meistens jedenfalls. Sollte sie Jan mal anrufen oder einfach auf die Theaterprobe hoffen?

Die Entscheidung wurde ihr vorerst abgenommen, denn es klingelte an der Haustür. Steffi sah an sich hinunter. Sie trug ein blassgrünes T-Shirt-Kleid, das ihre kräftigen Oberschenkel gerade mal knapp zwanzig Zentimeter bedeckte, und sie war barfuß. Um ihre roten Haare hatte sie ein Tuch gebunden, denn duschen wollte sie erst nach dem Frühstück. Schnell zog sie zumindest die Lippen nach, damit sie nicht ganz farblos die Tür öffnete. Steffi hasste unangekündigte Besuche, und da der Dackel von nebenan nicht gebellt hatte, konnte es nicht der Postbote sein.

Mit einem gequälten Lächeln öffnete sie die Tür und verlor es auch sofort wieder. Erstaunt starrte sie die hochgewachsene, sportliche Frau an, die sie bislang nur einmal getroffen hatte, aber auf einem Foto in Henrys Wohnung schon mehrfach gesehen hatte.

»Steffi Sandmann? Bist du das?«

Sie nickte und wunderte sich nicht darüber, dass ihre Besucherin sie von oben bis unten musterte, als begutachtete sie ein Möbelstück, das sie zu kaufen gedachte.

»Darf ich reinkommen?«, fragte die Frau mit dem dunkelhaarigen Pagenkopf, der eingerahmt war von zwei sehr langen Ohrringen.

»Wenn es sein muss«, antwortete Steffi und trat zur Seite. Ein frischer, blumiger Duft streifte sie und erinnerte sie daran, dass ihre eigene Erscheinung heute noch kein Wasser gesehen hatte. »Du bist Claudia, oder?«

Die andere nickte nur knapp.

»Gut, Claudia. Möchtest du einen Kaffee? Oder einen Weinbrand?« Sie ging in die Küche oder vielmehr in den Teil ihres großen Wohnbereichs, der die Küche beinhaltete.

»Ich hätte gerne beides. Ich nehme an, du bist informiert?« Claudia setzte sich auf einen Stuhl und legte die Illustrierten vom Stuhl auf den kleinen Servierwagen daneben.

»Dass du Ehefrau Nummer drei bist? Ja, Henry hat euer Hochzeitsbild noch in der Wohnung stehen.« Eigentlich hatte er sogar alle drei Hochzeitsbilder auf einer Anrichte stehen, wusste Steffi und stellte sich erst mal dumm.

Claudia nahm ihr den Kaffeebecher dankend ab, und Steffi suchte nach passenden Gläsern für den Weinbrand, während ihre Besucherin das Reden übernahm.

»Du weißt sicher auch, dass Henry brutal ermordet wurde. Immerhin bist du eine enge Freundin von Jan. Und ich bin mir fast sicher, dass du Henrys letzte Beziehung warst.«

Steffi goss sich und Claudia einen üppigen Schluck in zwei Cognacschwenker ein. Claudia war bestimmt eine Frau, die sich vorher genau informiert und vorbereitet hatte, wenn sie jemanden aufsuchte. Steffi schätzte sie auf Ende vierzig, sie war eine gepflegte Erscheinung, aristokratische Züge mit einer schmalen, langen Nase. »Ich habe Henry seit drei Wochen nicht mehr getroffen«, berichtete Steffi ihr. Tatsächlich war ihr auch schon der Gedanke gekommen, dass sie die letzte Geliebte von Henry gewesen war. Warendorf war ein Ort, wo man ständig bekannte Gesichter traf. Aber auch Jan hätte offen gestöhnt, wenn sein Vater eine Neue gehabt hätte. Es hatte schon an ein Wunder gegrenzt, dass Jan von ihrer Beziehung nie etwas mitbekommen hatte. Steffi zuckte betont gleichgültig mit den Schultern. »Er hat sich mit einer stattlichen Adlerdame getröstet. Wieso bist du hier?«

»Das liegt doch auf der Hand. Ich will wissen, wer meinen Exmann getötet hat. Immerhin waren Henry und ich sechs Jahre verheiratet.«

Steffi hätte sich beinahe an ihrem Weinbrand verschluckt und musste dann lachen. »Wieso sollte ich wissen, wer Henry umgebracht hat? Ich weiß nur, wer es nicht war. Jan und meine Wenigkeit.«

»Jan? Wieso kannst du dir bei ihm so sicher sein? Zu meiner Zeit war er labil und ständig beleidigt. Und ich kann mich daran erinnern, dass er eifersüchtig war, weil sein Dad sich mehr für die Raubvögel interessiert hat als für seinen Sohn.«

Steffi forschte in Claudias Gesicht nach, wie sie diese Verdächtigungen einzuschätzen hatte. Wollte Claudia Jan schaden? War sie gar böse, hinterlistig? Wollte sie von sich ablenken? Doch ihre Besucherin wirkte eher besorgt. Steffi schüttelte den Kopf. »Jan war es sicher nicht. Der kann keiner Fliege was zuleide tun. Außerdem war das Verhältnis zu seinem Vater eher gleichgültig geworden. Jan hat sich keine Illusionen mehr gemacht. Bestimmte Dinge bekommt man von seinen Eltern eben nicht. Basta. Es gehört zur Abnabelung dazu, das zu akzeptieren.« Mit einem kräftigen Schluck leerte sie ihren Weinbrand. »Jan weiß übrigens nichts von meiner Affäre mit seinem Vater, und so soll es auch bleiben.«

»Wer kann es sonst gewesen sein?« Claudia hatte ihren Weinbrand noch gar nicht angerührt, sondern hielt sich an ihrem Kaffeebecher fest.

Steffi dachte an Jans Worte vom Vortag und sprach sie laut aus. »Jan glaubt, dass es sein Onkel war, der jüngere Bruder seines Vaters. Kennst du ihn?«

Claudias Bewegungen wurden plötzlich fahrig, sie strich sich durch die Haare, zog sogar einen Lippenstift aus der Handtasche, malte ihre Lippen nach und erhob sich. »Flüchtig. Ich glaube nicht, dass der Kontakt eng genug für einen Mord war. Die beiden hatten nicht viel miteinander gemeinsam.«

Das sah Steffi ganz anders. »Soweit ich informiert bin, besitzt sein Bruder ein Geschäft für allerlei jagdliches Zubehör, auch Waffen. Jäger, Sportschützen und Falkner kaufen bei ihm ein. Ich finde, dass das eine recht prägnante Gemeinsamkeit ist.« Steffi fragte sich, warum Henrys Exfrau so erpicht darauf war, den Mörder noch vor der Polizei zu entdecken.

Die Antwort lieferte Claudia beim Abschied. »Ich habe Angst, Steffi. Du nicht? In Henrys Umfeld gibt es einen Mörder, der uns sicher auch kennt. Ich finde die Vorstellung furchtbar, dass ein Mörder mich kennt. Und solange wir nicht wissen, warum Henry getötet wurde, fühle ich mich nicht mehr sicher.«

»Ich glaube, dass es etwas mit Henrys Job zu tun hatte. Vielleicht war es ein durchgeknallter Tierschützer oder einer seiner Jägerfreunde. Schau mich an, Claudia. Ich vernichte allenfalls Softeis und Lasagne. Für alle anderen bin ich ungefährlich.« Sie lachte.

Claudia lachte nicht, sie kippte ihren Weinbrand in einem Zug runter, stand abrupt auf und ging zur Tür raus. »Dann fahre ich jetzt zu Birte Schmor.«

Steffi schloss die Tür und wanderte langsam zurück in die Wohnung, wo sie sich schwerfällig auf ihr pinkfarbiges Sofa fallen ließ. Ihr größter Stolz in der Wohnung. Sie hatte Geschmack, aber wenig Geld. Doch diese schöne Couch hatte sie sich mühsam zusammengespart.

Hätte sie sich doch nur nie auf diesen charmanten Mittfünfziger eingelassen. Henry hatte sich etwas Jungenhaftes bewahrt, seine Abenteuerlust, sein Draufgängertum hatten sie eine Zeit lang beeindruckt. Er hatte gewusst, was er wollte und was er wert war. Viele Männer in ihrem Alter hinkten ihrer Reife leider hinterher, musste Steffi immer wieder feststellen. Oder sie waren mit Ende dreißig schon zu solchen Spießern geworden, dass sie erst recht einen weiten Bogen machte. Es wäre vielleicht doch besser, Henrys Sohn die Wahrheit zu sagen. Es war nur noch eine Frage der Zeit, bis Jan erfuhr, dass Steffi etwas mit seinem Vater gehabt hatte.

Unwillkürlich fasste sie an ihren Hals, wo sie eine zarte Kette mit einem Anhänger trug, in dem sich ein kleiner Diamant befand. Ihr wurde plötzlich heiß, die Kopfhaut brannte unangenehm. Warum nur hatte sie dieses teure Geschenk von Henry behalten? Für niemanden sah ein solches Geschenk nach einer lockeren Affäre aus.

* * *

»Chef, du hast mir noch gar nicht erzählt, wie es bei Ehefrau Nummer drei war?«

Sein junger Kollege war gerade mit dem Essen eines dicken Wurstbrötchens beschäftigt. Schmitt fragte sich dabei, wie man seinen Mund so weit aufreißen konnte, dass es für einen Biss passend war. Ganz abgesehen davon, dass man demjenigen bei einem solch heiklen Manöver nicht gegenübersitzen wollte. Ehefrau Nummer drei, Claudia Vogel, rief er sich ins Gedächtnis. Eine interessante Person, gescheit, kultiviert, aber extrem launisch. So viel hatte er nach einem zwanzigminütigen Gespräch herausgefunden. Und, aber das würde er zu diesem Zeitpunkt der Ermittlungen niemals laut aussprechen: leidenschaftlich genug, um einen Mord zu begehen. Doch ein Motiv konnte er nicht benennen. Sie mussten ganz dringend mit dem Sohn sprechen. Denn ohne ein Motiv würde es schwer, einen Mordfall aufzuklären.

Dirk hatte den Mund wieder leer und setzte eine Frage nach: »Hat sie wirklich einen Vogel, so wie diese Nachbarin behauptet hat?«

Schmitt grinste. »Wenn wir bei diesem Bild bleiben wollen, dann würde ich ihr einen Papagei bescheinigen. Apart, individuell, ins Wort fallend und launisch. Claudia Vogel ist eine kluge Frau, mit der Henry sich bestimmt nicht gelangweilt hat, aber sie scheint mir auch anstrengend zu sein. Sie war etwa sechs Jahre mit ihm verheiratet, und die Ehe scheiterte, weil er fremdgegangen ist. Sagt sie. Die Scheidung war jedenfalls für sie von finanziellem Vorteil, denn sie hat klug verhandelt. Sie wohnt in einer schönen, großen Eigentumswohnung mit Blick auf eine grüne Blumenwiese, aber in Stadtnähe. Allerdings dürfte sie als angestellte Architektin auch nicht so schlecht verdienen. Sie hat jedenfalls keine Ahnung, wer Henry umgebracht hat, und schon gar nicht, warum es auf eine so spezielle Art geschehen ist. Sie tippt auf einen Jäger. Oder einen wahnsinnigen Tierschützer.« Schmitt hielt inne und erinnerte sich an ihre fahrigen Bewegungen und das blasse Gesicht. Beim Abschied hatte sie mehrfach die Frage wiederholt, ob sie den Mörder finden würden. Die Dame war besorgt. Warum wohl? »Dirk, wir sollten uns die Ehe der beiden noch mal genau ansehen. Frau Vogel hat mir ein bisschen zu viel geflattert, um im Bild zu bleiben. Hattest du bei Ehefrau Nummer zwei auch den Eindruck, dass sie Angst hatte?«

»Nein, eigentlich nicht«, meinte Dirk. »Sie war besorgt, dass Henry sie angezeigt haben könnte wegen des Hundebisses. Aber dass sie wegen des Mordes nun Angst um ihre eigene Sicherheit hätte, kann ich nicht sagen.« Dirk steckte sich endlich den letzten Rest seines gigantischen Brötchens in den Mund und kaute. Dabei konnte er anscheinend besonders gut denken, denn kaum war der Mund zur Hälfte geleert, rief er aus: »Aber Birte Schmor könnte ein Motiv haben. Laut des alten Ehepaares, das ihre Vermieter zu sein scheint, wurde sie von Henry bedrängt. Vielleicht steckte mehr dahinter, und sie hat sich bei ihm gerächt. Schließlich hat sie mir auch erzählt, dass er sie immer belächelt hat und sich für etwas Besseres hielt.«

Schmitt guckte ihn stirnrunzelnd an. »Warum erzählst du das erst jetzt?«

»Steht alles in meinem Bericht.«

Schmitt blickte sich auf seinem Schreibtisch um und entdeckte den ausgedruckten Zettel. »Ist es der hier? Der mit den vielen Kommafehlern und der zufällig gewählten Groß- und Kleinschreibung?«, murmelte er vorwurfsvoll. Er hatte ihn am Vortag nur überflogen und war mit seinen Gedanken nicht bei der Sache gewesen. Dirk hatte nicht ganz unrecht. Birte Schmor sollten sie im Blick behalten. Schon allein deshalb, weil sie noch immer Kontakt zu Henry gehabt hatte, obgleich ihre Scheidung beinahe zehn Jahre zurücklag. Er klopfte enthusiastisch auf seinen Schreibtisch. »So, ich möchte jetzt sofort mit Jan Thomas sprechen. Er hatte nun knapp zwanzig Stunden Zeit, den Schock zu überwinden. Ich rufe ihn an. Er soll herkommen.«

Schmitt suchte in seinem Notizbuch nach Jans Kontaktdaten, die er sich von Steffi Sandmann noch hatte geben lassen, und rief bei dem jungen Mann an. Schlaftrunken meldete sich eine raue Stimme. Sie klang verkatert. Schmitt stellte sich förmlich vor und bat ihn: »Wir brauchen Sie ganz dringend für eine Aussage. Können Sie herkommen? Sofort? Ach so. Ich schicke einen Kollegen, der sie holt. Ja, es muss jetzt sein. Danke.« Schmitt legte auf. »Er behauptet, er habe sein Auto noch am Theater stehen. Aber so wie er sich anhörte, darf er eh noch nicht Autofahren. Offenbar hat er eine ziemlich feuchte Art der Trauerbewältigung hinter sich. Kannst du ihn holen?«

Dirk war bereits aufgestanden und zog seine Dienstjacke an. »Na, dann will ich mal hoffen, dass er mir nicht wieder davonrennt, so wie gestern. Oder gar ins Auto kotzt. Gib mir mal die Adresse.«

Kaum war der junge Polizist weg, klingelte Schmitts Apparat, und seine Sekretärin Frau Krone teilte ihm mit, dass ein recht zorniger Hotelier am anderen Ende der Leitung sei. »Er fühle sich als Geschädigter nicht ernst genommen«, erklärte sie ihm und stellte den Anrufer durch.

»Herr Maas, was kann ich für Sie tun?«, meldete Schmitt sich in jovialem Ton und in dem Versuch, die Wogen zu glätten. Und schnell hielt er dann den Hörer auch ein Stück von seinem Gesicht entfernt, denn das Gebrüll am anderen Ende war unangenehm. Der Mann schimpfte empört über das Verhalten der Polizei. Einfach abzuhauen und andere Fälle wichtiger zu nehmen, sei eine bodenlose Unverschämtheit und ein Affront gegen jeden steuerzahlenden Bürger.

Als er Luft holen musste, sagte Schmitt: »Sie haben ja so recht, aber auch die Polizei leidet unter Personalmangel, und wir mussten dringend zu einer Leiche. Sie werden doch sicher verstehen, dass die Jagd nach einem Mörder Vorrang hat. Mundraub ist ärgerlich, aber kein Schwerverbrechen.«

»Mundraub«, japste nun Herr Maas. »Drei Nächte im schönsten Zimmer unseres Hotels. Das ist ein schwerer Fall von Raub …«

»Sagen Sie mal, haben Sie auch einen Mittagstisch?«, fragte Schmitt seelenruhig.

»Wir sind ein Hotel, was glauben Sie denn wohl, wie wir unsere Gäste satt bekommen? Mit dem Imbiss von gegenüber?«, blaffte der Hotelier, der sich nur immer mehr in Rage redete.

Schmitt beruhigte ihn: »Ich kümmere mich jetzt ganz persönlich um Sie. Wenn Sie mir etwas Leckeres zu essen machen. Deal?« Er vernahm ein Brummen, das alles bedeuten konnte, dann legte der Mann einfach auf.

Schmitt gab seiner Sekretärin Bescheid, wo er zu finden sei, und wollte sich gerade auf den Weg machen, als ihm Jenny, die Praktikantin, über den Weg lief. »Haben Sie eine Aufgabe für mich? Alle sind weg, und keiner hat mich mitgenommen.«

Ihr langes Gesicht wurde noch länger, und Schmitt fühlte sich ertappt. Keiner hatte Lust auf Praktikanten. »Also spannender wird es, wenn du hierbleibst, Jenny. Dirk kommt gleich mit dem Sohn des Mordopfers, und vielleicht bekommst du als junge Frau einen besseren Zugang zu ihm.« Er sah ihr an, dass sie nicht wegen dieser Eigenschaften qualifiziert sein wollte. Doch sie war sicher klug genug zu erkennen, dass das Gespräch mit Jan Thomas interessant werden könnte. »Sag Dirk, dass ich so schnell wie möglich zurück sein werde. Ich muss mich kurz um diesen langweiligen Betrüger im Hotel kümmern.« Und mal wieder ein anständiges Essen zu mir nehmen, setzte er gedanklich hinzu.

Vergnügt betrat er wenig später das Foyer des Hotels. Es war ein wenig altbacken westfälisch mit dunklen Eichenmöbeln, aber viele helle Dekoartikel und zwei große, bunte Blumensträuße brachten auf geschmackvolle Art Farbe in den Raum.

»Kommissar Schmitt, guten Tag. Wir hatten telefoniert.«

An der Rezeption stand ein rotgesichtiger Mann und nickte nur kurz. Dann führte er ihn zu einem kleinen, nett gedeckten Tisch in einem typischen Hotel-Speisesaal, wie er sie schon zigmal gesehen hatte. Weiße Tischdecken, eine Tulpe in einer schmalen Vase pro Tisch und ein paar Weinflaschen als Deko.

»Sie bekommen mein Perlhuhn-Ragout mit Orangen. Das haben wir ganz neu auf der Karte, und es hat diesem Zechpreller ein seliges Lächeln auf das Gesicht gezaubert. Am nächsten Morgen war er weg. Ich erwarte dafür, dass Sie sich eine halbe Stunde Zeit für mich nehmen und die Anzeige ernst nehmen.«

Schmitt nickte und begann, den Mann sogar sympathisch zu finden. Es roch köstlich, was ihm der Hotelier dann zusammen mit einem Glas Grauburgunder servierte. Auf der Soße mit den dicken Fleischstücken lagen gebratene Orangenspiralen und ein paar gehackte Oliven und versprachen eine exquisite Komposition. Schmitt aß mit Genuss und hörte aufmerksam zu, mitunter stellte er eine Frage. Fingerabdrücke hatte man zwar aus dem Hotelzimmer genommen, doch dort gab es so viele unterschiedliche Spuren, dass es schwer werden würde. Bislang hatten sie keine Treffer in der Datenbank. Mehr versprach Schmitt sich von einem Phantombild, das leider noch nicht angefertigt worden war. Er machte sich nach dem ausgezeichneten Mahl Notizen und bat den Hotelier, mit zur Polizeistation zu kommen, um das Phantombild anfertigen zu lassen.

Ein paar Fragen fielen ihm dann auch noch ein. »Gab es irgendetwas Auffälliges an dem Mann? Wussten Sie, was er hier in Warendorf wollte? Wo kam er her, was hat er unternommen, und warum blieb er drei Tage?« Schmitt blickte den Hotelier an und ergänzte. »Jedes Wort, das Sie mit ihm gewechselt haben, könnte eine Spur ergeben.«

Herr Maas griff statt einer Antwort zum Handy und rief offenbar einen Mitarbeiter an. »Markus, kannst du dich daran erinnern, was der Mann gesagt hat, als er um eine Verlängerung des Zimmers bat? Aha, und wollte er sonst noch etwas wissen? Hat er erzählt, wo er herkommt? Wie war der Name? Ach, schade. Ja, danke, bis später.«

Herr Maas legte auf, und Schmitt putzte sich den Mund an der Serviette ab. Das Telefonat klang nicht vielversprechend, aber er musste den Wirt zumindest ernst nehmen und alles versuchen.

»Also«, begann Herr Maas. »Wo er herkam, hat der Mann nicht erzählt, und er besaß auch keinen auffälligen Dialekt, könnte aus dem Rheinland stammen. Aber mein Mitarbeiter meinte, er hätte nach jemandem gefragt. Leider würde er sich auch unter Folter nicht an den Namen erinnern, aber es war ein Nachname wie ein Vorname. Und der Mann, nach dem er fragte, soll ein Falkner gewesen sein. Davon haben wir ja sicher nicht so viele hier, oder? Das kriegen Sie doch sicher raus.«

Schmitt spürte ein Kribbeln im Nacken. Glückwunsch, dachte er verwundert. Der Hotelier hatte seinen Fall nun doch noch in die Bearbeitungsstufe »dringlich« katapultiert. Sollten diese beiden Fälle tatsächlich miteinander zu tun haben?

* * *

»Sie setzen sich jetzt verdammt noch eins hin!« Das war die Stimme seines Kollegen Dirk Kemper.

Schnell riss Schmitt die Tür zu seinem Büro auf und blieb wie angewurzelt stehen. Mit verschränkten Armen und einem Gesicht, von dem ein trotziger Dreijähriger lernen konnte, saß ein junger Mann auf seiner Schreibtischplatte. Als Erstes fielen ihm die schwarz lackierten Finger auf und das lange Künstlerhemd. Als der Besucher den Kommissar sah, schlug er demonstrativ die Beine übereinander. Das konnte auf einer Schreibtischplatte sitzend nicht bequem sein und sollte wohl Lässigkeit demonstrieren. Um seine schwarzen, kurzen Locken beneidete ihn sicher so manche Frau, dachte Schmitt und ging seelenruhig zu seinem Schreibtischstuhl.

»Guten Tag. Seien Sie doch so freundlich und setzen Sie sich auf einen unserer überaus bequemen Besucherstühle, denn nur dort kann ich Ihnen auch einen Kaffee anbieten. Ich kann mir im Übrigen nicht vorstellen, dass Sie so respektlos einem Mann gegenüber sein wollen, der den Mord an Ihrem Vater aufklären möchte. Das ist mein Arbeitstisch.«

Jan Thomas verließ sofort seine Position und schob sich mit einem Bein den Stuhl zurecht. Dann schimpfte er los. »Ihr Kollege hat wohl zu viele Schimanski-Filme geguckt. Der führt sich auf wie ein Machobulle.«

Erstaunlich, dass ein so junger Kerl überhaupt von Schimanski wusste, dachte Schmitt und gab Dirk ein Zeichen, bitte zu schweigen. Der wollte sich nun ebenfalls an seinen Arbeitsplatz setzen, doch Schmitt hielt es für besser, den jungen Polizisten kurz aus dem Zimmer zu befördern. »Dirk, bitte schau doch mal bei Tim vorbei. Ich habe unseren Hotelier mitgebracht, damit er ein Phantombild des Zechprellers anfertigt. Es gibt tatsächlich Hinweise, dass die Fälle zusammenhängen. Vielleicht braucht er Hilfe. Es ist sehr wichtig, dass wir Herrn Thomas das fertige Phantombild zeigen.« Zu dem erstaunten Ausdruck in Dirks Augen machte Schmitt ein vielsagendes Gesicht.

Nachdem er auch noch einen Kaffee geordert hatte, wandte er sich voll und ganz dem jungen Mann zu und erzählte ihm zuerst, was er über den Zechpreller wusste. »Haben Sie eine Ahnung, wer dieser Mann gewesen sein könnte? Oder warum jemand nach Ihrem Vater fragte?«

Jan Thomas starrt ihn aus blauen Augen an und lachte freudlos. »Ich kenne kaum noch Freunde meines Vaters. Diese ganzen Jäger und Falkner leben doch nur auf legale Weise ihren Sadismus aus. Mit denen will ich nichts zu tun haben.« Er wippte unruhig mit seinen Füßen und starrte wieder vor sich hin.

»Sie wissen, wie Ihr Vater gestorben ist?«

»Steffi hat es mir erzählt.«

»Gut. Ich denke, wir sind uns einig, dass Ihr Vater einen solchen Tod nicht verdient hat. Ich brauche die Hilfe der Angehörigen, um den Mord aufzuklären. Alles, was Ihnen in der letzten Zeit an Ihrem Vater aufgefallen ist, jedes Gespräch, jeder Streit, könnte einen Hinweis liefern, verstehen Sie?«

Der junge Mann nickte und sagte: »Ich habe meinen Vater zuletzt am Samstag gesehen. Ich wollte mir Werkzeug leihen für den Aufbau eines Bühnenbildes. Er war wie immer. Erzählte mir begeistert von seiner neuesten Errungenschaft, von irgendeinem Adler. Und er humpelte ein wenig. Birtes Hund hat ihn gebissen. Birte ist eine seiner Exfrauen. Ich habe laut gelacht, weil Birtes Hund wirklich sehr klein ist, und er hat mitgelacht. Er sei selbst schuld gewesen, meinte er. Dann haben wir eine Pizza zusammen gegessen. War eigentlich mal eines der besseren Zusammentreffen.« Und mit diesen Worten liefen plötzlich die Tränen, und Jan Thomas sackte zusammen, hielt sich die Hände vor das Gesicht und weinte.

Da kam Frau Krone mit dem Kaffee genau richtig. Sie stellte die Tasse neben Jan auf den Tisch und fasste sanft an seine Schulter. Dann ging sie leise wieder raus.

Schmitt reichte ihm ein Taschentuch. »Lassen Sie sich Zeit, junger Mann. Das, was Sie da gerade erleben, ist furchtbar. Ich lasse Sie einen Moment lang allein.« Jetzt taten ihm seine Worte von vorhin fast leid. Es musste übel sein, seinen Vater auf solch brutale Art und Weise zu verlieren.

»Nein!« Jan Thomas hob den Kopf. »Bitte, bleiben Sie hier.«

Schmitt setzte sich wieder hin und fragte sich, wo Jenny abgeblieben war. Er hatte ihr doch extra das Gespräch mit Jan Thomas angepriesen. Der junge Mann schnäuzte sich und schien dann bereit für eine Aussage.

Schmitt fragte ihn zunächst nach den beiden Ehefrauen seines Vaters, doch er erfuhr nicht mehr, als dass Jan mit Birte besser klargekommen war als mit Claudia, die er wiederum für klüger als seinen Vater hielt.

»Meine Güte, was hat die Frau ihn ausgenommen. Die Scheidung hat Paps richtig viel Geld gekostet. Ich glaube, danach war er von Frauen, speziell von Ehefrauen, geheilt. Jedenfalls habe ich keine Frau mehr kennengelernt.«

»Was ist mit Birte? Zu ihr hat er doch noch vor seinem Tod Kontakt gehabt.«

Beim Wort »Tod« zuckte Jan zusammen. Es dauerte einige Zeit, bis man wirklich verinnerlicht hatte, dass eine nahestehende Person nicht mehr zum Leben dazugehörte. Schmitt wusste das. Leider. Noch immer dachte er oft an seine verstorbene Frau. Oder er ertappte sich dabei, sie tatsächlich etwas zu fragen, als stünde sie im gleichen Raum wie er.

»Birte ist lieb und nett, und wenn mein Paps sich einsam fühlte, hat er sich dort schon mal Zuspruch erhofft. Aber ich glaube nicht, dass er ernsthaft die Beziehung wieder aufleben lassen wollte.«

Jan machte ein zweifelndes Gesicht, während Schmitt daran dachte, dass Birte ihren Hund auf den Exmann gehetzt hatte. So viel zu den Adjektiven lieb und nett. »Kannte sich Birte mit Raubvögeln aus?« Zu Schmitts Überraschung nickte Jan nur, und er musste nachhaken.

»Ja klar.« Jan erklärte weiter: »Die haben sich doch bei der Ausbildung kennengelernt. Birte hat auch einen Falknerschein.«

Die Tür ging auf, und Dirk betrat mit einem mürrischen Gesichtsausdruck das Büro. Schmitt warf ihm einen fragenden Blick zu. »Das Phantombild ist gleich fertig. Das Programm hakt, und Tom kennt sich viel zu wenig aus. Auf welcher Schulung soll der gewesen sein? Jenny macht das jetzt mit diesem Hotelier zusammen. Wusstest du, dass sie sich richtig gut mit Computerprogrammen auskennt? Sie programmiert sogar ein wenig, hat sie mir erzählt. Warum packt ihr sie nicht in die IT-Abteilung?« Dirk grinste müde und ließ sich auf seinen Bürostuhl fallen.

Sein junger Kollege wirkte fahrig und hätte normalerweise gefragt, ob er stört. Mit einem Blick zu Jan Thomas, der inzwischen etwas entspannter wirkte, fuhr Schmitt mit der Befragung fort. »Gibt es weitere Verwandte, Mitarbeiter oder Kinder?«

»Meine Freundin Steffi haben Sie ja schon gesprochen, sie kannte Paps auch gut und hat ab und an für ihn geputzt. Oh, es gibt noch meinen Onkel Georg.« Jan machte ein undefinierbares Gesicht.

War ihm der Gedanke an diesen Verwandten gerade erst gekommen? Hatte er Streit mit ihm? Schmitt wartete ab, während Jan angestrengt nachzudenken schien. Dabei fiel ihm endlich seine Tasse Kaffee ein, und er rührte Milch und Zucker unter. Schmitt gab dem Kollegen ein Handzeichen, auch abzuwarten. Man erfuhr mehr, je weniger man insistierte. Doch dem jungen Mann war das Schweigen im Raum anscheinend völlig egal. Er schwieg und trank seinen Kaffee.

Schließlich gab Schmitt selbst auf, gab ihm einen kleinen Zettel und fragte nach den Kontaktdaten. »Schreiben Sie mir doch bitte die Adresse auf den Zettel.«

»Mein Onkel hat einen Laden für jagdliches Zubehör. In dieser Hinsicht ist er genauso durchgeknallt wie mein Paps, aber eigentlich sind sich die Brüder eher nicht ähnlich.« Jan schrieb Namen und Adresse auf und schaute in seinem Handy auch nach der Nummer. »Ich weiß gar nicht, ob Georg schon vom Tod meines Vaters weiß.« Jetzt klang er besorgt.

Bei Schmitt klingelten ein paar Alarmglocken. Ein Laden für jagdliches Zubehör konnte alles Mögliche an Zubehör heranschaffen, auch eine Raubvogelkralle. Ohne Probleme und mit dem nötigen Know-how.

»Sind wir fertig?«, fragte sein junger Besucher nun. »Ich werde jetzt gleich zu meinem Onkel fahren. Henry war doch sein einziger Bruder.«

Schmitt schaute auf den kleinen Zettel. Den Laden kannte er sogar. Er lag zwischen Ahlen und Warendorf. Er hatte dort mal eine Luftbüchse für seinen Neffen gekauft. Jan Thomas sollte sich unbedingt noch das Phantombild anschauen. Es wäre zu schön, um wahr zu sein, wenn Jan ihnen nun einfach einen Namen liefern könnte.

Doch als sie wenig später gemeinsam auf das Phantombild blickten, schüttelte der junge Mann nur den Kopf und starrte dann Jenny an, die ihnen stolz das fertige Bild präsentierte. Erst am Bildschirm, dann ausgedruckt.

Plötzlich hatte Jan es auch gar nicht mehr so eilig, sondern interessierte sich für das Programm. Oder für Jenny, der er zum Abschluss viel zu lang die Hand drückte. »Wenn du mal auf die Bühne willst, komm einfach am Theater vorbei. Du bist die ideale Besetzung für eine Person in unserem neuen Stück.«

Wenn Jan Thomas mal seine Leidensmiene ablegte und die junge Polizistin charmant anstrahlte, erinnerte er Schmitt an den jungen Alain Delon. Nachdem der Hotelier und der Sohn des Mordopfers das Gebäude verlassen hatten, bat der Kommissar alle Mitarbeiter zu einem Teamgespräch in sein Büro.

* * *

Dirk schlurfte müde hinter den Kollegen her. Als er mit Jan Thomas im Schlepptau zur Polizeistation zurückgekehrt war, hatte diese Praktikantin mit diensteifrigem Gesicht schon neben seinem Schreibtisch gesessen und behauptet, dass Schmitt sie ihm zugeteilt hätte. Dabei hatte er mit diesem Schauspieler schon genug zu tun. Der benahm sich wie eine Diva, die man aus einem Stück gestrichen hat. Und dann fing Jenny damit an, Jan Thomas zu bedauern und das Gespräch erst mal auf das Theaterspielen zu lenken. Die beiden unterhielten sich plötzlich so, als wäre er gar nicht mehr im Raum. Es war vielleicht besser, wenn der Chef dabei sein würde bei der Befragung von Jan. Und ein wenig Smalltalk konnte Wunder bewirken, aber verbünden musste man sich mit einem Angehörigen in einem Mordfall ja nun nicht gerade. Also hatte er Jenny mit einem fadenscheinigen Auftrag erst mal rausgeschickt. Und dann hatte dieser Bengel plötzlich auch nicht länger warten wollen und gedroht, das Büro wieder zu verlassen.

Das Starren auf den Bildschirm wurde immer anstrengender, ihm war kalt, und der Kopf pochte unangenehm. Er fand den Fall wirklich spannend, aber das Teamgespräch rauschte an ihm vorbei, er konnte sich nicht konzentrieren. Er bekam nur mit, dass der Zechpreller sich vor zwei Tagen im Hotel nach Henry Thomas erkundigt hatte. Einen Tag später war Henry tot. Es war die heißeste Spur, die sie hatten. Er hörte seinen Namen.

»Dirk, hast du das verstanden? Kannst du das übernehmen?« Schmitt stand am Sideboard und guckte ihn erwartungsvoll an.

Und dann stand Jenny neben ihm und legte ihre kühle Hand auf seine Stirn. »Du glühst ja. Du hast Fieber.«

Dirk drehte sich genervt weg. Das fehlte noch, dass die Praktikantin jetzt seine Krankenschwester spielte.

Sein Chef trat nun auch auf ihn zu und zeigte mit dem Finger auf sein Gesicht. »Das sieht gar nicht gut aus, Kollege. Die Wunde an der Wange hat sich definitiv entzündet. Du gehst jetzt sofort zum Arzt. Jenny, du begleitest ihn. Und das ist für euch beide eine Dienstanweisung.«

»Wer ist dein Hausarzt?«, fragte Jenny ihn auf dem Weg zum Auto. Natürlich hatte diese forsche Frau sich den Autoschlüssel geschnappt und setzte sich mit Schwung auf die Fahrerseite.

»Ich habe keinen«, maulte er. Das Brennen auf seiner Wange hatte er tatsächlich die letzten Stunden ignoriert und sich beinahe dran gewöhnt, doch der schwache Allgemeinzustand machte ihm mehr zu schaffen als die Schmerzen. Also setzte er etwas kleinlaut hinzu: »Fahr einfach zu irgendeinem Arzt, ist doch egal.«

Zehn Minuten später, nachdem er Jenny klipp und klar gesagt hatte, dass er den letzten Teil der Dienstanweisung alleine schaffen würde, blickte er in das erschrockene Gesicht zweier Arzthelferinnen. »Wollen Sie einen unserer Patienten verhaften?«, fragte die Ältere.

Dirk zückte seine Gesundheitskarte und machte es dringlich. »Nein, Gott bewahre, nein. Ich bin im Dienst und habe nur wenig Zeit, aber ich brauche ein Antibiotikum für eine Verletzung an der Wange.« Er zeigte auf die Stelle, erklärte kurz, was passiert war, und lächelte so charmant, wie es ihm gerade noch möglich war.

»Ach du meine Güte, junger Mann«, sagte kurz darauf ein Arzt im klassisch weißen Kittel, »wissen Sie, wie gefährlich Raubvogelkrallen sind? Was sich da alles an Bakterien und Erregern tummelt.« Der grauhaarige Mann Anfang sechzig beugte sich mit einer Lupe über seine Wange. »Sie müssen sich das mal vorstellen, mit diesen Krallen töten die Tiere, das heißt, da gammeln Fleischreste vor sich hin. Sie hauen sie in alte Holzpfosten, auf denen sie sitzen, oder stecken sie ins Erdreich.«

Dirk wäre es wirklich lieber gewesen, der Arzt hätte nicht so dramatisch über infizierte Vogelkrallen gesprochen, sondern ihm einfach ein Medikament gegeben, damit er sich wieder besser fühlte.

»Oh verdammt, das hat sich aber böse entzündet. Das sollten Sie sich mal im Spiegel anschauen.« Beinahe begeistert über seinen Fall reichte der Arzt ihm die Lupe, doch Dirk hob die Hände. »Danke, was ich so sehe, reicht mir schon. Können Sie mir ein Antibiotikum aufschreiben?«

»Unbedingt. Zum Einnehmen und zusätzlich noch eine Antibiotikasalbe für die Haut. Damit dürfen Sie aber auf keinen Fall in die Frühlingssonne gehen.« Dann hielt er ihm ein Thermometer an den Hals und pfiff durch die Zähne. »38 Grad Fieber. Ab nach Hause und auf die Couch. Ich empfehle *Stranger Things*, die Serie bei Netflix. Das ist ein solcher Nervenkitzel, da vergessen Sie garantiert Ihre eigenen Blessuren.«

»Das geht nicht. Wir haben einen Mord aufzuklären, Herr Dirkes.«

Der Arzt tippte etwas in seinen Computer und sah ihn dann streng über die Lesebrille hinweg an. »Ihren Ehrgeiz in Ehren, aber wenn das Fieber höher steigt, ist damit nicht zu spaßen. Ermitteln Sie in dem Fall des toten Falkners? Haben Sie sich dabei die Verletzung zugezogen?«

»Nein, ich habe doch schon erzählt, dass es beim Joggen passiert ist.« Dirk wartete ungeduldig darauf, dass er endlich gehen konnte.

»Ich hatte übrigens neulich schon einen Mann mit einer Raubvogelverletzung hier. Er hatte die Wunde aber am Arm und meinte, das sei halt ein Berufsrisiko. Merkwürdig. Dann der tote Falkner mit der Halsverletzung, und nun taucht sogar die Polizei mit einer Verletzung durch eine Raubvogelkralle auf. Ich habe es eben im Radio gehört. Was ist denn plötzlich los mit unseren Vögeln? Wir sind doch nicht bei Hitchcock.« Der Arzt schüttelte den Kopf und tippte weiter.

»Berufsrisiko, sagten Sie?«, fragte Dirk, nun neugierig geworden, nach. »War das auch ein Falkner?«

»Keine Ahnung. So, und drucken.« Ein alter Nadeldrucker gab ein Stöhnen und Ächzen von sich und spuckte dann sein Rezept aus.

»Wir sind gerade auf der Suche nach einem Mann, der nicht von hier ist, aber im Zusammenhang mit dem Mord gesucht wird. Können Sie uns den Namen des Mannes nennen?«

Mit sichtlicher Empörung blies der Arzt die Wangen auf. »Na na, ich schiebe es auf Ihr Fieber. Sie wissen doch gut genug, dass das unter die ärztliche Schweigepflicht fällt, junger Mann. Hier ist Ihr Rezept, die Dosierung steht drauf. Gute Besserung.« Und schon wurde er hinauskatapultiert.

Mist, verdammt, dachte Dirk. Endlich hatten sie die Chance auf einen Namen, und dann war es ausgerechnet ein Arzt, der die Info liefern könnte, es aber garantiert nicht tat. Pfarrer und Ärzte waren einfach nicht zu gebrauchen, wenn es um Ermittlungen ging.

Auf dem Weg zum Auto klingelte sein Handy, und seine Freundin Ella wollte wissen, wie es ihm ging. Hatte Schmitt etwa bei Ella angerufen?

»Hey Schatz. Ich bin nun doch zum Arzt, und er hat mir ein Antibiotikum aufgeschrieben, so wie du es wolltest«, gab er sich artig.

»So wie dein Chef es wollte. Schmier mir keinen Honig um den Mund. Hör mal, ich bin mit einem Kollegen nun unterwegs zu einem Bussardhorst. Wir wollen ein paar Warnschilder aufstellen, damit die Angriffe nicht noch mehr werden und die Vögel in Ruhe brüten können. Ich bin also nicht zu Hause, wenn du gleich kommst.«

Dirk verdrehte die Augen und sagte heute nicht zum ersten Mal: »Ich muss einen Mord aufklären, ich gehe nicht nach Hause. Aber wenn sich bei euch ein Mann mit einer Raubvogelverletzung meldet, gib mir unbedingt Bescheid. Es könnte ein Verdächtiger sein. Ach ja, und lass dich nicht selbst noch von dem Bussard attackieren. Reicht ja, wenn ich eine Narbe im Gesicht behalte.«

Ella lachte. »Wir haben dort in der Nähe auch Nistkästen für Falken aufgehängt, und ich hoffe, es ist jemand eingezogen.« Dann legte sie auf.

Jenny hatte ebenfalls ihr Handy in der Hand und verkündete: »Ich habe das Phantombild mal durch alle Suchmaschinen und sozialen Medienkanäle gejagt, aber es gibt bislang keinen Treffer. Vielleicht finden wir im Darknet mehr. Was hat der Arzt gesagt?«

»Dass ich arbeiten kann. Also erst Apotheke, dann zum Chef. Ich habe Neuigkeiten für ihn.«

Sein Chef machte dann ein nachdenkliches Gesicht, nachdem er ihm von dem Gespräch über einen Patienten beim Arzt erzählt hatte. »Keine Chance. Gegen die seelsorgerische oder ärztliche Schweigepflicht kommen wir hier nicht an. Wegen Zechprellung wird die ärztliche Schweigepflicht nicht aufgehoben, und der Verdacht, dass unser Phantom ein Mörder ist, ist zu dünn für einen richterlichen Beschluss. Aber du hast recht. Es ist zum Verrücktwerden, dass dieser Arzt vielleicht den Namen unseres Verdächtigen im Aktenschrank hat. Wir könnten uns eine Menge Arbeit ersparen. Egal. Wir veröffentlichen das Foto in der Zeitung. Immerhin läuft eine Anzeige gegen den Mann. Eventuell haben wir Glück.«

Dirk schaute sich noch mal den Ausdruck des Phantombildes an. Ein Mann Ende vierzig blickte ihn mit weit auseinander stehenden Augen an. Die Nase war aristokratisch schmal und lang, der Mund ein schmaler Strich, und die Haare waren blond und kurz geschnitten. Auffällig war allenfalls der üppige Schnurrbart, der nicht in diese Zeit passte, wie Dirk fand.

»Sollen wir ihn im Darknet suchen?«, fragte Jenny und wiederholte ihre Frage nun beim Chef.

Der schüttelte vehement den Kopf. »Nein, das geht nicht so einfach. Wir haben dafür eine eigene Abteilung, die mit verdeckten Ermittlern arbeitet. Sie gehen Scheingeschäfte ein, und wenn sie Glück haben, geht ihnen der eine oder andere Kriminelle ins Netz. Aber wir können nicht einfach auf eigene Faust ein Foto durchs dunkle Internet jagen. Wie stellst du dir das vor?«

Jenny presste die Lippen aufeinander und schwieg dazu.

Dirk bekam allmählich den Eindruck, dass sie hier eine Hackerin im Team hatten. Es gab auch eher harmlose Typen, die sich im Darknet Medikamente durch falsche Rezepte besorgten, wusste er. Ein alter Schulkamerad hatte ihm das mal auf einer Party gesteckt und sich bei Dirk um einen coolen Eindruck bemüht. Der Versuch war in die Hose gegangen.

»Was hat der Arzt zum Kratzer gesagt?«, fragte nun auch Schmitt und nahm seine Antwort mit einem Heben seiner rechten Augenbraue zur Kenntnis.

Eine halbe Stunde später, kaum dass Dirk seinen Bericht fertig geschrieben hatte und Schmitt sich auf den Weg zum Bruder des toten Henry Thomas machen wollte, sagte sein Chef: »Dirk, du fährst jetzt nach Hause und kommst morgen nur dann wieder, wenn deine Temperatur bei höchstens siebenunddreißig Grad liegt. Das Messen wird Ella übernehmen. Jenny, du kommst mit mir ins Jagdgeschäft von Georg Thomas.«

Den triumphierenden Blick von Jenny, weil sie seinen Platz einnehmen durfte, nahm Dirk ihr und auch dem Chef richtig übel. Er konnte nur hoffen, dass das Praktikum bald beendet sein würde.

* * *

Die Bäume und Menschen jagten an Jenny vorbei, und die Kurven sorgten jedes Mal für eine kleine Panikattacke. Dieser Kommissar fuhr, als wäre der Teufel hinter ihnen her. Sein kleiner Dackel saß in einem sicheren Körbchen hinten auf den Sitzen und blickte durchs Fenster, als gäbe es nichts Schöneres, als sich mit seinem Herrchen zusammen in Lebensgefahr zu bringen.

Jenny war nach fünf Minuten übel. »Haben wir es denn so eilig?«

»Nein, wieso?«, fragte Schmitt und nahm einem Traktor die Vorfahrt.

Zum Glück befand sich das Geschäft nicht allzu weit außerhalb, und sie hielten endlich vor dem Gebäude, wo draußen bereits ein Plastikwildschwein die Besucher anlächelte, als freute sich das Tier über jede Flinte, die hier gekauft wurde. Wenn Jan Thomas die Wahrheit gesagt hatte, dann musste der Inhaber jetzt bereits Bescheid wissen über den Mord an seinem Bruder.

Sie wollten gerade durch die Tür treten, da stürmte ein kräftiger Mann mit deutlichem Bauchansatz auf sie zu, und nur, weil sie und Kommissar Schmitt geistesgegenwärtig zurückwichen, knallten sie nicht zusammen. »'tschuldigung, aber wir haben geschlossen«, rief der Mann ihnen zu, als er auf sein Auto, einen Porsche Cayenne, zulief.

»Sind Sie Georg Thomas? Wenn ja, muss ich Sie dringend zum Tod Ihres Bruders befragen.« Schmitt zückte schnell seinen Dienstausweis, bevor der Mann wegfuhr. »Kommissar Schmitt mein Name.«

»Scheiße, ihr verliert keine Zeit, oder? Ich wollte gerade zu Ihnen.« Der Mann ließ den Arm mit dem Autoschlüssel so frustriert sinken, dass Jenny ihm das nicht abnahm. Der wollte sicher ganz woanders hin. Georg Thomas ging zur Ladentür zurück und schloss sie auf. Hier gab es neben Waffen und Zubehör auch jede Menge jagdliche und wettertaugliche Kleidung und Bücher.

»Mannomann, ich bin total schockiert. Nicht nur, dass mein älterer Bruder tot ist, sondern auch, dass er ermordet wurde. Hatte er Dreck am Stecken? Hat er sich mit Kriminellen abgegeben? Ich krieg das überhaupt nicht in mein Hirn.« Georg Thomas griff mit fahrigen Händen nach einer Packung Zigaretten, die in Reichweite lag, und zündete sich einfach eine an, obgleich das sicher sonst nie innerhalb des Ladens geschah.

Jenny schaute zu ihrem Chef, der darüber hinwegsah, dass beim ersten Zug der Rauch in seine Richtung ging. »Mein herzliches Beileid zu Ihrem Verlust. Ich hatte gehofft, Sie könnten mir erzählen, ob Ihr Bruder Feinde hatte oder sich in gefährlichen Kreisen bewegt hat. Der Mord ist mit einem speziellen Werkzeug verübt worden. Das war eher keine Tat im Affekt, sondern es schaut mir regelrecht nach einer Bestrafung aus. Oder was meinen Sie?«

Drei hektische Züge aus der Zigarette, dann nickte Georg Thomas. »Kann sein. Ich habe mir darüber noch keine Gedanken gemacht. Ich bin auch kein Krimifan. Ich liebe Tierdokumentationen und bin gerne in meinem Garten oder im Revier. Ich verkaufe Waffen, ja sicher. Aber für den Sport, nicht für die Mafia.«

Jenny musterte den Mann, empfand das Anschauen niedlicher Tierdokumentationen und den Verkauf von Waffen, um diese Tiere zu töten, jedoch als paradox. Natürlich wusste sie, dass da auch viel Hege im Revier stattfand und rein theoretisch Jägersein und Tierliebe durchaus zusammen in einer Person vereint sein konnten, aber sie persönlich hatte damit ihre Schwierigkeiten. Ausgesprochene Pazifisten meldeten sich ja auch nicht freiwillig für eine Militärkarriere.

»Wie war Ihre Beziehung zu Ihrem Bruder?«, fragte Kommissar Schmitt und machte ihr ein Zeichen, Wichtiges aufzuschreiben. Jenny holte nervös ihr Handy hervor und machte sich bereit. Hoffentlich würde sie alles richtig mitbekommen.

Georg zog an seiner Zigarette und überlegte. »Ganz okay, würde ich sagen. Wir hatten ähnliche Interessen, Henry hat mir oft Kunden geschickt. Klar, wir hatten auch schon mal den einen oder anderen Streit. Ich sag es mal geradeheraus: Seine Frauengeschichten gingen mir gegen den Strich. Ich bin seit über zwanzig Jahren verheiratet. Man wirft nicht immer gleich die Flinte ins Korn.«

Über die Wahl seines sprachlichen Bildes musste Schmitt lächeln, bevor er die nächste Frage stellte: »Gab es Geldsorgen? Bei Ihrem Bruder? Oder bei Ihnen?« Der Kommissar ließ den Blick über die Räumlichkeiten schweifen. Der Laden war schon recht groß und vollgestopft mit jagdlicher Ausrüstung. Aber vermutlich rannten ihm hier nicht allzu viele Kunden die Bude ein.

»Na ja, ich habe ja meine Stammkunden, und vieles läuft auch über den Internethandel.«

Oder das Darknet, dachte Jenny. Der Mann hatte bestimmt das Wissen und die Möglichkeiten, Waffen auch illegal zu verkaufen. Seit ihr ein Cousin von den Möglichkeiten des Darknets erzählt hatte und sie dann auch noch eine Vorlesung zu dem großen Thema gehört hatte, war Jenny wie besessen von der schwarzen Seite des

Internets. Es zog sie magisch an. Schnell schrieb sie sich einen kleinen Hinweis auf und hörte dann weiter zu. Über die Finanzen seines Bruders wollte Georg Thomas nichts wissen, aber das konnten sie ja schnell bei der Hausbank erfragen.

»In kriminelle Machenschaften war mein Bruder sicher nicht verwickelt. Der konnte päpstlicher als der Papst werden, wenn es um die Einhaltung von Regeln und Gesetzen im Jagdrecht ging.«

Schmitt guckte den Ladenbesitzer mit seinen blauen Augen an. »Herr Thomas, ich will Ihrem Bruder nichts unterstellen, aber die Art seines Todes wirft doch einige Fragen auf. Falls Ihnen also irgendeine noch so verrückte Idee kommt, rufen Sie mich bitte an.« Er reichte ihm seine Karte.

»Wann wird der Leichnam meines Bruders denn freigegeben? Jan und ich werden uns gemeinsam um die Beerdigung kümmern.«

Jenny beobachtete, dass Thomas sich verschämt eine Träne wegwischte. Offenes Trauern gehörte wohl nicht in eine Umgebung mit Waffen und Ledergeruch.

Schmitt teilte ihm mit, dass die Leiche noch in der Rechtsmedizin liege, es aber sicher nur noch ein oder zwei Tage dauern werde, bis sie freigegeben wurde. »Haben Sie Hundeleinen?«

»Natürlich habe ich Hundeleinen. Beinahe jeder zweite Jäger besitzt auch einen Hund.« Georg Thomas machte ein misstrauisches Gesicht. »Worauf wollen Sie hinaus?«

»Ich will mit meinem Dackel hinaus. Spazierengehen. Das ist eine ganz und gar undienstliche Frage. Er ist sehr klein, und seine alte Leine sieht nicht mehr so schön aus. Ah, da sehe ich schon schöne Lederleinen. Warten Sie mal, ich hole John.« Ihr Chef lief nach draußen und tauchte kurze Zeit später mit John an der Leine wieder auf. Er zeigte dabei einen Gesichtsausdruck, als führte er einen Champion zur Preisverleihung, und ging sofort auf den Ständer mit Halsbändern und Leinen zu. »Oje, die sind aber groß.« Schmitt guckte verdutzt auf ein Halsband, das nach Jennys Schätzung einem Stier passen könnte.

Georg Thomas eilte ihm geschäftstüchtig zur Hilfe. »Natürlich haben wir auch kleine Halsbänder. Teckel sind auch Jagdhunde, sogar richtig gute. Nicht wahr, mein Kleiner?« Er ging in die Knie und streichelte den niedlichen Rauhaardackel.

»Mein John nicht. Der liebt Erdbeermarmelade und lässt jede Fliege in Ruhe.« Schmitt lächelte, während Thomas grinste. »Dann schicken Sie ihn doch mal in einen Kaninchenbau. Ich wette, da hält ihn auch kein Marmeladenkeks mehr zurück. Hier ist ein schönes, kleines Halsband.«

Schmitt suchte eine kleine Weile herum, probierte aus und kaufte schließlich eine schwarze Leine mit passendem Halsband, auf dem ein Edelweiß aufgestickt war. John ließ es sich artig umlegen, fand dann allerdings einen ausgestopften Fuchs spannender.

Als Schmitt bezahlt hatte und sie sich zum Gehen wandten, folgte Georg Thomas ihnen. »Ähm, Herr Kommissar, da gibt es tatsächlich noch eine merkwürdige Geschichte mit meinem Bruder. In seinem Haus wurde vor Kurzem mal eingebrochen.« Sie und der Kommissar machten fragende Gesichter, und Thomas fuhr fort: »Na ja, ich habe es nur mitbekommen, weil ich dabei war, als wir die Wohnung betraten. Es herrschte eine ziemliche Unordnung in der Wohnung. Klar, der oder die Täter haben nach Bargeld oder Schmuck gesucht. Aber das Merkwürdige daran war, dass Henry es nicht zur Anzeige gebracht hat. Er hat den Einbruch nie gemeldet. Nicht der Polizei und nicht bei seiner Versicherung.«

Jetzt wurde Schmitt doch hellhörig und machte Jenny noch mal ein Zeichen, alles zu notieren. Wann der Einbruch gewesen sei, was gefehlt habe, ob er Fotos gemacht habe und so weiter.

Jenny rutschte ebenfalls eine Frage heraus. »Warum hat Ihr Bruder denn den Einbruch nicht gemeldet? Das macht doch gar keinen Sinn. Es sei denn, er wusste, wer der Täter war, und wollte ihn schützen.«

»Oder sich selbst drum kümmern und sich an jemandem rächen.« Erstaunt blickten Jenny und auch ihr Chef den Ladeninhaber an, der ergänzte: »Ehrlich, ich habe mir zig Gedanken gemacht, warum er keine Anzeige gemacht hat. Ich habe ihm Löcher in den Bauch gefragt, bis er wütend wurde. Er hat mich rausgeschmissen und gemeint, es sei seine persönliche Sache, und er wolle nicht, dass lauter Beamte nun auch noch in seiner Wohnung herumspionieren würden.«

»Vielen Dank für Ihre Offenheit. Wir melden uns.« Schmitt wandte sich nun endgültig ab, und Jenny stand die Rückfahrt bevor.

Eine Straße weiter hielt er aber schon wieder an und fragte sie, was sie von dem Mann halte.

»Also am Anfang hat er uns angelogen. Der wollte sicher nicht zur Polizei, als der zu seinem Auto gestürmt ist. Aber alles andere habe ich ihm schon abgenommen. Ich glaube nicht, dass er der Mörder seines Bruders ist, sondern eher, dass er einen Verdacht hat, wer es gewesen sein könnte.«

Schmitt blickte sie an, und sie hatte den Eindruck, das geschah mit Wohlwollen. »Sehr gute Einschätzung, meine Liebe. Und deshalb warten wir jetzt auch ab, ob er in seinen Wagen steigt und uns irgendwo hinführt.«

Leider warteten sie beinahe eine halbe Stunde, doch Georg Thomas hatte sich anscheinend anders entschieden. Oder er war sehr klug. Dass er die Wahrheit gesprochen haben könnte und wirklich zur Polizei hatte fahren wollen, darauf kam ihr Chef nicht, und sie schwieg dazu ebenfalls.

Als Jenny um fünf Uhr nach Hause radelte, war sie ein wenig aufgeregt. Denn sie plante einen Ausflug der besonderen Art. Dafür würde sie nicht einmal ihr Haus verlassen müssen. Und sie wusste auch schon, mit wem sie ihr Vorhaben umsetzen könnte.

3. KAPITEL

»Ich dachte, du könntest deinen Onkel nicht leiden? Jetzt planst du sogar die Beerdigung mit ihm?« Steffi saß vor einem Glas Bier im Brauhaus Warintharpa.

Neben ihr trank Jan eine Fassbrause. »Er hat es halt vorgeschlagen. Und er hat Geld. Ich wäre doch blöd, wenn ich mir hierbei nicht helfen lassen würde. Außerdem habe ich nie gesagt, dass ich ihn nicht leiden kann. Er ist schon nett, und nach dem Tod meiner Mutter war ich viel bei ihm und seiner Frau. Aber in den letzten Jahren gab es wenig Kontakt. Er ist mir mehr oder weniger egal geworden. Aber ich darf nicht allzu wählerisch sein. Viele Verwandte sind mir ja nicht mehr geblieben, oder?«

Ja, dachte Steffi, das stimmte. Aber sie fand es persönlich sogar noch schlimmer, wenn eine Person jemandem völlig egal war. Also hakte sie weiter nach: »Aber hast du mir nicht erzählt, dass du Georg sogar verdächtigst?« Steffi schielte zum Nachbartisch, wo eine Gruppe junger Mädchen sich Salatteller und Pommes schmecken ließen. Sie bekam Hunger. Auf Pommes mit viel Remoulade.

Jan schaute ebenfalls rüber. »Sollen wir etwas essen?« Sie nickte.

»Steffi, ich kann außer dir niemanden ausschließen. Georg hatte die Möglichkeit und das Know-how. Ob er auch ein Motiv hat oder überhaupt so skrupellos sein kann, weiß ich nicht. Ich weiß gar nichts mehr.« Er raufte sich seine Locken und sah plötzlich so jung aus, dass Steffi schlucken musste. Sie hatte sich vorgenommen, ihm heute Abend die Affäre mit seinem Vater zu beichten. Jetzt ging es noch nicht. Vielleicht nach dem Essen. Das Essen hier war nicht billig, und es gab auch leckere, rustikale Kleinigkeiten. Steffi bestellte sich gebackenen Camembert, während Jan das Bauernomelette bevorzugte. »Bitte ohne Speck«.

»Dann ist es aber kein Bauernomelette mehr«, meinte der kräftige Kellner mit einem unnötigen Grinsen in seinem vollen Gesicht.

»Dann berechnet ihr hoffentlich weniger«, gab Jan gereizt zurück, und der Mitarbeiter verschwand mit einem Achselzucken.

Steffi erzählte ihm stattdessen von Claudias Besuch bei ihr, und Jan wunderte sich. »Ausgerechnet Claudia hat Angst? Und wieso kommt sie zu dir? Sie kennt dich doch kaum.« Sein Blick wurde misstrauisch.

Die Frage war berechtigt, und Steffi erkannte ihren Fehler, denn sie konnte Claudia theoretisch gar nicht kennen. Steffi geriet ins Schwitzen und improvisierte. »Sie hat mich mal bei deinem Vater angetroffen.«

»Als du dort geputzt hast? Und dann habt ihr euch angefreundet? Ich bin mir sicher, dass er sie gar nicht reingelassen hätte.« Er ließ sich auf seinem Stuhl nach hinten fallen.

»Jan, ich habe nie bei deinem Vater geputzt.«

»Willst du mir jetzt erzählen, du hast heimlich einen Falknerschein gemacht?«

»Ich und Henry hatten eine Affäre.« So, jetzt war es raus. Sie kippte ihr Bier hinterher und wartete auf Jans Ausbruch.

Der kam prompt. Er lachte. Ziemlich laut und ein wenig hysterisch. »Ernsthaft, Steffi? Du bist mindestens zwanzig Jahre jünger als mein Alter. Und, entschuldige, aber nicht sein Typ.« Er sah ihr ins Gesicht. »Entschuldige, Steffi, du bist hübsch und intelligent, aber bislang hatte Henry immer nur Hungerhaken. Du bist meine beste Freundin. Es passt einfach nicht. Ich kriege das nicht in meinen Kopf.«

Dass ihr Freund sich nun bildlich ihre Affäre vorstellte, lag auch nicht in Steffis Absicht.

Er lachte schon wieder und tat es dann ab. »Das ist absurd.«

»Es ist ja auch schon seit Wochen vorbei.«

Schlagartig wurde Jan ernst. »Seit wie vielen Wochen?«

»Seit etwa drei Wochen.« Das Essen wurde serviert, und Jan schüttelte nur den Kopf.

»Stimmt etwas mit dem Essen nicht?«, fragte der junge Mann, der es brachte, leicht genervt. »Da ist kein Speck drin, so wie du es wolltest.«

»Vergiss das Essen. Was würdest du sagen, wenn deine beste Freundin dir mitteilt, dass sie eine Affäre mit deinem Dad hatte?«

»Dass sich dein Dad wahrscheinlich gut gehalten hat. Wenn sie nur deine beste Freundin und nicht deine Partnerin ist, darf sie theoretisch daten, wen sie mag, oder?« Der junge Mann, der sicher nur ein Aushilfskellner war, stemmte das Tablett in die Hüften und machte ein interessiertes Gesicht. Dabei wanderte sein Blick immer wieder zu Steffi. Die sagte laut und deutlich: »Danke«, und sie konnten wieder alleine reden.

»Musste das jetzt sein? Ich möchte hier noch öfter hinkommen.«

»Musste die Affäre sein? Weißt du eigentlich, dass du dich damit in den Kreis der Verdächtigen einreihen kannst? Warst du hinter seinem Geld her? Brauchtest du Bestätigung, weil du ein bisschen mollig bist? Hast du einen Vaterkomplex?« Jan schaufelte nach diesen unverschämten Fragen sein Omelette in sich hinein.

Steffi schüttelte empört ihre roten Locken. »Hast du sie noch alle? Kein Grund, fies zu werden.«

»Ich versteh es einfach nicht. Verdammt, Steffi. Ich dachte, ich bin dein bester Freund und ...« Er aß weiter, aber sie bemerkte noch das feuchte Glitzern in seinen Augen, bevor er sich schnell tief über den Teller beugte.

Ihr Appetit hatte schlagartig nachgelassen, und sie stocherte nur noch lustlos in dem Käse herum. Ihr kam ein Gedanke, den sie nicht mochte. Dieser junge Kerl da vor ihr hatte sich doch hoffentlich nicht in sie verliebt. Daraus würde nämlich garantiert nichts werden. Irrwitzigerweise fiel ihr als Erstes der Altersunterschied von knapp acht Jahren ein. Aber das war natürlich

Blödsinn, er war einfach nur ein guter Freund, ein wenig wie ein kleiner Bruder, aber als Partner kam er nun einmal nicht infrage. Entschlossen steckte sie sich ein Stück des heißen leckeren Camemberts in den Mund, bevor sie beschwichtige: »Jan, es ist nun einmal passiert, und es ist vor seinem Tod bereits beendet gewesen. Also lass uns lieber überlegen, wer deinen Vater umgebracht hat. Denn dir muss doch klar sein, dass ich es nicht gewesen bin. Kommt Georg für dich infrage? Oder Claudia? Birte? Ein Arbeitskollege?« Sie grinste versöhnlich.

Und dann erzählte Jan ihr von dem Besuch auf dem Revier und dem Phantombild, das er sich anschauen musste. »Ich kannte den Typen nicht, aber da war dieser Hotelier aus Warendorf, und der meinte, dieser Mann hätte vor ein paar Tagen nach einem Falkner gefragt, als er in seinem Hotel genächtigt hat. Er hat da die Zeche geprellt.« Endlich huschte doch noch ein Grinsen über das Gesicht ihres Freundes. »Lass uns mal herausfinden, wie er das gemacht hat, und dann fahren wir nach München oder Wien.«

Jan starrte an Steffi vorbei. Gedankenversunken schwieg sie, zuckte jedoch zusammen, als ein älterer Herr wie aus dem Nichts plötzlich neben ihr stand, um Jan sein Beileid auszusprechen. »Mensch, Jan, es tut mir so leid, was mit deinem Vater geschehen ist. Es stand heute überall in der Zeitung. Also, dass ein Falkner ermordet wurde. Meine Frau hat ihn ja gefunden. Du weißt schon, in dem Schuppen neben den Vogelvolieren.« Endlich machte der große, leicht gebeugte Mann eine Pause und ließ auch Jans Hand los, die er zwischenzeitlich in seine beiden großen Arbeitshände gepresst hatte.

Jan nickte nur, und Steffi war sich gar nicht sicher, ob er den Mann überhaupt kannte, der ihn da ansprach.

»Ich bin doch der Werner. Wir wohnen auf dem Nachbargrundstück, direkt neben dem gepachteten Stück Land von Henry«, ergänzte er.

Wieder nickte Jan. »Ja, ich weiß. Danke schön. Es tut mir leid für deine Frau. Sie ist sicher geschockt, oder?«

»Ja, aber nur, weil sie die Vögel gerade versorgen muss«, sagte Werner und grinste vorsichtig. »Mildred ist sehr robust und packt sich nicht so schnell. Da mach dir mal keine Sorgen. Ähm, wir wollten dich eh schon anrufen. Streng genommen gehören die Vögel ja nun dir und ...« Steffi sah, wie sich Jans Gesichtsausdruck veränderte. Er erstarrte förmlich mit der Gabel in der Luft und schüttelte dann ganz langsam den Kopf. »Oh nein, ich kann mich nicht um diese Raubvögel kümmern. Ich halte denen doch keine jungen Kaninchen vor die Nase.«

Werner blickte ein wenig hilflos von Steffi zu Jan und wieder zu Steffi. »Entschuldigung, wir müssen das nicht hier und jetzt besprechen. Einstweilen sind sie ja versorgt.«

Jan senkte die Gabel und richtete sich ein Stück weit auf. »Hast du denn nichts gehört oder gesehen? Ihr müsst doch Schreie gehört oder ein Auto gesehen haben. Der Mörder hat sich doch nicht in Luft aufgelöst.«

»Wir bekommen auch nicht alles mit, Jan. Uns ist kein Auto aufgefallen, außer das von deinem Vater. Der fuhr auch immer direkt an unserem Haus vorbei und wirbelte ständig so viel Staub auf, dass unsere Hühner jedes Mal ihre Farbe verloren haben. Wenn jemand den Mord geplant hat, fährt er ja nicht winkend durch das Dorf und will von allen gesehen werden. Entschuldige, Junge. Also, wir sehen uns. Lass dir Zeit.«

Werner sah etwas geknickt aus, als er sich verabschiedete und noch etwas gebeugter zu seinem Tisch zurückkehrte. Wahrscheinlich hatte sich seine Gattin mehr Unterstützung von Jan versprochen. Und sie hätte das Gespräch mit Henrys Sohn eventuell auch strenger geführt, spann Steffi gedanklich den Faden weiter. Aber ein anderes Ergebnis hätte sie auch nicht bekommen. Nie und nimmer würde Jan sich um diese Raubvögel kümmern. Er würde einfach nur die Volierentüren öffnen. Vielleicht war das aber auch die einfachste Lösung. Auf der anderen Seite besaßen diese Vögel sicher einen gewissen Wert. Und zum ersten Mal kam ihr der Gedanke, dass Jan nun mehr als nur ein paar Vögel erben würde. Er war der einzige Sohn. Sie versuchte gedanklich Henrys Vermögen zu schätzen, aber das gelang ihr nicht. Bei der letzten Scheidung hatte er Geld verloren. Das hatte er ihr mehr als einmal vorgestöhnt. Aber seine aktuelle Wohnung war Eigentum und relativ neu gebaut in Stadtnähe. Dazu hatte er noch das Grundstück, wo er seine Vögel hielt, denn im Wohngebiet konnte er sie kaum regelmäßig fliegen und jagen lassen. In Kürze würde Jan wohl sein kleines Einzimmerappartement verlassen und in die Wohnung seines Vaters ziehen. Sie freute sich ehrlich für ihn, hatte aber auch Bange, ob er Wohnung und Finanzen halten konnte oder alles verprasste oder verschenkte. Bei Jan wusste man nie so genau.

Nachdenklich blickte sie zu diesem Nachbarn Werner hinüber, und prompt trafen sich ihre Blicke. Der alte Herr schaute schnell wieder weg.

* * *

Was taten sich die Damen und Herren von der Bank immer behäbig, wenn es um eine Auskunft ging, dachte Schmitt. Er ließ sich schwer auf seinen Sessel fallen, in der Hand die Ausdrucke von der Bank, die die Finanzen von Henry Thomas weitgehend darstellten. Er hatte der zuständigen Dame mehrfach erklären müssen, dass ein ermordeter Mann nun einmal mausetot war und sie ewig und drei Tage warten konnten, wenn von der Seite noch eine Einwilligung kommen sollte. »Je eher wir ein Mordmotiv haben, desto schneller haben wir die Chance, den oder die Täter zu fassen. Und Geld ist ein sehr gängiges Motiv nicht nur bei *Dallas* und Co.« Die Anspielung hatte die etwa dreißigjährige Bankangestellte nicht verstanden. Das war deutlich vor ihrer Zeit gewesen. Er hätte natürlich auch den Weg über die Staatsanwaltschaft gehen können, aber das hätte nur wieder Zeit gekostet. Und schlussendlich musste die Bank eh alle Werte und Kontendaten nach dem Tod eines Kunden dem Finanzamt melden. Also war er heute Morgen als Erstes zur Bank gefahren, und nun freute er sich auf sein Croissant, einen frischen Kaffee und würde sich gemütlich durch die Papiere lesen.

Als er gerade mit Genuss in sein frisches Croissant gebissen hatte und das Ganze krönend mit einem Schluck Kaffee begießen wollte, klopfte es, und Jenny kam herein. Mit roten Wangen vom Fahrradfahren und auffälligen Schatten unter den Augen, als hätte sie kaum geschlafen. Beinahe hätte er laut gestöhnt bei ihrer eifrigen Anrede. »'n Morgen, Chef. Ich habe mal eine Frage …«

»Morgen, Jenny. Dann behalte sie bitte noch eine Weile für dich, denn ich werde jetzt mal zwanzig Minuten lang hochkonzentriert auf diese Papiere starren, und dann können wir reden. Sei so gut, und beschäftige dich bis dahin allein.«

Sie klappte den Mund auf und wieder zu und drehte sofort und ein wenig beleidigt, wie ihm schien, auf dem Absatz um. John machte drei Schritte in ihre Richtung, aber sie hatte bereits die Tür geschlossen.

Mit leisem schlechtem Gewissen und nicht mehr ganz so genussvoll widmete Schmitt sich dem Frühstück und den Zahlen. Und stellte nach fünf Minuten fest, dass mindestens zwei Leute ein Motiv hatten. Er wählte die Handynummer mit seiner rechten Hand und hoffte, dass Dirk Kemper wieder fit war.

Ella meldete sich am anderen Ende. »Guten Morgen, Herr Schmitt.«

»Guten Morgen, ist Dirk in der Nähe?«

»Wie man es nimmt. Ich habe ihn im Bad eingesperrt.«

»Sie wissen aber schon, dass das Freiheitsberaubung ist, oder? Geht es ihm denn so schlecht?«

»Nein, das Fieber ist auf 37 Grad gesunken. Und wenn Sie ihn nicht auf eine kilometerlange, anstrengende Jagd schicken, darf er meinethalben auch arbeiten gehen. Aber er wollte vor der Arbeit noch joggen, und das geht nach dem hohen Fieber gestern Abend sicher noch nicht. Wenn Sie ihn also jetzt brauchen, lasse ich ihn raus.«

Schmitt musste grinsen. »Das wäre schon schön, wenn er hier in der nächsten Stunde auftaucht. Die Praktikantin habe ich vergrault. Und wenn Dirk nicht gerade betrunken oder im Fieberwahn ist, kann ich ihn durchaus gut gebrauchen.«

Ella lachte hell auf. »Er hat die Zeit im Bad zumindest gut genutzt und wird frisch geduscht, rasiert, aber sehr hungrig bei Ihnen auftauchen. Übrigens wollte ich mich auch noch melden. Wir haben gestern Schilder im Wald aufgestellt, um Spaziergänger und Jogger vor Bussardangriffen zu warnen, und dabei haben wir eine Lebendfalle gefunden. Ich vermute, für Greifvögel. So was macht mich echt richtig wütend und ist definitiv eine Straftat. Ich gebe die Falle Dirk mit, dann kann sich die Spurensicherung mal damit beschäftigen. Vielleicht hat es ja etwas mit Ihrem Fall zu tun.«

»Das schauen wir uns auf jeden Fall an. Greifvogelverfolgung ist ein Offizialdelikt, und da muss schon von Amts wegen ein Ermittlungsverfahren eingeleitet werden.« Er bedankte sich herzlich bei Ella und nutzte dann die Zeit, um kurz seinen kleinen Rauhaardackel spazieren zu führen. Seitdem er den kleinen Kerl von einem Mordopfer übernommen hatte, hatte er selbst bereits drei Kilo abgenommen.

Natürlich kam ihm dann Jenny entgegen, auf der Suche nach Betätigung. Und die hatte er sogar für sie. Bevor sie wieder ihre Fragen stellen konnte, sagte er zu ihr: »Jenny, gut, dass ich dich sehe. Ich habe eine große Bitte. Wir müssen nun parallel in einem Fall von Greifvogelverfolgung ermitteln. Dirk bringt gleich eine Falle mit, die sich die Spurensicherung sofort mal anschauen soll. Ich glaube nicht an Zufälle, und ab sofort hast du nun die Aufgabe, hier zu ermitteln. Meinst du, du schaffst das?«

Ihre braunen Augen strahlten ihn an, das längliche Gesicht zog sich in die Breite. »Klar, ich kümmere mich sofort darum. Ich habe mir auch schon überlegt, ob der mysteriöse Mann im Hotel nicht ein illegaler Händler von Greifvögeln war.«

Schmitt nickte. »Ja, lies dich doch mal in das Thema ein. Das wäre eine große Hilfe.« Na bitte, funktionierte doch gut mit der Praktikantin.

Als er eine halbe Stunde später in sein Büro kam, saß Dirk bereits ungeduldig am Schreibtisch, eine Brötchentüte vor sich. Das konnte er nur geschafft haben, indem er alle Geschwindigkeitsbegrenzungen ignoriert hatte. Aber er sah bis auf die rote Wunde ganz munter aus. Ohne Umschweife berichtete Schmitt, was er beim Betrachten der Kontobewegungen herausgefunden hatte. »Der Sohn erbt, wenn er denn alleine erbt, eine hübsche Summe und eine Eigentumswohnung, die so gut wie abbezahlt ist. Somit hat er natürlich ein Motiv, ein verwerfliches, aber sehr altes Motiv. Vermögen. Noch interessanter ist allerdings die monatliche Summe, die Bruder Georg an Henry gezahlt hat. Und zwar seit zehn Jahren! Es ist ja nicht so, dass Henry ein erfolgloser, armer Verwandter war, den man unterstützen musste, damit er nicht vor die Hunde ging. Ich glaube auch nicht, dass Henry bei seinem Bruder gearbeitet hat. Das hätte uns Georg Thomas ja erzählen können.« Schmitt starrte noch mal auf die Zahlen, die er eben schon intensiv studiert hatte, als läge die Antwort dort.

»Vielleicht war er ein stiller Teilhaber des Ladens, und das war seine Ausschüttung«, warf Dirk ein. »Was steht denn als Verwendungszweck angegeben, Chef? Und über welche Summe reden wir?«

»Da, schau selbst nach.« Schmitt reichte ihm die Ausdrucke, und sein junger Kollege vertiefte sich darin.

Nach einer Weile hob er den Kopf. »Hast du dir schon mal deine Kontoauszüge angeguckt?«, fragte er ihn dann, und Schmitt blickte Dirk statt einer Antwort fragend an. Umständlich erklärte Dirk dann, was ihm aufgefallen war. »Ich habe ja eine andere Gehaltsklasse als du. Nicht nur wegen des Altersunterschiedes und der Erfahrung, sondern vor allem, weil ich ein Polizist im mittleren Dienst bin und du ein Polizeibeamter im gehobenen Dienst, mittlerweile ja sogar Polizeihauptkommissar. Und bei einem höheren Einkommen schaut man vielleicht nicht mehr so genau hin, wo am Ende des Monats denn das schöne Geld hin ist, weil eben gar nicht alles weg ist.« Dirk machte eine eindeutige Geste, und Schmitt fragte sich, wann der Kollege denn nun auf den Punkt kommen wollte und ob das Antibiotikum für diese umständlichen Ausführungen verantwortlich sei. »Also, auf meinen Kontoauszügen ärgere ich mich stets über die steigenden Spritkosten und die immer teurer werdenden Lebensmitteleinkäufe. Früher kostete der Wochenendeinkauf sechzig bis siebzig Euro und heute beinahe hundert Euro.«

»Dirk, sag doch einfach, was ich aufgrund meines immensen Reichtums übersehen habe, und vor allem, melde dich endlich für den gehobenen Dienst an. Du hast schließlich mal ein Abitur gemacht.«

Das Thema mochte Dirk nicht, und so kam er endlich auf den Punkt.

»Bei unserem Mordopfer ist nicht die tatsächliche Kontobewegung interessant, sondern die fehlenden Ausgaben sind spannend. Es gibt hier mal eine Paypal-Bezahlung, weil er sich im Internet eine Hose oder ein Buch gekauft hat. Aber keine Tankstellenrechnung und keine Supermarktabrechnung. Kann ja sein, dass er ein Bargeldfreak ist, aber hohe Summen hat er auch kaum abgehoben. Sein Gehalt wurde für die Tilgung der Wohnung genutzt, für ein paar Bestellungen im Internet oder für die eine oder andere Hotelrechnung, doch das Meiste hat er angehäuft. Wovon hat Henry also getankt oder Lebensmittel eingekauft?«

Schmitt pfiff durch die Zähne, denn jetzt konnte er Dirks Gedankengang verstehen. »Er hatte Einkünfte, die nicht auf dem Konto auftauchen. Schwarzgeld oder andere illegale Geschäfte?«

»Das wäre eine naheliegende Erklärung. Denn auch sein Auto braucht Sprit. Und ich denke nicht, dass jemand anderes seinen schicken Audi bezahlt. Es wird Zeit, Henrys Wohnung mal genauer unter die Lupe zu nehmen, Chef.«

Tatsächlich war das noch nicht geschehen. Auch bei einem Mordopfer mussten sie sich rechtlich absichern, bevor sie dort alles durchsuchten. Schmitt stellte umgehend den Antrag und verwies hier auch auf einen Einbruch, der nie gemeldet worden war.

Am Nachmittag machten sie sich beide auf den Weg, einen Schlüssel hatten sie bei den sichergestellten Sachen von Henry gefunden. Die Wohnung befand sich in der ersten Etage eines Vier-Parteien-Wohnhauses. Als sie vor seiner Wohnungstür angekommen waren, fiel ihnen ein strenger, unangenehmer Geruch auf. Henry Thomas war seit mindestens sechzig Stunden tot, eventuell hatte er Essensreste herumstehen lassen, die bei Zimmertemperatur nun unangenehm rochen. Schmitt steckte den Schlüssel ins Schlüsselloch und drehte ihn herum. Die Tür sprang auf, und sie gelangten in einen hellen Flur, der in einen großen Wohnbereich überging.

Und ehe sein Kollege Dirk hinter ihm die Wohnung betreten hatte, erstarrte Schmitt schon bei dem Anblick, der sich ihm auf dem blauen Teppich bot. Und der eindeutig den schlechten Geruch erklärte.

* * *

Jenny rieb sich wiederholt über die schläfrigen Augen und starrte dann weiter auf den Bildschirm. Sie hatte nicht gewusst, dass es in Deutschland so viele illegale Vogelfänger gab. Einige der Vögel wurden gefangen, um sie zu verkaufen. Ein bunter Stieglitz zum Beispiel war einhundert bis einhundertfünfzig Euro wert. Greifvögel natürlich noch mehr. Die Händler behaupteten einfach, sie hätten die Vögel selbst gezüchtet. Aber es gab auch Jäger und Greifvogelhasser, die die Tiere in speziellen Fallen töteten. Die Falle, die Dirk mitgebracht hatte, war für den Lebendfang vorgesehen. Hier im Büro auf der Polizeistation suchte Jenny nach Beiträgen zur Greifvogelverfolgung und zu Falknern im Internet, aber zu Hause würde sie die Begriffe im Darknet suchen. Es kribbelte ihr unter der Kopfhaut, wenn sie daran dachte, dass sie am Vorabend einen Zugang zum Darknet erreicht hatte. Dafür hatte sie sich den Tor-Browser heruntergeladen und hatte noch einige andere Kniffe anwenden müssen. Und plötzlich war sie auf den ersten beiden Seiten im Darknet angelangt. Da war es zwei Uhr nachts gewesen, und sie hatte sich zwingen müssen, ins Bett zu gehen. Denn das war offenbar die Zeit für viele User, die nun online waren. Einer hatte ihr sofort geschrieben. Offenbar war es besonders chic, nachts im Darknet zu surfen. Jedenfalls hatte sie sich nur schwer vom Bildschirm lösen können und konnte es nun kaum abwarten, weiterzumachen. Das war erst mal auch gar nicht illegal. Solange sie nicht auf bestimmte Seiten klickte oder Dinge bestellte wie Drogen, Waffen und ähnlich verbotenes Zeug. Und sie kannte sich schließlich aus.

Jenny war stolz darauf, dass Schmitt ihr nun einen Zweig der Ermittlungen überlassen hatte. Heute war das Phantombild des Hotelzechprellers, sie nannte ihn für sich Mister Y, in der Tageszeitung *Die Glocke* erschienen, und sie hoffte auf ein paar interessante Meldungen. Sie malte sich aus, wie sie in Kürze den Namen des Mannes den Kollegen präsentieren könnte und er sich schließlich als Mörder von Henry Thomas herausstellte.

Müde fragte sie bei den Kollegen der Spusi nach, ob es schon Ergebnisse zur Falle gebe.

»Leider haben wir keine Fingerabdrücke gefunden, war aber zu erwarten«, sagte Fred. Es sei ein gängiges Modell, das man leider überall im Netz bestellen könne.

»Warum kaufen sich Menschen überhaupt einen Greifvogel?«, fragte Jenny. »Früher tat es doch auch ein Dackel.«

»Einem Dackel wird es nie gelingen, eine Taube zu schlagen«, meinte Fred, der zu ihrem Arbeitsplatz gekommen war, um ihr die neuesten Erkenntnisse mitzuteilen. »Viele Falkner erweisen den städtischen Parks einen großen Dienst, wenn sie die vielen Kaninchen oder Tauben wegfangen. Denn mitten in der Stadt kann man ja schlecht mit Schusswaffen agieren. Aber ich weiß, dass gute Züchter auch viel Geld mit den Scheichs in Arabien verdienen. Dort ist vor allem der Falke ein Statussymbol. Für einen gut ausgebildeten und schönen Falken geben die dort bis zu zwanzigtausend Euro aus. Hammer, oder?« Fred kratzte sich seinen rötlichen Bart und lachte. Während Jenny hoffte, dass sie hierzu noch etwas mehr im Darknet finden würde. »Wie lange dauert dein Praktikum hier? Und was machst du danach?«, fragte Fred sie und zeigte damit als erster Beamter ein gewisses Interesse an ihrer Person.

»Ich bin noch etwa vier Wochen hier, und danach studiere ich weiter in Hiltrup für den höheren Polizeidienst. Schmitt hat mir die Aufgabe übertragen, nach den Vogelfängern zu fahnden und eine mögliche Verbindung zu Mister Y herzustellen. So nenne ich den Mann, der die Zeche im Hotel geprellt hat. Habt ihr mit den Fingerabdrücken im Hotelzimmer schon eine Spur gefunden?«

Fred schüttelte den Kopf. »Die wenigen Fingerabdrücke, die wir gefunden haben, sind nicht aktenkundig. Allerdings war das Zimmer merkwürdig steril. Es ist nicht auszuschließen, dass der Mann Profi ist und alles abgewischt hat. Die drei Meldungen, die bislang aufgrund des Zeitungsaufrufes eingegangen sind, waren Spinner.« Fred machte eine eindeutige Handbewegung, und Jenny musste lachen. Fred war bislang wirklich der Netteste von allen. Dieser Dirk bildete sich wer weiß was ein, weil er die rechte Hand vom Kommissar war, und behandelte sie wie ein lästiges Insekt.

Eine halbe Stunde später kam der erste interessante Anruf, den Jenny entgegennahm, da Schmitt mit Dirk unterwegs war. Es meldete sich eine Frau aus einem Café, die mitteilte, dass der Mann auf dem Foto zwei Mal bei ihr einen Kaffee und ein Stück Erdbeertorte gegessen habe. Und beim zweiten Mal habe sich ein Mann zu ihm gesetzt. Sie könne ihn aber leider nicht genau beschreiben, denn das Café sei voll gewesen, und sie habe überhaupt nicht darauf geachtet.

»Groß, klein, dunkelhaarig, blond, Glatze? Fremdländisches Aussehen? Irgendetwas muss Ihnen doch aufgefallen sein?« Jenny insistierte mit dringlicher Stimme, aber der Kellnerin fiel nichts ein. »Ich komme vorbei, eventuell hat eine Kollegin von Ihnen mehr gesehen«, sagte Jenny und legte auf.

Sie gab Schmitts Sekretärin Bescheid und schnappte sich ihr Fahrrad. Wenn sie den Kommissar anrief und nachfragte, würde er ihr den Alleingang eventuell verbieten.

Zehn Minuten später betrat sie das Café und stellte sich an der Theke vor. Beim Anblick des Erdbeerkuchens verstand sie Mister Y. Sie bestellte sich ein Stück und eine Tasse Kaffee und setzte sich dann mit der Frau, die sie angerufen hatte, an einen Tisch in der Ecke. Sie sei die Besitzerin des Cafés, teilte die Frau ihr mit, aber sie könne ihr nicht mehr sagen als am Telefon. »Ich fürchte, Ihr Weg war umsonst.«

»Sicher nicht«, lächelte Jenny und genoss die prallen Erdbeeren zusammen mit dem Vanillepudding. »Hatten Sie den Eindruck, dass Ihr Gast sich mit dem zweiten Mann gut verstanden hat? Kannten die zwei sich?«

Die Frau schüttelte den Kopf. »Keine Ahnung. Aber er hat für beide bezahlt.«

»Bar oder mit Karte?«

»Hier zahlt jeder bar. Der eine hat übrigens gehumpelt«, schob die Frau noch schnell hinterher, als wäre es ihr gerade erst eingefallen.

»Wer hat gehumpelt? Der Mann, der gezahlt hat, oder sein Gast?«

Das Gespräch gestaltete sich zäh, aber immerhin wusste Jenny, als sie zurück zur Polizeistation fuhr, dass Mister Y einen Mann getroffen hatte, der gehumpelt hatte. Und das passte wunderbar zur Bisswunde ihres Mordopfers. Sie freute sich darauf, dem Kommissar mitzuteilen, dass die beiden Männer sich offenbar tatsächlich gekannt hatten. Mister Y hatte im Hotel nach einem Falkner gefragt, und noch am selben Tag hatte er mit neunzigprozentiger Sicherheit Henry Thomas in einem Café getroffen. Einen Tag später hatte jemand Henry eine Greifvogelkralle durch die Halsschlagader gezogen, und annähernd zeitgleich war Mister Y aus dem Hotel verschwunden. Also für Jenny war der Fall so gut wie gelöst. Zumindest der Mordfall. Über das Motiv und die möglichen illegalen Geschäfte mit gefangenen Raubvögeln mussten sie sich allerdings noch Informationen beschaffen.

Mit Schwung bremste sie und stellte ihr Fahrrad im Ständer ab. Als sie sich umdrehte, stieß sie mit dem Kollegen Fred zusammen, der es ziemlich eilig zu haben schien.

»Jenny, wo kommst du denn her? Mittagspause?« An einer Antwort war er offenbar gar nicht interessiert, denn er sprach schnell weiter. »Ich muss ganz schnell in die Wohnung von Henry Thomas. Du glaubst nicht, was für eine Leiche Dirk und Schmitt dort vorgefunden haben.« Er lief bereits zum Auto und drehte sich beim Gehen noch mal um. »Es gab noch einen interessanten Anruf wegen des Phantombildes. Kümmere dich doch bitte darum. Frau Krone weiß Bescheid.«

Jenny machte einen Schritt in seine Richtung. Der wollte sie doch wohl nicht dumm hier stehen lassen. »Ist es Mister Y?«, rief sie ihm nach.

»Ich kenne keinen Mister Y«, antwortete Fred fröhlich, doch dann schaltete er. »Ach so, du meinst unser Phantom. Nein, der ist es nicht.« Und dann stieg er einfach in einen Dienstwagen und fuhr grinsend davon.

Und Jenny fand diese Fröhlichkeit angesichts einer zweiten Leiche völlig unangemessen. Jetzt würde es dauern, bis sie Schmitt von ihrem Ermittlungserfolg erzählen konnte. Aber sie würde einen Bericht verfassen.

Im Büro angekommen, rief Schmitts Sekretärin nach ihr und erzählte ihr von dem interessanten Anruf. »Hier ist die Nummer.« Mit diesen Worten reichte ihr Frau Krone einen Zettel. *Claudia Vogel* stand darauf.

Mensch, dachte Jenny, das war doch eine der Ehefrauen des Mordopfers.

* * *

Dirk hielt sich ein Taschentuch vor die Nase. Die Wohnung war warm, und dementsprechend stark war der Verwesungsgeruch. »Ein Mäusebussard ist das nicht, oder?« Er beugte sich näher zu dem Tierkadaver, der auf dem Teppich aufgebahrt worden war wie ein rituelles Opfer. Meine Güte, dachte Dirk, was hatte das Tier für einen majestätischen Kopf und was für scharfe, große Krallen. Und ein gesprenkeltes Gefieder. Vielleicht eher ein Falke, aber dafür schien ihm das Tier zu groß zu sein. »Sieh dir das an, man hat ein paar Krallen entfernt. Sehr merkwürdig.«

»Wenn mich nicht alles täuscht, ist das eine Bussardart, aber ich kenne mich nicht so aus«, meinte Schmitt, dem der Geruch nicht viel auszumachen schien. »Er trägt jedenfalls keinen Ring, was auch blöd wäre, denn dann könnte man die Herkunft eindeutig identifizieren. Es war auf jeden Fall eine Straftat, den Vogel zu töten. Was meinst du, Dirk, hat der Täter dem Tier erst die Krallen entfernt, um sein Mordwerkzeug zu basteln, und hat dann das Tier hier für Henry aufgebahrt, um ihn zu warnen? Oder war es Henry selbst, der irgendwelche kranken Rituale durchgeführt hat?«

Dirk konnte den Blick kaum von dem schönen Tier abwenden. Wenn er so etwas in seiner Wohnung vorfand, würde er die Polizei rufen. Und das hätte Henry doch sicher auch gemacht, überlegte er. Vielleicht war er vor seinem Tod gar nicht mehr zu Hause gewesen, um das hier zu sehen. Denn ob Polizei ja oder nein, man würde doch zumindest den Kadaver entfernen. »Ich glaube, dass dieses Arrangement nach dem Tod von Henry aufgebaut wurde«, sagte er. »Die Untersuchung des Tieres wird uns vielleicht weiterhelfen. Meinst du, wir haben hier das Tier, von dem die Mordwaffe, also die Kralle stammt? Könnte gut sein, oder, Chef?«

»Ja, der Vogel muss sofort ins Kreisveterinäramt, und zwar samt der Mordwaffe. Schmitt verließ seine gebückte Haltung und suchte in der Küche nach einer Plastiktüte. »Aber du hast vermutlich recht, Dirk, ich glaube auch nicht daran, dass Henry in seiner Wohnung war und den Kadaver dann einfach so liegen gelassen hat. Das alles ist sehr verstörend, finde ich.« Sein Chef schüttelte angewidert den Kopf.

Kurz darauf kam Fred in einem weißen Overall und packte den Greifvogel fachgerecht ein, nachdem er zuvor Fotos geschossen hatte. Er sagte auch gleich mit Kennerblick und ohne jeden Zweifel: »Das ist ein Falke.«

Dirk hatte anfangs so seine Schwierigkeiten mit dem rotbärtigen Kollegen gehabt, aber das hatte etwas mit Eifersucht zu tun. Fred wusste, dass Dirk die rechte Hand des Kommissars blieb, und hatte sich nie vorgedrängelt.

»Bizarr, bizarr, was ihr immer findet«, spöttelte Fred nun. »Es gab übrigens bisher zwei Reaktionen auf das Phantombild in der Zeitung. Wusstet ihr, dass eure Praktikantin ihn Mister Y getauft hat? Sie kümmert sich gerade um die Anrufe. Ganz allein.« Fred blickte sie beide unter seiner Kapuze hervor an. »Die ist ganz schön ehrgeizig, oder?«

Dirk konnte sich gerade noch auf die Zunge beißen. Dumme Sprüche mochte sein Chef gar nicht. Und es stimmte ja auch. Viel verkehrt gemacht hatte Jenny noch nicht. »Weißt du, ob eine interessante Spur dabei ist?«, fragte Dirk den Kollegen, doch der schüttelte den Kopf. »Ich habe Jenny eben noch auf dem Hof getroffen, sie war mit dem Fahrrad unterwegs. Sie wird euch sicher später alles erzählen.«

So schnell würden sie nicht zur Polizeistation zurückkehren, denn nun stand ja die Durchsuchung der Wohnung an. Und die hatte mindestens mal hundert Quadratmeter, aufgeteilt in zwei Schlafräume, ein großes Wohnzimmer mit offener Küche und eine Abstellkammer, in der sich eine Waschmaschine befand, Werkzeug und genug Raum für Staubsauger, Konserven und Ähnliches. Das Bad war geschmackvoll und modern, und eine Gästetoilette gab es auch noch. Henry Thomas hatte ein Zimmer als Allroundzimmer mit Schlafcouch, Schreibtisch und Computer eingerichtet, und Dirk entdeckte ein paar Sachen, die bestimmt dem Sohn gehörten. Wahrscheinlich hatte Jan das Zimmer bereits öfter zum Schlafen genutzt. So schlecht konnte der Kontakt zu seinem Vater also nicht gewesen sein. Doch zunächst einmal standen sie beide vor den drei gerahmten Hochzeitsfotos, die Henry Thomas auf einer Anrichte im Wohnzimmer stehen hatte. Um das eine Bild, auf dem Henry als junger Mann zu sehen war, lag zur Hälfte ein schwarzes Samtband. Unschwer zu erkennen, dass dies seine erste Frau und damit die Mutter von Jan war. Daneben stand das Hochzeitsfoto mit Henry und Birte Schmor, und an der Kante der Anrichte strahlte Claudia Vogel an seiner Seite stolz in die Kamera. Das musste etwa acht Jahre zuvor gewesen sein.

»Ich kann ja verstehen, wenn jemand ein Bild seiner verstorbenen Ehefrau stehen lässt, aber von den beiden anderen Exfrauen? Wie findet das wohl die jeweils aktuelle Partnerin?« Dirk wandte sich amüsiert ab und stellte sich Ellas Reaktion vor, wenn er ein Foto von sich und seinen Exfreundinnen zur Bereicherung der Wohnungsdeko aufstellen würde. Besser, er testete das lieber nicht aus. »Ich nehme mir das Gästezimmer Schrägstrich Büro vor, wenn es recht ist«, sagte Dirk. Er war nicht scharf darauf, irgendwelche indiskreten Sachen in fremden Schlafzimmern zu finden.

Schmitt brummte nur und hatte bereits die Schubladen des Nachtschränkchens geöffnet.

Dirk nahm sich zuerst den Schreibtisch vor und untersuchte die Aktenordner und den Zettelkram, aber da fand er auf den ersten Blick nichts Interessantes. Henry hatte von zu Hause aus gearbeitet, und vieles waren Aufträge und Geschäftsunterlagen, von denen Dirk nichts verstand. Dazu kam der übliche private Schriftverkehr. In einem Ordner fand er Kaufverträge über bestimmte Greifvögel. Der Verkäufer saß in Bayern und schien ein anerkannter Händler zu sein. Auch sonst war der interessanteste Gegenstand, den Dirk fand, ein Taschenmesser mit zig Funktionen. Das hatte Henry vermutlich mal seinem Sohn geschenkt.

Im Wohnzimmer gab es jede Menge Bücher über die Falknerei sowie ein paar Krimis und Fotoalben. Dirk fasste auch zwischen die Bücher, denn diese waren ein beliebtes Versteck für Briefe und Ähnliches. Er blätterte ein Fotoalbum durch, das Jan als Kleinkind mit einer hübschen Blondine zeigte. Dirk erkannte in ihr die erste Ehefrau und Mutter von Jan. Der Junge hatte echt Pech. Erst verlor er früh seine Mutter durch einen blöden Unfall, und dann wurde sein Vater ermordet. Da konnte man schon einmal merkwürdig werden. Auf der letzten Seite steckte ein vergilbter Briefumschlag von irgendeinem Labor, und Dirk öffnete ihn neugierig. Doch leider fehlte der Inhalt. Der Poststempel war zehn Jahre alt.

Am Ende mussten sich Schmitt und Dirk eingestehen, dass sie mit dem toten Falken zwar ein weiteres Rätsel gefunden hatten, aber keinerlei brauchbare Spuren oder Hinweise.

Schmitt wusch sich die Hände an der Spüle in der Küche ab und sagte mit einem Blick auf die Uhr an der Wand: »Ich würde gerne den trauernden Bruder fragen, warum er Henry mehrere Hundert Euro pro Monat gezahlt hat. Hast du irgendetwas in den Akten darüber gefunden?«

»Nein.« Dirk schüttelte den Kopf. »Aber ich bin mir sicher, dass er etwas von einer Aushilfe im Laden erzählen wird oder dass sein Bruder dafür Falknervorführungen für seinen Kundenstamm angeboten hat. Die Fahrt können wir uns sparen. Lass uns lieber schauen, was Jenny herausgefunden hat.« Dirk hatte gar keine Lust, jetzt noch mal nach Ahlen zu fahren. Seine Wange schmerzte wieder etwas, er musste dringend seine Medikamente nehmen. Und Hunger hatte er auch.

»Wir können das nicht einfach ignorieren, Dirk«, hörte er seinen Chef. »Und du weißt, dass es immer besser ist, direkt mit jemandem zu sprechen und ihn zu beobachten. Manche Lüge erkennt man dann schon auf den ersten Blick.«

Dirk nickte, schlug aber vor, dass er zur Polizeistation zurückkehrte und Jenny unterstützte. Niemand konnte wissen, ob unter den Anrufen zum Phantombild nicht wichtige Informationen aufgetaucht waren. Zu seiner Erleichterung willigte Schmitt ein und setzte ihn kurz darauf an der Polizeistation ab.

Dirk betrat das Gebäude und fragte Frau Krone, was es Neues gebe. »Gut, dass du da bist, Dirk. Jenny will gleich zu einer der Exfrauen fahren, und ich finde, dass einer von euch beiden dabei sein sollte. Sie ist doch noch gar keine fertige Kommissarin.«

Er lächelte ihr charmant zu und erinnerte sie nicht daran, dass er selbst zwar ausgebildeter Polizist, aber eben auch kein Kommissar war. Immerhin war dies nun der vierte Mordfall, den er mit Schmitt zusammen aufzuklären gedachte. Erfahrung war manchmal mehr wert als theoretisches Fachwissen. »Gibt es denn etwas, was wir dringend mit ihr besprechen müssen?«

Sie nickte. »Ja, Claudia Vogel hat sich auf das Phantombild in der Zeitung hin gemeldet. Anscheinend kennt sie den Mann und ...« Dirk hörte gar nicht weiter zu. Das klang doch nach einem Durchbruch, und ganz sicher würde er keine Praktikantin allein zu dieser cleveren Frau lassen. Er griff nach seinem Handy und informierte den Chef.

Dirk fand Jenny, als sie gerade ihren Fahrradhelm holte. »Den kannst du getrost hierlassen, mein Fahrstil ist durchaus moderat.« Er sah ihr die Enttäuschung an, weil nun er das Ruder in die Hand nahm.

Unterwegs erklärte er Jenny, dass solche Alleingänge nicht korrekt seien. »Erstens sollte immer einer wissen, wo du bist, und zweitens fehlt dir die Erfahrung für Zeugengespräche.«

»Die bekomme ich auch nie, wenn ich nichts darf. Wofür soll ein Praktikum denn wohl gut sein?«, fragte sie ihn pampig.

Dirk verdrehte die Augen, sagte aber nichts und erfuhr während der Fahrt zu Claudia Vogel, dass Jenny bereits einen Alleingang hinter sich gebracht hatte. Sie erzählte ihm, was sie in der Bäckerei herausgefunden hatte.

Er schluckte weitere Belehrungen hinunter und sagte nur: »Keine Alleingänge mehr, wir müssen uns aufeinander verlassen können, okay?«

Sie nickte kurz. Den Rest der Fahrt starrte Jenny schweigend aus dem Fenster, und Dirk überlegte, was die neue Information zu bedeuten hatte. Henry Thomas hatte sich offenbar mit dem Zechpreller Mister Y getroffen. Hatten die beiden ein illegales Geschäft ausgeheckt, das zumindest für einen schlecht ausgegangen war? War Mister Y der Mörder von Henry? Das erschien Dirk zu banal. Er war gespannt, was die Exfrau zu erzählen hatte.

Claudia Vogel öffnete ihnen die Tür nur einen Spaltbreit. Die Sicherheitskette klackerte. Seine Uniform sorgte bei den Guten meist für Beruhigung und bei den Schurken für Unruhe oder Flucht. Warum die Dame jetzt Angst vor ihnen hatte, verstand Dirk nicht. »Ich bin der Kollege von Kommissar Schmitt und komme wegen Ihres Anrufs im Polizeirevier. Sie wollen eine Aussage machen?«

»Ja, schon. Aber ich möchte erst Ihren Ausweis sehen. Wo ist denn der Kommissar?« Sie blickte auf seinen Ausweis und nickte dann. Machte aber keine Anstalten, die Tür ganz zu öffnen.

»Kommissar Schmitt ist zu einer Vernehmung unterwegs. Können wir reden?« Lange würde er hier nicht stehen bleiben.

Claudia Vogel streifte Jenny mit einem Blick, dann öffnete sie sehr umständlich die Haustür. Im Haus roch es nach Möbelpolitur. Dirk betrat mit Jenny die sehr ordentliche und geschmackvoll eingerichtete Wohnung. Ein weißer Stubentiger umschlich seine Beine, und Frau Vogel bat sie, im Wohnzimmer Platz zu nehmen.

»Haben Sie Überwachungskameras dabei?«, fragt sie ihn als Erstes, während sie sich auf den vorderen Teil eines Sessels platzierte. Sie sah aus, als wollte sie gleich ausgehen, aber Dirk ahnte, dass sie immer so fein gekleidet herumlief.

»Wovor haben Sie denn solche Angst?« Dirk bat Jenny leise mitzuschreiben.

»Was ist denn das für eine Frage? Sind Sie immer so direkt? Für Sie mag es ja normal sein, dass Menschen an einer Adlerkralle verrecken, aber ich kann mich nicht so schnell daran gewöhnen. Henry war mein Exmann. Was, wenn ich ins Visier des Täters gerate?«

»Es war keine Adlerkralle, und wieso sollten Sie ins Visier des Täters geraten? Oder gibt es etwas, das Sie bislang verschwiegen haben und dass Sie für den Täter interessant macht?«

Jenny neben ihm hob den Arm. »Entschuldigung, kann ich mal Ihre Toilette benutzen?«

Frau Vogel nickte und zeigte fahrig in Richtung Haustür. »Neben dem Eingang ist eine Gästetoilette.«

Seine Kollegin stand auf, und Dirk hoffte, dass Claudia Vogel unter vier Augen nun zur Sache kommen würde.

»Klar gibt es etwas, sonst hätte ich mich wohl kaum heute Morgen gemeldet. Ich habe den Mann auf dem Phantombild in der Zeitung wiedererkannt.«

Das klang endlich vielversprechend. »Wer ist das?«

»Wie er heißt, weiß ich nicht, aber er hat mein Haus beobachtet. Zwei Mal habe ich ihn auf der Straße herumlungern sehen. Der Typ fällt ja schon allein wegen seines altertümlichen Schnurrbarts auf wie ein bunter Hund.«

Dirk schnappte sich den Block von Jenny und schrieb nun selbst mit. »Wann war das?«

»Am Wochenende. Beide Tage.«

Da hatte Henry noch gelebt, registrierte Dirk und fragte weiter. »Haben Sie Henry nach dem Mann gefragt?«

Sie lachte spöttisch. »Warum sollte ich? Zu dem Zeitpunkt wusste ich nicht, dass Henrys nutzlose Lebenszeit so eng kalkuliert war. Ich habe erst gedacht, es sei ein verirrter Verehrer.«

Dirk betrachtete Frau Vogel, die aussah wie Ende vierzig, aber auf jeden Fall eine aparte und interessante Erscheinung war. Der Gedanke, dass sie einen Verehrer angezogen hatte, war nicht so abwegig.

Sie legte den Kopf schräg. »Prüfen Sie gerade meine Chancen? Ihre dürften auch nicht schlecht sein, oder? In der Psychologie nennt man das Attraktion, wenn man aus Sympathie die Gegenwart des anderen sucht. Ihre Begleiterin scheint dagegen nicht scharf darauf zu sein, mit Ihnen zusammenzuarbeiten. Und sie hält sich auch für klüger als die meisten Menschen. Ein gefährliches Unterfangen. Oder glauben Sie, dass das junge Ding tatsächlich dringend zur Toilette musste? Sie wird ein wenig herumspionieren, denke ich.«

»Und jetzt glauben Sie also, dass der Typ Sie beobachtet hat, weil er etwas mit dem Mord an Ihrem Exmann zu tun hat?« Dirk lenkte ihre Aufmerksamkeit wieder zurück zum Fall.

»Das müssen ja nun Sie herausfinden. Aber sicher ist doch wohl: Dieser Typ hat bereits eine Straftat verübt. Sonst würden Sie ihn kaum per Phantombild suchen, nicht wahr?« Sie blickte auf, als Jenny zurückkam. »Alles gefunden?«, fragte Claudia Vogel seine Kollegin sicher absichtlich zweideutig.

Jenny nickte und fragte, kaum dass ihr Hintern das Sofa berührt hatte: »Leben Sie allein?«

»Abgesehen von Zeus, meinem Kater, meinen Sie? Meistens, ja.«

Ihr Grinsen war diabolisch, fand Dirk. Was mochte Jenny in ihrem Bad gefunden haben? Falls sie wirklich das private Bad aufgesucht hatte. Dirk wandte sich wieder an Frau Vogel und fragte, wie gut sie die Exfrau Birte Schmor gekannt habe.

Sie blies die Backen auf, verdrehte die Augen, äußerte sich zu seinem Erstaunen dann aber recht positiv. »Birte ist ein wirklich netter Kerl, abgesehen davon, dass sie natürlich eine zarte Frau ist. Aber sie war oft auch ein Streitthema zwischen Henry und mir, denn er ist auch während unserer Ehe öfter zu ihr gefahren. Ich glaube nicht, dass er fremdgegangen ist, aber sie war seine Vertraute, mit der er andere Themen besprochen hat als mit mir.« Die akkurat nachgezogenen Brauen gingen in die Höhe. »Man fühlt sich als Ehefrau dennoch hintergangen, oder?« Fragend blickte sie Dirk an, nicht Jenny.

»Entschuldigung, ich war noch nie Ehefrau, aber manchmal bin ich ganz erleichtert, dass meine Freundin nicht alles mit mir bespricht«, antwortete er grinsend, um gleich darauf wieder ernst zu werden. »Trauen Sie Birte einen Mord zu?«

»Natürlich! Ich traue jeder Frau mit etwas Leidenschaft einen Mord zu, aber sie hat Henry nicht umgebracht, falls Sie das wissen möchten. Sie hatte kein Motiv. Sie war ihn doch schon los.« Sie zupfte vorsichtig an einem ihrer endlos langen Ohrringe und fügte hinzu: »Ich hatte natürlich auch kein Motiv, ich habe bei der Scheidung genug Schmerzensgeld bekommen. Aber solange Sie nicht wissen, warum er überhaupt ermordet wurde, bin ich beunruhigt.«

Dirk nickte und machte sich eine Notiz, dass er Claudia Vogel mal genauer durchleuchten wollte. Auch eine Frau hätte, das Überraschungsmoment nutzend, Henry mit der Kralle den tödlichen Stoß versetzen können. Man musste nur wissen, wo man anzusetzen hatte, und eine gewisse Entschlossenheit zum Töten mitbringen. Birte war Falknerin. Das hieß, dass sie auch einen Jagdschein hatte und sich aufs Töten verstand. Denn ohne Jagdschein durfte man keinen Falknerschein machen. Claudia Vogel traute er diese brutale Handgreiflichkeit nicht zu. Diese Dame würde eher töten lassen.

Sein unbeabsichtigtes Schmunzeln machte sie sofort misstrauisch. »Sie glauben mir nicht? Überprüfen Sie doch mal die Alibis. Was haben Sie bislang denn schon groß herausgefunden? Beim nächsten Mal möchte ich mit dem Kommissar sprechen. Sagen Sie ihm das.« Und mit diesen Worten stand sie einfach auf und ging in den

Garten. Sie trug eine weite, elegant aussehende Stoffhose, die nun sanfte Wellen um ihre nackten Füße schlug. Machte auch nicht jeder, bei fünfzehn Grad Märzsonne barfuß laufen.

Jenny schaute ihn an und zuckte mit den Schultern. »Die hat dich eiskalt abserviert.«

»Das macht nichts. Ich habe ja nicht vor, mit ihr zum Abendessen zu gehen.« Sie standen auf und zogen die Haustür hinter sich zu.

Unterwegs fragte er Jenny dann nach ihrem Toilettengang. »Was entdeckt, was wichtig sein könnte?«

»Zwei Zahnbürsten im Becher und einen ausgestopften Mäusebussard im Schlafzimmer!«

* * *

»Das war absoluter Bullshit, was mir Georg Thomas erzählt hat. Dirk, du hattest recht. Angeblich hat sein Bruder Henry sich regelmäßig um den Internetauftritt des Ladens gekümmert und hat dafür die monatliche Zahlung bekommen. Mal sei mehr angefallen, mal weniger, daher hätten sich die Brüder auf eine bestimmte Summe geeignet.«

Jenny mischte sich ein. »Aber es könnte tatsächlich so sein. Mein Onkel hat mir auch eine Zeit lang jeden Monat zweihundert Euro für das Einrichten und Kümmern seiner Webseite gezahlt. Und innerhalb der Familie schreibt man sich ja keine Rechnungen.«

Schmitt nickte. Tatsächlich hatte Georg ihm sogar Rechnungen von Henry gezeigt. Immerhin war er Geschäftsmann und wollte jede Ausgabe auch steuerlich geltend machen. Aber Schmitt irrte sich selten, und er erkannte, wenn jemand ihn belog. »Kann sein, dass Henry ihm geholfen hat, aber irgendetwas verschweigt mir der Bruder. Dafür habe ich einen Blick.«

Mit Interesse hörte er sich dann die Berichte seiner beiden Jungspunde an. Dieser Zechpreller wurde eine immer interessantere Person in dem Mordfall. Wer hätte das zu Beginn des Falles gedacht? Dass seine Praktikantin nun so eigenmächtig vorgegangen war, das hatte er natürlich nicht gewollt. Und als Dirk kurz das Büro verließ, sagte er ihr das auch. »Jenny, als ich dir auftrug, dich um die gefundene Lebendfalle zu kümmern und dich mit dem Thema zu beschäftigen, war keine Rede davon, dass du allein und ohne jemandem Bescheid zu geben, Zeugen verhörst. Auch wenn ein Café tendenziell ein harmloser Ort ist. Weder bist du dafür schon genügend ausgebildet noch darf hier überhaupt jemand ermitteln, ohne sein Team einzuweihen. Wenn du den Bericht fertig hast, werde ich diese Frau im Café also noch mal aufsuchen und mir die Zeugenaussage unterschreiben lassen, damit auch alles offiziell anerkannt ist.«

Jenny blies die Backen auf. »Ich habe dort ein Stück Kuchen gegessen und mich ein wenig umgehört. Ich dachte mir nichts dabei.«

»Verkauf mich nicht für blöde, meine Liebe. Du bist ehrgeizig und willst dich beweisen. Das ist normal, aber ich muss auch auf mein Team aufpassen und auf Praktikantinnen sogar noch mehr. Wir haben es hier mit einem sehr brutalen Mord zu tun, und wir haben leider noch keine Ahnung, aus welcher Richtung der Täter kommt. Alles klar soweit? Andernfalls muss ich dich aus unserem Team rausnehmen.«

Er sah ihr an, dass sie mit Kritik nicht gut umgehen konnte, aber sie nickte, fasste ihre braunen, glatten Haare zusammen und band ein Gummiband darum. »Ich schreibe dir alles auf. Was machen wir mit Claudia Vogel? Immerhin hat sie einen ausgestopften Raubvogel im Schlafzimmer.«

Schmitt hätte der Dame zwar eher einen Abrisskalender der Chippendales im Schlafzimmer zugetraut, aber so ein toter Vogel als Schmuck stand nicht unter Strafe, und er würde auch den Teufel tun, sich die Herkunft des Tieres bescheinigen zu lassen. Mit Sicherheit stammte der von ihrem Exmann. »Wir lassen der Frau Vogel ihren Vogel und kümmern uns weiter um das Leben von Henry. Denn dort finden wir am ehesten ein Motiv.« Er wandte sich ab und kauerte sich zu John hinunter, um das brave Tier zu streicheln. Er würde heute noch mal zu den Raubvögeln fahren und den Schuppen genauer unter die Lupe nehmen. Zudem wollte er das Ehepaar in der Nachbarschaft genauer befragen. Schmitt wusste, dass man im ersten Schock nach dem Auffinden einer Leiche längst nicht alles erzählte, was man wusste. Das war meist keine böse Absicht der Zeugen, sondern schlichtweg Überforderung.

Daher machte er sich am Nachmittag erst auf den Weg zum Café, um sich die Aussage der Inhaberin unterschreiben zu lassen. Einer Eingebung folgend nahm er ein paar Stücke Erdbeerkuchen mit und fuhr hinaus aufs Land zum Grundstück von Mildred Buhl.

Schmitt hatte Glück und traf an diesem Tag auch Mildreds Ehemann an. Ein hoch gewachsener, aber leicht gekrümmter Mann um die sechzig öffnete ihm die Tür, und während Schmitt die Platte mit Kuchen wie eine

Waffe vor sich hertrug, stellte er sich rasch vor. »Kommissar Schmitt, guten Tag. Entschuldigen Sie den Überfall, aber ich habe noch ein paar Fragen an Ihre Frau und an Sie wegen Henry Thomas. Ich habe auch Kuchen mitgebracht.« Sein Dackel John schlüpfte hinter ihm ins Haus. »Das ist John, seine Besitzerin wurde ermordet, und seitdem lebt er bei mir«, fügte er hinzu.

Bevor der überrumpelte Mann etwas erwidern konnte, tönte laut die Stimme seiner Frau aus der Küche. »Reinlassen, Werner. Leute mit Essen in der Hand immer reinlassen.« Und dann kam Mildred Buhl auch schon um die Ecke. »Tach, Herr Kommissar, Sie kommen doch nur, weil Sie sich in meine Kaffeemaschine verliebt haben. Aber es soll Ihr Schaden nicht sein. Ach, was ist der herzallerliebst. Tritt bloß nicht drauf, Werner. Mein Mann ist etwas tollpatschig, zu große Füße.« Sie nahm ihm den Kuchen aus der Hand, und wenig später saßen sie alle drei gut versorgt mit Kaffee und Erdbeerkuchen in der gemütlichen Küche und sprachen über Mord und Totschlag. John knabberte an einem Stück Mettendchen herum.

Mildred Buhl spritzte sich Sahne auf ihren Kuchen und sagte: »Ich habe mal einen Thriller gelesen, da hat ein Mörder mehrere Leute umgebracht, und zwar jeden auf seine eigene Weise. Und jede Methode sollte das jeweilige Opfer an seine Schuld erinnern. In dem Buch wurde ein Jäger durch einen Wald getrieben und mit einer Schrotflinte erschossen, und ein Apotheker hat mit unwirksamen Arzneimitteln Menschen getötet und wurde mit Tollwut infiziert. Und dann hat der Mörder ihm ein paar Tage lang immer wieder die lebensrettende Impfung vor die Nase gehalten, ihm Hoffnung gemacht, aber bekommen hat er sie nicht, und er ist elend verreckt.« Mit Genuss steckte sie sich das Kuchenstück in den Mund.

Werner Buhl entschuldigte sich. »Meine Frau liebt Thriller und blutrünstige Filme. Ich weiß nicht, von wem sie das hat. Aber auch wenn sie laut über die Vögel von Henry schimpft, sie sorgt zurzeit gut für sie und hat schon mit mehreren Falknern gesprochen, ob jemand sie übernehmen kann.«

Schmitt hörte aufmerksam zu. Bislang hatte sich noch niemand gemeldet und von einem Testament gesprochen. Der einzig bekannte Erbe war bislang sein Sohn. Aber vielleicht hatte Henry auch seinen Exfrauen oder seinem Bruder etwas vererben wollen und ein Testament gemacht. Mit Anfang fünfzig dachte man nur leider nicht so oft daran.

»Was ist mit seinem Sohn Jan? Kann er sich nicht um die Vögel kümmern?«, fragte er harmlos.

Werner Buhl blickte betroffen auf sein Kuchenstück, das diesen Blick nicht verdient hatte, und Mildred sagte frei heraus: »Nein, kann er nicht. Völlig ausgeschlossen – sagt Jan, nicht ich.«

»Birte Schmor ist doch auch Falknerin. Ich werde sie mal fragen, ob Sie Ihnen was abnehmen kann. Soweit ich weiß, müssen diese Vögel jagen und dürfen nicht im Käfig herumsitzen.« Mist, dachte Schmitt, er hatte so gar nicht an die Versorgung der Greifvögel gedacht. Hätte er nicht sogar eine Meldung machen müssen? Das war ihm total durchgegangen.

»Die will mit seinen Vögeln auch nix zu tun haben. Wir haben ja mit dem Bundesamt für Wald und Landschaft gesprochen, schon an dem Tag, als Henry ermordet wurde. Die wollten jemanden rausschicken, waren aber erst mal beruhigt, als ich denen sagte, dass wir die Viecher füttern.« Sie griff wieder nach der Sprühsahne.

Schmitt lobte das Paar begeistert. Es ging doch nichts über patente Nachbarn und Zeugen. Umständlich holte er dann das Phantombild aus dem Inneren seiner Jackentasche und faltete es auseinander. »Haben Sie diesen Mann mal hier in der Nähe gesehen?« Mildred Buhl warf nur einen flüchtigen Blick darauf. »Der hat es heute schon bis in meine Zeitung gebracht, aber näher ist er mir nicht gekommen. Das heißt aber nichts. Henry hat einige Vogelvorführungen abgehalten, und in den letzten beiden Jahren sind eine Menge Leute hier gewesen. Wir bekommen zum Glück nicht so viel davon mit. Was is' los, Werner?«

Werner starrte auf das Foto und kratzte sich am Kopf. »Ich weiß nicht, aber vor einigen Jahren ist mir mal ein Besucher aufgefallen, weil der so einen altmodischen Schnurrbart hatte. Fand' ich irgendwie gut.«

»Untersteh dich, alter Mann«, warf seine Frau ein, doch über Werners Gesicht ging nur ein flüchtiges Lächeln, und er überlegte weiter. »Aber ob das jetzt dieser Kerl war, puh, das kann ich doch nicht allein wegen eines Schnauzers sagen.«

Schmitt hörte aufmerksam zu. »Wissen Sie noch, was der Mann, den Sie gesehen haben, bei Henry wollte?«

Werner Buhl kramte sichtlich in seinen Erinnerungen. »Ich erinnere mich an den Typen nur, weil ich bei Henry war, um ihn zu fragen, ob er eines unserer Hühner gesehen hatte.« Plötzlich lachte der Mann belustigt los. »Erinnerst du dich, Mildred?«

Seine Frau nickte mit grimmigem Gesicht. »Allerdings. Die Geschichte ging für unseren Anton nicht gut aus. Aber ich wusste nicht, dass daran noch ein anderer Mann beteiligt war.«

Schmitt wurde allmählich neugierig und vernachlässigte sogar seinen Erdbeerkuchen.

Werner erzählte weiter: »Bei meiner Frage machte unser Nachbar Henry ein ganz schuldbewusstes Gesicht, und er gab zu, dass sein noch junger Mäusebussard ihm gestern den Hahn gebracht habe. Der Bussard sei sehr stolz gewesen, und unser Anton ist dann als delikates Grillhähnchen bei Henrys Familie auf den Tisch gekommen. Er hat sich entschuldigt und uns am nächsten Tag eine Flasche Wein vorbeigebracht. Und Mister Schnauzbart war an dem Nachmittag bei ihm und hat sich die Vögel angeschaut. Was er speziell dort wollte oder wie gut die beiden sich kannten, kann ich nicht sagen. Ich habe auch keine Anrede vernommen. Tut mir leid, Kommissar. Aber kein Grund, nicht das leckere Tortenstück zu essen. Gib dem Kommissar noch etwas Sahne, meine Liebe.«

Schmitt hielt nicht viel von Zufällen. Das Leben war ein Dorf, und meistens gab es Verbindungen. Wenn also ein auffälliger Schnauzbart mal bei Henry war und dann wieder ein auffälliger Schnauzbart nach Henry gefragt oder sogar gesucht hatte und so ein Mann im Café zum Kuchenessen aufgetaucht war, dann glaubte Schmitt nicht an eine neu entdeckte Schnauzbartmode einiger unbeteiligter Männer. Er nahm die Aussage von Werner Buhl sehr ernst und ging davon aus, dass Mister Y, wie Jenny ihn neuerdings nannte, nicht zum ersten Mal in Warendorf gewesen war. »Können Sie sich ungefähr an das Datum erinnern?«

Werner schüttelte den Kopf. »Ich weiß nicht einmal mehr das Jahr, nur dass es Ende März oder Anfang April war. Der Tag war kalt, aber die Sonne schien und hatte eine angenehme Kraft.«

Mildred stand auf und kramte in einer Schublade nach einem Kalender. Sie blätterte und sagte dann mit einem Gesicht wie Sherlock Holmes: »Es war am 7. April vor fünf Jahren.«

Schmitt zückte sofort sein eigenes Notizbuch und sagte lächelnd: »Herr Buhl, Ihre Gattin ist mir unheimlich.«

Die Gattin klappte das kleine Buch wieder zu und sagte: »Das war einfach. Denn Anton ist genau am sechzigsten Geburtstag meiner Schwägerin verschwunden, das weiß ich noch. Also musste ich nur nach dem Datum schauen, wann genau sie Geburtstag hat. Sie wollen in den Hotels nach der Gästeliste fragen, habe ich recht?«

Schmitt nickte, dachte aber, dass das Ganz zu lange her sei, um noch etwas zu erreichen. »Wenn mir die Mitarbeiter mal ausgehen, stelle ich Sie als Hilfssheriff ein. Ich möchte mich jetzt gerne noch auf dem Grundstück von Henry umsehen. Die Vögel sind doch alle sicher in der Voliere, oder?«, fragte er und blickte besorgt auf seinen kleinen Dackel.

Mildred nickte. »Natürlich. Heute Morgen wollte ein Falkner kommen und die Tiere zumindest mal an der langen Leine fliegen lassen, aber bei uns hat sich noch niemand gemeldet. Vielleicht kommt er noch. Was hoffen Sie dort zu finden?«

Schmitt bedankte sich für den Kaffee und stand auf. »Ich weiß es nicht. Ich muss manchmal einfach den Tatort besuchen und die Stimmung in mich aufnehmen. Manchmal weiß ich dann, wonach ich suchen muss, oder ich finde spontan eine Spur, etwas, das beim ersten Sichten noch nicht von Bedeutung war.« Er hob die Schultern und wusste nicht, wie er es anders erklären sollte. »Ist es okay, wenn ich mein Auto hier stehen lasse und eben zu Fuß rüberlaufe?«

»Natürlich.«

Gut gelaunt trabte John dann mit ihm den schmalen Weg zum Nachbargrundstück, hob überall sein Beinchen, wo es interessant roch, und versicherte sich immer wieder, dass Schmitt auch hinter ihm war. Die Sonne lugte immer wieder zwischen einigen Wolken hindurch, und Schmitt sog den Duft von feuchtem Gras und Frühling ein. Ein kurzer Vogelschrei war zu hören, dann noch einer, und der Kommissar fragte sich, welche Art solche kurzen Schreie ausstieß. Er wandte den Blick nach oben und erstarrte. Denn mit rasender Geschwindigkeit kam da von oben etwas angeflogen, und noch ehe sich Schmitt versah, machte ein großer Greifvogel Jagd auf seinen John. Laut quiekend sprang John ins Feld, statt sich in seinen Schutz zu begeben. Schmitt konnte gerade noch die Arme hochreißen, und der Greif wandte sich irritiert ab. Doch nur kurz flog er ein paar Meter in die Höhe, dann hatte er den dunklen, kleinen Dackel zwischen den viel zu kurzen Halmen auf dem Feld entdeckt und kreiste kurz über ihm. »John, komm schnell zu mir, komm.« Schmitt rief nach ihm, probierte mehrere Tonlagen aus, doch statt in seine rettenden Arme zu kommen, lief er laut bellend hin und her. Und der Greifvogel, Schmitt erkannte lediglich, dass es kein Bussard war, setzte erneut zum Sturzflug an. Schmitt rannte los, und endlich eilte John in seine Richtung. Seine langen Ohren, die sich so wunderbar weich anfühlten, wehten hinter ihm her. Der kleine Kerl rannte, so schnell es ihm mit seinen kurzen Beinen möglich war. Der Greifvogel stieß seine kurzen Schreie aus und stürzte vom Himmel. Schmitt konnte gar nicht hinschauen. In zwei Sekunden würde er John mit sich in die Lüfte nehmen. Hätte er den kleinen Hund doch nur an die Leine genommen. Doch plötzlich wurde der Vogel nach hinten weggerissen und flatterte eine Zeit lang irritiert auf der Stelle. Den Augenblick nutzte Schmitt und hob John, der jetzt hilfesuchend an seinen Beinen hochsprang, hoch und versteckte ihn unter dem Trenchcoat. Ja, er presste sogar sein Gesicht kurz an das weiche Fell und zitterte beinahe mit dem Dackel um die Wette. Er beruhigte sich erst durch einige tiefe Atemzüge. Zu Lebzeiten seiner Frau hatte sie immer versucht, dass er sich einen Hund anschaffte, damit er einen besseren Umgang mit seiner Tierphobie erreichen könnte. Aber er war dazu nie bereit gewesen. Jedes Tier, das größer als ein Beagle war, hatte ihn erstarren lassen. Im Vorjahr war John plötzlich in sein Leben getreten. Johns Besitzerin war im Zuge ihrer gefährlichen Alleingänge ermordet worden, und Schmitt hatte sich schuldig gefühlt, und seitdem konnte er sich seinen Alltag ohne den kleinen Kerl nicht mehr vorstellen. Er war so vertieft in seine Sorge, dass er die laut rufende Stimme erst verzögert wahrnahm.

»Himmel noch eins, das war aber knapp. Es tut mir sehr leid, ich habe Sie zu spät gesehen. Aber es wäre auch besser, wenn Sie Ihren Hund an die Leine nehmen. Es gibt zurzeit viel Nachwuchs unter dem Wild, das nicht aufgescheucht werden darf. Ach, was ist der süß.« Hoch über ihnen flog noch immer der Greifvogel, aber Schmitt sah nun auch die Leine in der Hand des Mannes, der den typischen Lederschuh eines Falkners an der rechten Hand trug, während in der linken die Schnur ums Handgelenk gebunden war. Diese Vorrichtung hatte seinem John das Leben gerettet.

Schmitt betrachtete den kräftigen, etwas untersetzen Mann vor ihm, der nun den kleinen Dackel auf seinem Arm kraulte. »Kommissar Schmitt, guten Tag. Ich wollte mich noch mal am Tatort umsehen.«

»Ah, guten Tag. Ich bin Andreas Löper und schaue im Auftrag des Bundesamtes nach den Tieren. Ich lasse sie mal kurz jagen, damit sie fliegen können. Na bitte, da hat er ja ein besseres Opfer gefunden als einen teuren Dackel aus bester Zucht. Wo haben Sie nur dieses schöne Tier her? Aber sehen Sie nur.«

Schmitt folgte seinem Blick und sah, wie der große Greifvogel in die Tiefe stürzte und offenbar ein Kaninchen riss. Er freute sich über die Komplimente für John, ließ ihn aber nicht vom Arm herunter. Ihm selbst war dieser Raubvogel auch viel zu groß, und er konnte es kaum abwarten, bis das Tier wieder in der Voliere sein würde. »Das ist aber kein Bussard oder Falke, den Sie da an der Leine haben, oder?«

Andreas Löper schüttelte den Kopf. »Das ist ein Steinadler. Selten genug, dass ein Falkner hier in der Gegend ein solches Tier besitzt. Ich bin tatsächlich ein wenig aufgeregt, diesen Koloss fliegen zu lassen, aber der

Vogel ist erfahren und kennt nur die Gefangenschaft. Er wird sich sattessen und dann zurückkommen. Aber da er mich nicht kennt, ist die Leine schon notwendig.«

Schmitt hörte aufmerksam zu und fragte sich, ob Falkner besonders blutrünstig waren oder einfach sehr naturverbunden und die ganz urtümliche Jagd ohne Munition eben einfach besser fanden. Er verabschiedete sich zunächst und ging mit John auf dem Arm zur Hütte, um sich dort näher umzusehen. Natürlich hatten das auch die Männer der Spurensicherung direkt nach Auffinden der Leiche ausgiebig getan, doch Schmitt ging es heute um die Atmosphäre und um das Betrachten des persönlichen Eigentums. Welche Bedeutung hatte das Hobby für Henry Thomas gehabt? Was für ein Mensch war er hier? Hatte er eine morbide Seite seiner Persönlichkeit ausgelebt oder hatte er seine Tiere geliebt? Noch immer kristallisierte sich einfach kein Motiv heraus, und ohne das war es schwer, sich nach einem Mörder umzuschauen. Oder einer Mörderin? Alle Frauen, die Schmitt bisher in dem Fall begegnet waren, entsprachen nicht seinem vielleicht etwas veralteten Bild einer zart besaiteten Person, die es vor Gewalt zu beschützen galt. Und da wurde ihm immerhin eines klar; er musste dringend mit Birte Schmor über die Falknerei sprechen. Sie musste wissen, was Henry Thomas diesbezüglich alles getrieben hatte. Und sie wusste eventuell mehr über den Adler.

Er sah sich in dem Schuppen um, in dem das Licht nun endlich alles erleuchtete. Und erst jetzt fiel ihm ein Kühlschrank auf, der in einer Ecke stand. Auch ein etwas bequemerer Gartenstuhl stand in einer Ecke mit Kissen und einer warmen Decke. Das ergab alles Sinn, wenn

Henry sich hier viel und auch lange aufgehalten hatte. Schmitt zog sich Handschuhe an. Im Kühlschrank fand er Bierflaschen, ein Kühlpack und ein paar Äpfel. Doch da war noch etwas. Ganz hinten im obersten Fach stand eine grüne Dose. Wahrscheinlich längst vergessene Butterbrote. Sollte er überhaupt einen Blick hineinwagen? John hinter ihm sprang plötzlich mit Schwung in eine Ecke, und ein Quicken ertönte. Schmitt drehte sich um, und zum ersten Mal seit ihrer Beziehung zeigte John seinen Jagdinstinkt. Triumphierend hielt er eine Maus zwischen seinen Zähnen und blickte sein Herrchen stolz an. Offenbar musste sein kleiner Freund gerade etwas kompensieren. Beinahe selbst zum Opfer geworden, hatte er sich nun auch ein Beutetier geschnappt. Sollte er John jetzt loben oder mit ihm schimpfen? Er wusste es nicht.

»Willst du die Maus etwa auch noch essen, oder soll ich sie nur bewundern?«, fragte er seinen Hund dann mit sanfter Stimme. »Gib sie mal besser ab, und ich schaue, ob es in der Dose nicht ein Leckerli für dich gibt, okay?«

Platsch, landete die tote Maus auf dem Steinboden, und John setzte sich erwartungsvoll hin.

Schmitt fasste die Maus am Schwanz und schmiss sie im hohen Bogen nach draußen in einen Busch. Dann öffnete er die Dose und entdeckte eine Lättapackung. Was sollte das denn? Er öffnete die Margarine und pfiff durch die Zähne. Das würde einen kleinen Einlauf für die Leute der Spusi geben, die offenbar nicht alles untersucht hatten. Denn statt einer cremigen Masse war die Packung blitzeblank geputzt, und darin befanden sich Hundert-Euro-Scheine. Viele Hundert-Euro-Scheine.

4. KAPITEL

Steffi schleppte sich missmutig nach Hause. Noch immer lag ihr das Essen vom Vorabend schwer im Magen. Es rumorte immer mal wieder, und sie fühlte sich schlapp. Seit wann vertrug sie keinen Camembert mehr? Sie hatte mittags ein paar Stunden im Restaurant gearbeitet und war dann eine halbe Stunde eher gegangen. Dabei hatte sie heute außer einer Banane noch nichts gegessen. Egal, sie konnte ganz gut von der Substanz leben.

Viel wichtiger war es, dass ihr Freund Jan nun von ihrer Affäre mit seinem Vater wusste und sie sich ausgesprochen hatten. Heute Morgen war die Leiche von Henry freigegeben worden, und Jan konnte die Beerdigung planen. An das Konto seines Vaters war er trotz Totenschein noch nicht rangekommen. Er würde erst beweisen müssen, dass er der rechtmäßige Erbe war, also musste er seine Geburtsurkunde vorlegen und beim Amtsgericht einen Antrag auf einen Erbschein anfordern. Nur mit diesem Erbschein würde er an das Bankkonto kommen und einen Anspruch an die Besitztümer machen können. Das alles würde sicher ein paar Wochen dauern, und Jan konnte froh sein, wenn Georg die Kosten für die Beerdigung und alles andere zumindest vorstreckte. Jan hatte gerade mal zweitausend Euro auf dem Konto. Hätte Claudia als Ehefrau noch etwas länger durchgehalten, würde sie nun die Hälfte des Vermögens erben.

Und sie selbst? Steffi fasste mit der rechten Hand an die Kette um ihren Hals. Als Geliebte würde sie nichts erben, als Verlobte ebenfalls nicht. Steffi dachte an diesen einen Tag im Januar. Henry war in ganz merkwürdiger Stimmung gewesen, er schwankte zwischen Melancholie und Übermut. Sie hatten sich geliebt und im Bett gefrühstückt, und plötzlich war er aufgesprungen, dass sich ihr Kaffeerest über die Bettdecke ergossen hatte. »Lass uns heiraten, Steffi. Einfach so. Wir holen unsere Papiere und fahren nach Dänemark. Wir machen uns ein tolles Wochenende und überraschen einfach alle. Ich will mein Leben noch mal komplett ändern.«

Als sie lachend darauf hingewiesen hatte, dass sie sich aktuell nicht als Ehefrau definiere und zudem auch noch am Abend arbeiten müsse, war er in sich zusammengesunken. Der Satz: »Du hast ja recht, so leicht entkomme ich meinem alten Leben nicht«, hatte resigniert geklungen. Im Rückblick betrachtet, merkte sie plötzlich, dass ihn etwas bedrückt haben musste. Ob er damals schon geahnt hatte, dass er einen Feind hatte? Einen Tod bringenden Feind? Wäre sie jetzt eine Witwe mit einem passablen Erbe oder wäre Henry gar nicht tot, wenn sie übermütig nach Dänemark gefahren wären? Aber diese Fragen waren Nonsens. Sie hätte Henry nun einmal nicht geheiratet.

Sie betrachtete die wenigen Fotos, die sie von Henry auf ihrem Handy hatte. Eine weitere Bemerkung bekam eine neue Bedeutung. Bei einem Zoobesuch in Rheine hatten sie eine Kinderschar beobachtet, und Henry hatte sie gefragt, ob sie auch ein Kind wolle. Er hätte gerne ein Kind, hatte er hinzugefügt. »Du hast doch ein Kind«, hatte Steffi erwidert. Henry hatte ihre Bemerkung abgetan. »Ich habe kein Kind, ich habe einen erwachsenen Sohn, der nur noch nicht ganz aus der Pubertät herausgefunden hat. Das ist etwas ganz anderes.«

Henry war zwei Mal noch nach dem Tod seiner ersten Frau verheiratet gewesen. Warum hatte er eigentlich kein Kind mit Birte? Und warum konnte Birte, die eine ausgebildete Falknerin war, Jan nicht mit den Vögeln helfen? Steffi kannte Birte flüchtig, denn sie war mit Henry zusammen auf ihrem Geburtstag im Dezember gewesen. Zu ihr hatte Henry immer Kontakt gehalten. Auf der Beerdigung würde sie alle wiedersehen. Doch es juckte ihr in den Fingern, mit Birte zu sprechen. Unter welchem Vorwand könnte sie die Frau aufsuchen? Ein Blick in den Spiegel zeigte Augenringe und eine blasse Gesichtsfarbe. Ihre Sommersprossen sahen heute wie aufgemalt aus, da würde auch kein Puder etwas nützen. Egal. Sollte sie doch ruhig ein wenig lädiert bei der anderen Frau auftauchen. Immerhin hatte auch sie ihren Expartner verloren und musste zusätzlich noch dem Sohn des Mordopfers beistehen.

Sie schob ihr altes Fahrrad aus der Gemeinschaftsgarage und machte sich auf den Weg zu Birtes Einliegerwohnung. Dass Birte eventuell gar nicht zu Hause sein könnte, fiel Steffi erst ein, als sie ihr Rad abstellte und den Klingelknopf betätigte. Aus der Wohnung drang Klaviermusik. Sie lauschte erstaunt und ein wenig gerührt. Denn es war eins von Henrys Lieblingsstücken, das *Andante Grazioso* von Mozart. Sie kannte es gut. Bei einem Glas Rotwein hatte sie auf der Couch in seinen Armen gelegen und dem Stück gelauscht. Warum spielte Birte es jetzt? War es ihre Art zu trauern?

Abrupt brach die Musik ab, und Sekunden später öffnete Birte die Tür und lächelte sie überrascht, aber sehr freundlich an. »Mensch, Steffi. Das ist aber schön, dass du bei mir vorbeischaust.« Und sie fügte schnell hinzu: »Wenngleich die Umstände ja traurig sind. Komm rein.«

Neben der zarten, kleinen, blonden Frau kam Steffi sich wie ein tapsiger Bär vor, stellte sie verwundert fest, denn eigentlich störte sie das sonst wenig, wenn andere Frauen schlanker waren.

Im Wohnzimmer drehte Birte sich plötzlich um und rief aus: »Ich bin jedes Mal erstaunt, wie jung du bist. Das hätte ich Henry nie zugetraut. Kann ich dir etwas anbieten?«

Steffi nickte und fragte nach einem Wasser. »Das Stück, das du gespielt hast ...«

»Mozart«, fiel Birte ihr ins Wort. »Ja, es ist sein Lieblingsstück gewesen. Ich weiß auch nicht, warum ich es gespielt habe. Es kam mir in den Sinn. Nicht, dass du mich falsch verstehst. Ich hätte ihn nicht zurückhaben wollen. So, hier bitte schön.«

Sie setzten sich an einen kleinen Couchtisch neben dem weißen Flügel. Steffi kannte sich nicht aus, aber sicher war das geschwungene Teil der teuerste Gegenstand der Wohnung.

»Bist du nicht auch mit Jan befreundet?«

Steffi nickte und sah sich in der Wohnung um. Sie erkannte schnell, dass hier jemand wohnte, dem Ordnung und Übersicht nicht so wichtig waren, es stand viel unnötiger, bunter Kram herum. In einer Ecke entdeckte Steffi ein braunes Hundekörbchen, und ein wirklich kleiner, flauschiger Hund blickte sie aus dunklen Knopfaugen an. Niedlich.

Birte folgte ihrem Blick und erklärte: »Das ist Goliath. Er ist dafür verantwortlich, dass Henry nicht nur mit einer aufgerissenen Kehle auf dem Tisch der Rechtsmedizin gelandet ist, sondern auch mit einem Hundebiss am Bein.« Birte grinste etwas unsicher.

Steffi lachte. »Nicht dein Ernst? Und da bist du noch nicht verhaftet worden? Immerhin hast du auch einen Falknerschein und weißt sicher, wo du so eine Greifvogelkralle herbekommst und wie man damit jemanden tötet. Sorry, ich wollte damit nicht sagen, dass ich dich verdächtige.« Sie schob sich eine Locke aus dem Gesicht.«

»Ich habe ja gar kein Motiv. Wahrscheinlich sind wir aber alle ein wenig verdächtig. Jan sicher am allermeisten. Immerhin erbt er alles, und sein Verhältnis zu seinem Vater war schwierig.«

Steffi hielt sofort dagegen: »Jan macht sich nicht so viel aus Geld, und wer ihn kennt, weiß, dass er nicht einmal ein Huhn töten könnte, wenn er kurz vorm Hungertod steht. Aber apropos Jan. Wieso hattet ihr beiden eigentlich keine Kinder zusammen? Also du und Henry?«

Birte verschluckte sich prompt an ihrem Wasser und hustete so heftig, dass der kleine Goliath aufstand und Steffi sehr misstrauisch beäugte, als wäre sie für den Hustenfall verantwortlich. Sein Nackenfell stand hoch, und er würde gleich zubeißen, wenn Birte sich nicht beruhigte.

Das tat sie zum Glück. »Meine Güte, was bist du indiskret.« Aber Birte lachte dabei. »Ich kann keine Kinder bekommen. Das habe ich aber erst nach der Eheschließung erfahren. Für mich ist es okay, denn ich habe meine Tiere und meine Musikschüler und bin relativ unabhängig. Aber wieso interessiert dich das plötzlich?« Die blonde, schmale Frau musterte sie nun eingehend von oben bis unten. »Hat Henry sich deshalb eine so junge Freundin angelacht? Weil er in seinem Alter noch mal Vater werden wollte? Ich dachte immer, die Streitereien mit seinem Sohn hätten ihn vom Kinderwunsch geheilt.«

Steffi schüttelte vehement den Kopf. »Nein, da irrst du dich. Das war nie Thema, und ich hätte Henry auch nie geheiratet. Das wusste er. Es war eine Affäre, sonst nichts!« Rasch trank sie ihr Wasser leer. Die Idee, hier bei Birte vorbeizuschauen, kam ihr plötzlich dämlich vor. Daher kam sie schnell zu dem anderen Thema. »Sag mal, Birte, kannst du dich wohl um die Greifvögel von Henry kümmern? Zurzeit machen das die Nachbarn, aber sie müssen ja verkauft werden und …«

Weiter kam sie nicht, denn Birte stand plötzlich auf. »Also wenn du deshalb gekommen bist, dann kannst du gleich wieder gehen. Ich lass mich nicht mehr für den Scheiß, den Henry hinterlassen hat, einspannen. Das gibt nur Probleme.« Kategorisch verschränkte sie die Arme vor der Brust, und Goliath stellte sich neben sie, als würde er ebenso diese Meinung vertreten.

Steffi stand so schnell auf, dass ihr kurz schwindelig wurde. »Entschuldige bitte, ich wusste nicht, dass du an der Stelle ein solches Thema hast.« Ihr Ton hatte sich nun auch abgekühlt, und sie machte Anstalten, zur Haustür zu gehen.

Birte fühlte sich offenbar genötigt, ihrer Absage noch etwas hinzuzufügen. »Ich weiß, dass Henry einen Adler besitzt. Keine Ahnung, warum er sich ein solches Tier angeschafft hat. Die gehören überhaupt nicht in unsere Gegend. Einen Adler zu halten, das ist etwas ganz anderes. Der geht mit dir eine Beziehung ein, eine Partnerschaft.«

»Das hört sich für mich nett an«, meinte Steffi und blickte auf den kleinen Goliath, der sich an Birtes Bein drückte. Darum ging es doch, wenn man sich Tiere anschaffte.

»Das findest du bestimmt nicht mehr nett, wenn so ein großer Adler sich an dich presst und dich begatten will. Denn genau das kann dir mit einem Adler passieren. Ich traue mir die Arbeit nicht zu, und es zeigt nur den Größenwahn von Henry, dass er seit Kurzem einen Adler hält. Henry hat zwischendurch aber auch immer billig Vögel gekauft, sie trainiert und dann teuer weiterverkauft. Für solche Geschäfte hatte er ein Händchen. Aber einen Adler reicht man nicht einfach weiter.«

»Vielleicht hatte er auch die Nase voll von uns Frauen«, versuchte Steffi einen Scherz. Dann dankte sie Birte für ihre Ehrlichkeit und fragte an der Haustür: »Glaubst du, dass Henry wegen seiner Greifvögel getötet wurde? Gab es Neider?«

»Nein, dafür bringt man hoffentlich niemanden um. Henry ist bestimmt wegen schwererer Vergehen ermordet worden. Tschau.« Und damit fiel die Tür hinter ihr ins Schloss.«

* * *

Schmitt legte sein Handy zurück auf den Schreibtisch und lehnte sich auf seinem Stuhl zurück. Er war sogar kurz versucht, seine Beine auf den Tisch zu legen, aber irgendetwas in ihm ließ das nicht zu. »Das war gerade Steffi Sandmann«, sagte er zu Dirk. »Sie war bei Birte Schmor, Ehefrau Nummer zwei von Henry Thomas, und ihre Information passt zu achtzig Prozent zu dem Geld, das ich im Kühlschrank gefunden habe.« Schmitt musterte seinen Kollegen. Dirk fand allmählich seinen gesunden Teint wieder, auch wenn die Kratzer nun eine Kruste bildeten und sich deutlich abhoben. Aber die Wunde wirkte nicht mehr so entzündet.

»Aha. Stammt das Geld etwa von Birte? Sag mal, Chef. Ist das nicht komisch, dass diese ganzen Exfrauen so viel Kontakt zueinander haben? Findest du das nicht auch seltsam?«

Schmitt nickte. Hier war so einiges seltsam. Geld in einem Kühlschrank auf dem Land zu finden, war ebenso merkwürdig wie eine Falkenkralle als Mordinstrument. Da war die Vertraulichkeit der Exfrauen beinahe harmlos, aber er musste dem jungen Polizisten recht geben.

»Stimmt, Dirk, eigentlich hacken sie sich sonst gegenseitig lieber ein Auge aus. Der Friede ist auffällig. Denn selbst die ganz junge Freundin wird gnädig akzeptiert. Das ist schon merkwürdig, und wenn mir mein Instinkt nicht davon abraten würde, könnte ich folgern, dass die drei Frauen gemeinschaftlich aus irgendwelchen Gründen Henry umgebracht haben. Fred hat die Alibis überprüft, es gibt kaum eins. Für den Tatzeitraum hat eigentlich niemand ein belastbares Alibi. Birte Schmor meinte, dass Henry recht geschickt im Umgang mit Greifvögeln gewesen sei, und er habe wohl auch mit dem einen oder anderen Vogel gehandelt. Eventuell hat er da etwas losgerissen, auch wenn Birte meinte, ich zitiere wörtlich, er sei ›wegen schwererer Vergehen‹ ermordet worden. Wir sollten dringend seine Vita umkrempeln und durchforsten. Er ist jedenfalls nie aktenkundig geworden. Ein geschickter Kleinkrimineller oder ein Unschuldslamm, das von seiner Exfrau diffamiert wird.« Er grinste seinen jungen Kollegen an und setzte gleich eine Frage hinterher. »Wo ist eigentlich unsere Praktikantin?«

Dirk blickte zur Uhr. »Sie sah so müde aus, ich habe sie eben in den Feierabend geschickt. Das war doch okay, oder?«

Schmitt streichelte den schlafenden John. »Ja, sicher. Aber wir beide sollten noch ein bisschen Akten wälzen. Wo ist der Abschlussbericht aus der Gerichtsmedizin?« Er rief seine Mails ab und fand den Bericht auf Anhieb. Er war bereits zwei Stunden zuvor eingegangen. Schmitt druckte ihn aus, denn er hasste es, am Bildschirm längere Texte zu lesen, die dann auch noch vor Fremdwörtern wimmelten.

Ratternd tat der Drucker seine Arbeit und übertönte die Stimmen, die im Flur zu hören waren. Dann sah Schmitt seine liebe Sekretärin Frau Krone und direkt hinter ihr den Hotelier. Herr Maas sah aus, als wäre es nur eine Sache von Sekunden, bis ein Herzinfarkt ihn ereilte. Er schnappte nach Luft, das ohnehin rote Gesicht wies hektische Flecken auf, und er fasste mit der Hand nach seinem Kragen.

»Um Himmels willen, setzen Sie sich, Herr Maas. Sie sehen ja aus, als wäre der Leibhaftige hinter Ihnen her. Frau Krone, seien Sie so lieb und bringen Sie unserem Gast ein Glas Wasser.«

Der Gast nickte derweil heftig, und es war nicht ganz klar, ob er tatsächlich den Teufel bestätigen wollte oder sich über das Glas Wasser freute. Bis er endlich sprechen konnte: »In Warendorf wütet eine Bestie, Herr Kommissar.«

* * *

Jenny radelte mit Schwung nach Hause und schob sich, in ihrer kleinen Wohnung angekommen, eine Lasagne in den Ofen. Sie stellte den Wecker und kuschelte sich für geplante dreißig Minuten in ihr Bett. Nur einmal kurz die Augen zumachen, dann wollte sie für zwei, drei Stunden im Darknet stöbern. Das hatte sie sich als Zeitlimit gesetzt, denn sie musste heute früh zu Bett gehen.

Gesättigt und noch den würzigen Geschmack der Lasagne im Mund, setzte sie sich dann vor ihren Laptop und gab die Zugangsdaten ein. Sie war ein wenig aufgeregt, denn heute wollte sie sich nach bizarren Waffen umsehen, nach Greifvogelkrallen als Waffe. Bei Google war sie nicht fündig geworden, doch das Darknet, das ebenfalls Suchmaschinen für alles Mögliche beinhaltete, spuckte gleich mehrere Artikel aus, in denen es um merkwürdige Rituale ging, doch keine der wahrscheinlich erfundenen Geschichten passte zu ihrem Fall. Mehrmals stellte sie fest, dass in den Artikeln von einem Roman gesprochen wurde. Sie rieb sich die Augen, zwei Stunden waren bereits rum.

Die Suche nach Greifvögeln war erfolgreicher. Hier wurden Vögel für enorme Summen angeboten. Ein Gerfalke mit einem besonders schönen Gefieder für stolze fünfzehntausend Euro. Als Herkunft stand hier nur Skandinavien. Mit Sicherheit handelte es sich um Greifvögel, die als Jungvögel einfach illegal der Natur entnommen worden waren. Es gab Gesuche und Angebote. Plötzlich poppte auf ihrem Bildschirm ein Chatfenster auf. Jenny hatte sich natürlich nicht mit dem richtigen Namen angemeldet, sondern sich einen Avatar zugelegt, der ihr weder ähnlichsah noch mit irgendeiner Information auf sie verwies.

Hej Fremde, du scheinst eine spannende Person zu sein und interessierst dich für die gleichen Themen wie ich. Erzähl mir von dir.

Erschrocken starrte sie zwei Minuten lang auf den Bildschirm, dann tippte sie mit der Tastatur: *So einfach ist das nicht. Fang du an.*

Sein Name im Chat war Arche. Ganz schön vermessen, sich als eine Art Weltenretter zu sehen, dachte Jenny amüsiert.

Prompt kam die Antwort. *Okay. Theoretisch bin ich ein Weltenverbesserer, aber praktisch komme ich viel zu selten dazu. Ich liebe Greifvögel und alles, was damit zu tun hat (du solltest mal mein Tattoo sehen), und verbringe meine Freizeit gerne bei einem alten Falkner. Ganz langweilig füge ich noch hinzu: Ich arbeite in einer Medienagentur als Texter.*

Klang eigentlich ganz sympathisch und wenig nach kriminellen Machenschaften. Aber es waren ja nicht alle Nutzer kriminell, rief sie sich in Erinnerung. Ihr Name, den er natürlich schon gesehen hatte, war Artemis, die griechische Göttin der Jagd. Das hatte sie passend gefunden.

Nun schrieb sie mit einem Lachsmiley mutig: *Mein Name ist wörtlich zu nehmen. Ich mache Jagd auf Ganoven, Tierquäler und Nazis. Und auf untreue Ehemänner.*

Haha, kam daraufhin zurück. *Du bist also Privatdetektivin. Cooler Job. Brauchst du einen Dr. Watson an deiner Seite?*, fragte Arche.

Hast du Referenzen?, schrieb sie keck zurück und spürte, wie ihr die Unterhaltung richtig Spaß machte. Längst hatte sie die Zeit aus den Augen verloren. Der Kick, sich mit einer völlig fremden Person in der Anonymität des Netzes zu unterhalten und sogar ein wenig zu flirten, hatte sie erfasst. Sie beglückwünschte sich zu der Idee, sich als Privatdetektivin auszugeben, denn so fielen indiskrete Fragen und eine grundsätzliche Neugier gar nicht auf. Und wie war das in den meisten Romanen? Privatdetektive bewegten sich stets am Rande der Legalität oder machten sogar einen großen Schritt über den Rand hinaus. Niemand würde sich daran stoßen, dass sie sich im Darknet herumtrieb. Als Arche sie fragte, ob es im Netz ein Foto von ihr gebe, das er recherchieren könne, wurde sie vorsichtig.

Ich könnte meine Fähigkeiten beweisen, und dann stellt du mich als Dr. Watson ein. Was hältst du davon?, schrieb er.

Es gab ein Foto von ihr im Netz. Es zeigte sie bei der Polizeischule in Hiltrup am Tag der offenen Tür. Das durfte er sicher nicht herausfinden, und so schrieb sie zurück: *Es gibt so viele Fotos von mir, aber ich sehe auf allen anders aus. Ich bin eine Göttin, schon vergessen? Wir können unsere Gestalt verändern.*

Darauf reagierte er mit einem animierten Lachen, das unheimlich klang. Mittlerweile war es stockfinster, und sie sollte das Gespräch nun beenden. Da kam ihr eine verwegene Idee. Sie lud das Foto von Mister Y hoch und schrieb: *Das ist deine Referenz. Kannst du mir sagen, wer das ist? Ich habe das Foto in der Zeitung gesehen und würde der Polizei gerne zuvorkommen.* Ihr Herz schlug bis zum Hals, und ihre Finger waren plötzlich ganz feucht. Hatte sie etwas Dummes getan? Doch eigentlich hatten Tausende dieses Foto in der Tageszeitung gesehen. Er könnte es durchaus als harmlosen Test ihrerseits einstufen. Und vielleicht hatte sie seinen Jagdinstinkt geweckt und brauchte nicht selbst nach Mister Y zu suchen. Denn das könnte eventuell gefährlich sein und war vom Kommissar klar verboten worden.

Sie wartete lange Minuten, aber von Arche kam keine Antwort. War sie zu weit gegangen? Jenny verabschiedete sich mit den Worten: »Auch Göttinnen brauchen Schlaf«, und ging nun wirklich schlafen.

Mitten in der Nacht wachte sie auf, und ein unangenehmer Gedanke hielt sie wach. Dank des Fotos wusste Arche nun immerhin, aus welcher Gegend sie kam. Das Foto war ja nur in der regionalen Tageszeitung *Die Glocke* veröffentlicht worden. Mist, verdammt, wie hatte sie sich nur so hinreißen lassen können. Auf der anderen Seite gab es hier im Kreis Warendorf mehr als zweihundertsiebzigtausend Einwohner. So schnell würde sie schon nicht enttarnt werden. Und irgendwann schlief sie zum Glück ein.

Die Nachricht, die um halb fünf noch auf ihrem Rechner einging, hörte sie nicht.

* * *

Dirk starrte den Hotelier an, als würden dem Mann plötzlich Hörner wachsen. Von welcher Bestie redete der denn da? Ein wenig frech rutschte ihm daher die Frage raus: »Hat schon wieder jemand die Zeche geprellt?« Den genervten Blick seines Chefs hatte Dirk verdient, und er biss sich auf die Zunge. Man sah ja, dass der Besucher völlig mit den Nerven am Ende war.

Seine Stimme zitterte regelrecht, als er seinen Bericht startete. »Er ist auch tot, Herr Kommissar. Und er sieht furchtbar aus. So etwas Grausames und Schreckliches habe ich noch nie gesehen.«

Kommissar Schmitt nickte und blieb ruhig. »Nun beruhigen Sie sich und sagen Sie mir als Erstes, ob jemand unmittelbar in Gefahr ist.«

Ein hysterisches Lachen ertönte. »Woher soll ich das wissen? Aber für den Mann kommt jede Hilfe zu spät. Das kann man schon riechen.«

»Erzählen Sie mal von Anfang an. Dirk, mitschreiben bitte.«

Dirk drehte sich zu seinem Bildschirm um und öffnete eine Datei.

Der gute Herr Maas faltete die Hände und legte los. »Wir hatten heute Morgen ein Malheur in der 23, und ich brauchte ein Trockengerät. Also bin ich in den Keller und habe nach einem Gerät gesucht, wir haben zwei davon, aber ich weiß auch nicht immer, wo alles steht. Als ich vor dem zweiten Abstellraum die Tür einen Spalt öffnete, um erst mal nach dem Lichtschalter zu tasten, kam mir ein Geruch entgegen, der jegliche Frühstücksfreuden zunichtemachte. Mir wurde sofort speiübel. Aber als Chef willst du natürlich wissen, warum einer deiner Räume wie eine verwesende Rattenherde riecht. Ich habe mir mein Taschentuch vor Mund und Nase gehalten, und da habe ich ihn gesehen.« Die Augen des Hoteliers wurden ganz starr, als er sich daran erinnerte. »Und dann habe ich mir beinahe auf die eigenen Füße gekotzt. Ich schäme mich etwas, das zuzugeben, aber ich hatte mich nicht mehr unter Kontrolle. Überall war Blut, der ganze Boden war voll mit getrocknetem Blut. Jemand hat ihm die Kehle aufgeschlitzt. Und die Waffe liegt auch noch da. Jemand hat sie ihm um den Hals gelegt. Es ist so eine selbst gebastelte Tierkralle.«

Dirk pustete Luft aus. Hatten sie es etwa mit einem verrückten Serienkiller zu tun? Und wer war denn nun der Tote aus dem Hotelkeller?

Sein Chef fragte in einem bewundernswert ruhigen Ton: »Kennen Sie den Mann, der da tot in ihrem Kellerraum liegt?«

»Machen Sie Witze, Herr Kommissar? Habe ich doch schon gesagt, es ist der Mann, der die Zeche geprellt hat.« Dirk kombinierte sofort, dass der Mann wahrscheinlich gar nicht die Zeche geprellt, sondern sein Tod ihn nur daran gehindert hatte, die Rechnung zu bezahlen. Der Mann schien ja der Beschreibung nach schon länger tot zu sein. Und damit war ihr Hauptverdächtiger nun selbst zum Opfer geworden, und sie hatten gar keine Spur mehr.

Schmitt griff ohne weitere Worte zum Telefon und bat seine Sekretärin, sowohl Fred als auch die Kollegen der Spurensicherung sofort zum Hotel zu schicken. Dann stand er auf und sagte zu Dirk: »Du bleibst hier und organisierst einen Bestatter und rufst bitte in der Rechtsmedizin an, dass es einen weiteren Toten gibt, der unbedingte Priorität hat. Ich fahre mit Herrn Maas zum Tatort.« Er kam hinter seinem Schreibtisch hervor und ergänzte: »Und rede noch mal mit den Exfrauen. Du weißt schon warum.« Schmitt machte ein eindeutiges Zeichen mit den Fingern für Geld, aber so, dass Maas es nicht sehen konnte. »Ach ja, und das ist dringend. Ruf bei diesem Kreisveterinäramt an. Die werden doch wohl endlich wissen, ob das Mordwerkzeug von dem Falken aus Henrys Wohnung stammt. Kommen Sie bitte, Herr Maas.«

»Das können Sie vergessen, dass ich mich noch mal dem Raum nähere. Ich werde ihn fluten lassen und dann für immer abschließen.« Herr Maas stand auf und musste sich sofort an der Tischkante festhalten, so wackelig war er auf den Beinen.

Dirk war sich nicht sicher, ob man dem Mann nicht besser unter ärztlicher Aufsicht ein Beruhigungsmittel gab. Der sah eh schon nach Bluthochdruck aus, wenngleich er wahrscheinlich jünger als sein Chef war. »Herr Maas, haben Sie etwas zur Beruhigung dabei?«, fragte er den Hotelier mit besorgter Stimme.

Der schritt bedächtig zur Tür und erwiderte gepresst: »Was glauben Sie wohl? Ich habe eine Hotelbar, und mein Bourbon nimmt es mit jeder Bar in Kentucky auf. Ich hoffe, dass mein Pegel noch eine Zeit lang hält.«

Das erklärte zumindest den Schwindel, dachte Dirk und sah das erschrockene Gesicht von Schmitt. Herr Maas bemerkte es auch, und er setzte schnell hinzu. »Meine Herren, ich bin mit dem Taxi hier, was glauben Sie denn wohl?«

Nachdem Dirk das Bestattungsunternehmen zur Adresse des Hotels geschickt hatte, damit sie den Leichnam in die Gerichtsmedizin transportierten, suchte er sich die Kontaktdaten der Ehefrauen heraus. Draußen lachte die Märzsonne, wenngleich allmählich mit weniger Kraft, denn es war später Nachmittag. Dirk beschloss, zumindest Birte Schmor noch heute persönlich aufzusuchen. Für ein Vis-à-vis-Gespräch mit Frau Vogel fehlte ihm gerade die Motivation. Er wollte sie lieber jetzt gleich telefonisch kontaktieren und griff zum Hörer.

»Frau Vogel, haben Sie eine Ahnung, warum Henry Thomas fünfzehntausend Euro in seinem Kühlschrank im Schuppen bei den Greifvögeln versteckt hat?«

Sie reagierte frostig mit einer Gegenfrage. »Haben Sie eine Ahnung, warum ich mich von Henry getrennt habe und wie lange das bereits her ist?«

»Wir haben nie darüber gesprochen, liebe Frau Vogel. Aber ich würde Ihnen jetzt zuhören.« Dirk rechnete bereits damit, dass sie zornig auflegte, aber erstaunt registrierte er das leise Lachen am anderen Ende.

»Sie sind ganz schön abgebrüht, Herr Kemper. Aber wenn ich einen Therapeuten brauche, schaue ich in den Google-Bewertungen nach, nicht bei der Polizei. Ich habe keine Ahnung, was Henry in den letzten beiden Jahren getrieben hat, aber ich kann mir vorstellen, dass er sich möglichst schnell von seiner kostspieligen Scheidung erholen wollte.« Sie lachte wieder, wurde dann aber schnell ernst. »Gibt es endlich eine Spur? Tatsächlich zermartere ich mir das Hirn, wer meinen Exmann getötet haben könnte. Wenn er in irgendwelche kriminellen Machenschaften verwickelt war, bin zumindest ich aus dem Schneider, oder?«

Dirk nahm den Apparat in die andere Hand und machte sich eine Notiz. »Wieso denken Sie denn überhaupt, dass Sie gefährdet sind? Wenn Sie etwas wissen, ist es immer besser, alle Karten auf den Tisch zu legen. Hat Henry während Ihrer Ehe auffallend viel Geld verdient? Hatten Sie den Eindruck, er war in etwas verwickelt?«

»Nein, er war in der IT-Branche tätig und selbstständig. Natürlich hat er mal gut verdient, mal weniger. Es war halt immer genug Geld vorhanden.« Ihr Ton wurde wieder bissiger.

Schade, dass er sie nicht nach dem Greifvogel in ihrem Schlafzimmer fragen konnte, ohne sich und Jenny zu kompromittieren. Aber er war gespannt auf ihre Reaktion, wenn sie von der zweiten Leiche erfuhr. Vorsichtig tastete er sich vor. »Henry wurde mit einer Falkenkralle umgebracht. Fällt Ihnen dazu etwas ein? Hatte der Falke für Henry eine besondere Bedeutung?«

»Ich weiß nur, dass der Falke der schnellste Vogel der Welt ist, zumindest im Sturzflug, und dass er eigentlich nicht mit der Kralle tötet, sondern mit dem Schnabel. Der Falke hat daher auch einen hakenförmigen Schnabel, und das untere, spitze Ende wird Falkenzahn genannt. Damit tötet er seine Opfer mit einem Biss in den Nacken oder Hinterkopf, nicht mit der Kralle. So viel habe ich als Falknergattin mitbekommen.«

Das war spannend, fand Dirk. Entweder war es dem Mörder egal, oder aber er kannte sich gar nicht besonders gut mit Greifvögeln aus und dachte, der Falke töte mit der Kralle wie alle anderen Greifvögel auch. Die Möglichkeit, dass Kollege Fred sich bei der Tierbestimmung geirrt hatte, schloss er aus.

»Es war sicher kein Zufall, dass Henry mit einer Falkenkralle getötet wurde, und leider haben wir nun ein zweites Opfer, das auf die gleiche Weise ermordet wurde und beinahe zur selben Zeit wie Henry. Es ist der Mann, den Sie vor Ihrem Haus gesehen haben, ein Krimineller, wie wir bereits wissen.«

»Puh, da bin ich aber erleichtert.«

Dirk war baff über ihre Reaktion, die sehr abgebrüht klang. Er hakte sofort nach. »Wie darf ich das verstehen?«

»Wörtlich, Herr Kemper. Wenn ein Krimineller umgebracht worden ist, neige ich zu der Annahme, dass der Täter weiß, was er tut, und unbescholtene Frauen in Ruhe lässt.«

Darauf fiel Dirk nichts weiter ein, der Gedankengang war schlüssig. Er bedankte sich bei Frau Vogel und wählte dann die Nummer des Kreisveterinäramtes in Münster.

Als er sich endlich erfolgreich bis zu der Frau hatte verbinden lassen, die wusste, worum es ging, teilte ihm diese mit: »Die Kralle ist eindeutig von Ihrem toten Tier. Es handelt sich um einen Gerfalken, der an Altersschwäche gestorben ist. Wann, kann ich nicht sagen, er war zuvor eingefroren. Übrigens eine durchaus gängige Methode, wenn man das Tier ausstopfen möchte. Aber da fehlen noch zwei weitere Krallen.«

»Ja, das weiß ich. Also hat der Mörder den Vogel beim Opfer drapiert und vorher die Krallen abgeschnitten, um sein Mordwerkzeug daraus zu basteln«, fasste er laut zusammen.

Die Frauenstimme rief empört aus: »Was für kranke Leute laufen denn da bei Ihnen herum? Wo kommt denn der Vogel überhaupt her? Ich bin da ja gar nicht genau im Bilde, sondern habe den Auftrag von einem Kollegen übernommen. Und warum brauchte jemand drei Krallen?«

Das war eine Frage, die Dirk wirklich zu schaffen machte. Er erklärte ihr kurz, was es mit dem Fall auf sich hatte, und ergänzte: »Sie bekommen heute sogar noch eine weitere Kralle geliefert, und bitte prüfen Sie auch hier, ob sie von unserem Falken kommt.«

»Ich prüfe heute gar nichts mehr, sondern mache gleich Feierabend. Aber wenn Sie mir ein gutes Foto schicken, kann ich zu achtzig Prozent schon sofort sagen, ob sie von dem toten Falken kommt. Ein Gerfalke ist der größte aller Falken, und er kommt hier in unserer Region gar nicht vor, außer er gehörte einem Falkner. Ich nehme mal an, dass Ihr Vögelchen keinen Ring trug, mit dem wir ihn zurückverfolgen könnten. Wo haben Sie die zweite Kralle gefunden?«

Dirk tippte parallel in sein Handy, um Kommissar Schmitt um ein Foto zu bitten. »Bei dem zweiten Mordopfer.«

Seine Antwort wurde mit einem Zischlaut quittiert. »Dann sollten Sie sich nicht wundern, wenn Sie auch noch eine dritte Leiche finden.«

* * *

Schmitt begutachtete die Leiche des so lange gesuchten Mister Y, nachdem er schnell noch ein Foto der Mordwaffe an seinen Kollegen Dirk geschickt hatte. Der Ordnung halber, doch er war sich sicher, dass auch diese Kralle von dem toten Greifvogel aus Henrys Wohnung stammte.

Der getötete Mann lehnte zusammengesunken in sitzender Position an der Wand der Abstellkammer, sein altmodischer Schnurrbart hing traurig herunter. Sein Hals bot einen ähnlichen Anblick wie bei Henry Thomas, die Haut war aufgerissen, und das Blut war in einem großen Schwall herausgeströmt und hatte seine schlichte Kleidung eingefärbt. Es fehlten allerdings die Blutspritzer in der Umgebung. Die Mordwaffe, wieder eine stümperhaft zusammengebastelte Kralle an einem Holzstab, hing dieses Mal an einem dünnen Seil um seinen Hals. Schmitt näherte sich vorsichtig der Leiche, auch wenn der Gestank unappetitlich war. Die Haut des Toten war bereits wächsern und fleckig, ein Zeichen von Verwesung. Vorsichtig suchte er in den Sachen nach einem Portemonnaie oder nach Papieren, fand jedoch nicht einmal ein Handy.

Herr Maas war im Flur stehen geblieben und hielt sich derweil ein Fläschchen Heilpflanzenöl vor die Nase. Kopfschüttelnd meinte er: »Da war mein Perlhuhnragout anscheinend die Henkersmahlzeit des armen Kerls, denn am nächsten Morgen hatte ihn ja schon keiner mehr gesehen. Immerhin besser als trocken Brot und Wasser.«

»Gibt es einen direkten Weg nach draußen?«, fragte Schmitt den Hotelier.

»Ja, aber den nutzt kaum einer, er ist bereits etwas zugewuchert. Warum fragen Sie?«

»Abgeschlossen?« Schmitt eilte bereits in die Richtung, in die Herr Maas zeigte.

»Nein, nicht mehr, nachdem wir mal ein Zimmermädchen im Keller eingeschlossen haben. Himmel, hat die ein Theater gemacht. Hat mich auf Schmerzensgeld verklagt. Meinen Sie, dass …«

Schmitt unterbrach den Hotelier mit einem knappen »Ja«. Und als sie die alte Kellertür nach draußen öffneten, brauchten sie nicht lange zu suchen, bis sie Blutspuren an der Hauswand und auf einigen Steinen fanden. »Das ist der Tatort.« Schmitt hielt Herrn Maas mit einer Handbewegung fern. Hier sollten die Kollegen als Erstes nach Fußabdrücken oder anderen Spuren suchen. Viel würden sie nicht mehr finden, denn der Mord lag bereits ein paar Tage zurück. Er ging davon aus, dass Mister Y unabsichtlich in Verruf geraten war und niemals hatte die Zeche prellen wollen.

Fred und seine beiden Kollegen machten sich wenig später auf den Weg, während Schmitt noch mal mit Herrn Maas und dem Personal sprach. Eventuell hatte jemand gesehen, wie Mister Y jemanden getroffen hatte. Doch leider konnte sich keiner erinnern.

Schmitt fiel noch eine Frage ein, die er dem Hotelier stellte. »Wann haben Sie eigentlich bemerkt, dass das Zimmer Ihres Gastes komplett geräumt war? Deshalb sind Sie doch überhaupt davon ausgegangen, dass er die Zeche geprellt hat, richtig?«

»Ja, das hatte ich Ihrem Kollegen beim ersten Treffen aber schon alles erzählt. Unser Zimmermädchen hat das Zimmer leer vorgefunden und sich gewundert. Laut Plan hätte sie nur kurz saubermachen, nicht aber eine komplette Endreinigung vollziehen müssen. Zudem sah sie gleich, dass jemand es professionell gereinigt hatte. Ihre Kollegen waren doch drin, oder nicht?«, fragte Herr Maas misstrauisch.

»Doch, doch«, nickte Schmitt und kaute an seiner Unterlippe. Offenbar wollte der Täter nicht, dass die Leiche des Gastes so schnell gefunden wurde. Wenn sie doch nur wüssten, warum dieser Mister Y und Henry Thomas sich getroffen hatten. Eventuell kämen sie dann einem Motiv näher. Und verdammt noch eins, warum wussten sie noch immer nicht, wie der Typ hieß? Der Name, den er im Hotel angegeben hatte, Markus Müller, war definitiv falsch, keines der überprüften Profile in Köln passte zu diesem Mann. Blieb die Frage offen, warum das Opfer überhaupt einen falschen Namen angegeben hatte. Möglicherweise konnten sie anhand der Fingerabdrücke seine Identität ermitteln.

Schmitt lief dem Dienstfahrzeug entgegen, das nun hinter dem Hotel parkte. Fred sprang heraus, und Schmitt wies ihn an, als Erstes die Fingerabdrücke des Toten zu nehmen und anschließend vorsichtig nach Spuren an der Stelle zu suchen, der vermutlich der Tatort war. Er blieb noch eine halbe Stunde, befragte alle anwesenden Angestellten und trank eine Tasse Kaffee. Dann fuhr er zurück ins Büro.

Schon lange im Feierabend, saß seine treue Frau Krone noch immer an ihrem Schreibtisch und tippte seinen Bericht ab. Aufgeregt hob sie den Kopf, als er auftauchte. »Chef, haben Sie Ihr Handy nicht an? Die Polizeidirektorin möchte Sie ganz dringend sprechen. Ich stelle durch, okay?«

Er nickte müde. Und ein wenig neugierig. Was wollte Frau Kluger um diese Zeit von ihm?

»Meine Güte, Herr Schmitt, auf was für ein Wespennest sind Sie denn da gestoßen?«

Die Gute war ganz außer Atem und vergaß wieder einmal alle Höflichkeitsformen. Zudem war es nicht selbstverständlich, dass er hier um beinahe achtzehn Uhr noch im Büro saß. »Guten Abend, liebe Frau Kluger. Es ist spät, und ich habe drei anstrengende Tage hinter mir. Helfen Sie mir daher auf die Sprünge, von welchem Wespennest wir reden? Denn auch wenn wir zwei Tote haben, gehe ich nicht davon aus, dass wir es mit einem psychopathischen Serienmörder zu tun haben. Zumindest noch nicht.«

»Herr Schmitt, nun stellen Sie Ihr Können mal nicht unter den Scheffel. Sie haben einen der meistgesuchten Ausbrecher des letzten Jahres wiedergefunden. Hans Berthold. Ganz Deutschland und Österreich suchen nach ihm. Berthold ist ein überaus geschickter Geschäftsmann, der es bereits mehrfach geschafft hat, mit illegalen Waren ein Vermögen zu machen. Er beschafft alles, was reiche Kunden haben wollen. Drogen, Antiquitäten, Papiere oder seltene Tiere. Vor einigen Wochen ist er aus der Justizvollzugsanstalt in Düsseldorf geflohen. Bis heute fehlte jede Spur von ihm.«

Schmitt spürte ein Kribbeln unter der Kopfhaut. Anfangs hatte er keine Ahnung gehabt, von was die Polizeidirektorin da redete, doch ihm schwante, dass sie ihm gerade den Namen von Mister Y genannt hatte. Als Frau Kluger eine Pause machte, um Luft zu holen, holte er sich die Bestätigung ab. »Dann sind die Fingerabdrücke, die wir heute Nachmittag eingereicht haben, also von Hans Berthold?«

»Ja«, rief sie begeistert aus. »Wo befindet sich Herr Berthold nun? Ich hoffe, in sicherem Gewahrsam?«

Absolut sicher, dachte Schmitt zynisch. »Er befindet sich auf dem Weg in die Rechtsmedizin nach Münster. Hans Berthold ist einer der toten Männer, die ich hier in Warendorf habe, und er gehört zu einem Fall, der mit dem Tod eines Falkners zu tun hat, Frau Kluger.«

Eine Weile blieb es still am anderen Ende der Leitung. Dann hörte er ihre leicht rauchige Stimme wieder. »Es würde mich nicht wundern, wenn ihn die Vergangenheit eingeholt hat. Nicht nur die Polizei war auf der Suche nach ihm, sondern auch diverse Geschäftsleute.«

* * *

Jenny hatte es eilig. Obgleich sie relativ früh zu Bett gegangen war, hatte sie das erste Weckerklingeln verschlafen. Dennoch musste sie einen Blick auf ihren Computer werfen und sah die Nachricht, die nachts noch eingegangen war.

So schnell es eben ging, sprang sie dann auf ihr Fahrrad und rannte kurz darauf die Treppen hoch zum Büro des Chefs. Ihr Helm verdeckte noch die braunen Haare, als sie ins Zimmer stürzte. »Ich weiß, wer Mister Y ist.«

Kommissar Schmitt saß bereits an seinem Schreibtisch und starrte in eine Tasse Kaffee. John lag daneben und knabberte an einer Kaustange. Sie sah es ihrem Chef an, dass sie ihn störte, aber mit einer solchen Aussage durfte man stören. Fand sie jedenfalls.

»Guten Morgen, Jenny. So viel Zeit sollte auch noch bei einem Blinddarmdurchbruch sein. Bevor wir klären, wie du nach Feierabend an dieses Wissen gekommen bist, möchte ich dir sagen, dass wir gestern noch eine weitere Leiche gefunden haben. Mister Y hat nicht etwa die Zeche geprellt, sondern ist vor Tagen bereits auf die gleiche Weise wie Henry Thomas ermordet worden und lag bis gestern in einer Abstellkammer des Hotels. Welchen Namen wolltest du mir sagen? Ist der Vorname Hans?«

Mist, sie wussten es schon. War ja klar, wenn sie auch schon seine Leiche hatten. Was für ein Dilemma. Und sie musste an die Nachricht denken, die sie heute in den frühen Morgenstunden erhalten, aber eben erst gelesen hatte: *Meine liebe Sherlock Artemis, der Mann heißt Hans Berthold. Aber hüte dich davor, dein Wissen preiszugeben, die Suche nach ihm ist gefährlich. Bekomme ich den Job als Dr. Watson?*

Jenny sackte ein wenig in sich zusammen, nickte und nahm ihren Helm ab.

»Was genau hast du über den Mann herausgefunden?«, fragte der Kommissar weiter.

Jennys Triumph wich einem Gefühl des Unbehagens. »Eigentlich nicht viel. Er heißt Hans Berthold und scheint ein Krimineller zu sein. Mehr nicht. Und jetzt ist er wie Henry Thomas ermordet worden? Das ist der Hammer, Chef. Die beiden müssen irgendwelche dubiosen Geschäfte am Laufen gehabt haben. Dafür spricht ja auch das Geld im Kühlschrank.« Jenny hoffte, dass Schmitt nicht weiter nachfragen würde, aber weit gefehlt.

»Liebe Jenny, ich weiß, dass Hans Berthold seine Geschäfte auch im Darknet getätigt hat. Da hattest du offenbar gleich den richtigen Riecher. Solltest du aber auf eigene Faust ebenfalls im Darknet nach ihm gesucht haben, dann bin ich weit davon entfernt, dich nun dafür zu loben. Also, möchtest du mir bitte jetzt auch erzählen, woher du den Namen hast?«

»Nein«, sagte sie schroff und nahm dabei langsam den Helm ab. »Es ist vielleicht besser, wenn du es nicht weißt. Es geschah über einen Freund von mir, und das Foto war immerhin groß in der Zeitung.« Das war zwar nicht ganz zutreffend, aber so klang es zumindest so, als hätte sie selbst keinen riskanten Alleingang im Darknet unternommen. Die Wahrheit war viel schlimmer, denn sie spürte bereits jetzt wieder den Drang, sich in diese Unterwelt zu begeben und weiter zu chatten.

Schmitt hob die Augenbrauen und musterte sie streng. »Dann hoffe ich sehr, dass du keine polizeilichen Interna rausgegeben hast. Und ich hoffe auch, dir ist bewusst, dass du damit diesen Freund in Gefahr gebracht hast. Immerhin ist Hans Berthold ermordet worden, und wenn der Mörder mitbekommt, dass jemand im Netz nach ihm sucht, könnte er auf ihn aufmerksam werden.«

Jenny nickte reumütig, machte sich aber nicht wirklich Sorgen um ihre Person. »Wie gehen wir weiter vor? Hast du für mich eine Aufgabe?«

»Wir müssen nun dringend die Verbindung zwischen Henry Thomas und Hans Berthold finden. Das ist ja kein Zufall, dass beide mit einer ähnlichen Mordwaffe und auf die gleiche Weise umgebracht wurden. Und zwar kurz nachdem sie sich in einem Café getroffen hatten. Ich möchte, dass du noch mal mit Jan Thomas sprichst, dem Sohn. Ich glaube, ihr hattet einen ganz guten Draht zueinander, oder? Ich oder Dirk werden natürlich dabei sein, und wir gehen gleich mal die Fragen durch, die du ihm stellen sollst, okay?«

Sie nickte begeistert. Endlich konnte sie das tun, wofür ihr Praktikum gedacht war: Lernen durch eigenes Wirken. Insgeheim wunderte sie sich eh schon, warum ein einfacher Polizist wie Dirk von Schmitt wie ein Kripobeamter behandelt wurde und seine rechte Hand sein durfte. Aber nach diesem Fall würde sich das vielleicht ändern. Sie hatte ja nicht mehr lange zu studieren.

Mit einem geübten Griff fasste sie ihre Haare im Nacken zusammen und setzte sich mit einem Zettel und einem Stift vor den Schreibtisch von Schmitt. »Ich bin bereit.«

»Gut«, sagte ihr Chef und griff nach dem Hörer. Dann rufen wir ihn doch mal an und fragen, wann er kommen kann. Er ließ es lange klingeln, doch am anderen Ende ging nur die Mailbox an.

* * *

»Chef, hast du mittlerweile diesen Jan erreicht?« Dirk betrat ihr gemeinsames Büro, nachdem er bei den Kollegen der Spurensicherung nach Neuigkeiten gefragt hatte. Er runzelte die Stirn, da noch immer diese Praktikantin hier herumsaß, dieses Mal sogar an seinem Arbeitsplatz.

»Nein, aber vielleicht ist er bei der Probe. Ich denke nicht, dass die Schauspieler sich gerne von dem Gebimmel der Handys unterbrechen lassen. Er wird sich schon melden.«

»Ich weiß nicht, Chef, aber ich muss ständig an diese drei fehlenden Krallen denken.« Jenny warf ihm einen fragenden Blick zu. War wohl doch nicht so klug, wie sie sich immer gab, dachte er und erklärte: »Dem toten Greifvogel in Henrys Wohnung fehlten drei Krallen. Mit zwei Krallen hat der Täter bereits zugeschlagen. Könnte gut sein, dass er von Anfang an drei Opfer im Visier hatte, oder? Das meinte übrigens die Dame vom Kreisveterinäramt auch.«

»Das wusste ich nicht«, sagte Jenny. »Ich bin ja gestern schon viel eher nach Hause gegangen, und ihr habt einfach weiter ermittelt.«

Schmitt trommelte einen kleinen, hektischen Rhythmus mit den Fingern auf seiner Schreibtischplatte und entschied dann: »Ihr beide fahrt da jetzt hin. Also am besten sucht ihr Jan im Theater, wenn er da nicht ist, dann zu Hause. Und wenn ihr ihn findet, befragt ihr ihn nach Hans Berthold. Findet irgendwie heraus, ob es eine Verbindung gibt oder so etwas wie ein mögliches Motiv, das die Morde an Henry Thomas und Hans Berthold miteinander verbindet. Ich habe bereits die Akte von Hans Berthold angefordert.«

Dirk verdrehte die Augen. Er würde lieber allein fahren, aber er wusste auch, dass Jan bei Jenny offener reden würde. Aber diese Steffi trieb sich hoffentlich auch im Theater herum, und die würde er auch noch mal befragen.

Sein Chef hatte gerade offenbar die gleiche Idee. »Dirk, du befragst Frau Sandmann, und Jenny kümmert sich um Jan.«

»Und was machst du?«

Schmitt zeigte auf seinen Dackel. »Ich gehe mit John zusammen nach draußen und denke nach.«

»Na toll.« Dieses Mal schnappte Dirk sich schnell den Autoschlüssel, und sie machten sich auf den Weg ins Theater.

»Wenn man in dem Job mehr Geld verdienen könnte, würde ich auch gerne zum Theater gehen«, sagte Jenny, kaum dass sie das Gebäude erblickten. »Man kann in jeden Charakter schlüpfen, alles sein und sich immer wieder neu erfinden. Großartig.«

Dirk betrachtete sie mit einem Seitenblick. Sie hatte ein langes Gesicht und wirkte insgesamt etwas farblos, hatte aber durchaus Potenzial mit ihren wachen, braunen Augen und ihrem markanten Grübchen im Kinn. Sie konnte sicher gut etwas schwierigere Charaktere verkörpern. »Du kannst nach der Ausbildung ja undercover ermitteln, dann kannst du auch in vorwiegend kriminelle Rollen schlüpfen. Ist aber nicht ganz ungefährlich.«

Jenny lachte. »Gute Idee, dann gehe ich in die Cyberkriminalität. Das ist genau mein Ding. Bei den Bandidos brauche ich mich als schmächtige Frau wohl kaum überzeugend zu bewerben. Aber dich könnte ich mir da gut vorstellen. Da kannst du deine Muskeln spielen lassen und unhöflich sein, so oft, wie du willst.«

Na, danke schön, dachte er. Der Punkt ging an sie.

Er parkte vor dem Gebäude, und sie klingelten an der Tür, denn das Theater war an diesem Vormittag natürlich geschlossen. Steffi Sandmann öffnete ihnen, und Dirk strahlte sie erfreut an. Steffi trat einen Schritt zurück. »Hallöchen. Mensch Herr Kemper, Sie freuen sich ja richtig, mich zu sehen.«

Immerhin hatte sie sich seinen Namen gemerkt. »Hallo, Steffi, ich darf doch Steffi sagen? Ich freue mich in der Tat immer, wenn meine Zeugen auch da sind, wo ich sie vermute. Jan Thomas ist doch hoffentlich auch hier, oder? Wir müssen mit Ihnen beiden noch mal sprechen. Es hat leider einen weiteren Toten gegeben.«

Erschrocken starrte sie ihn an. »Jemanden, den wir kennen? Claudia oder Birte?«

Dirk fragte sich, warum sie auf die Exfrauen kam, aber er schüttelte erst mal den Kopf und stellte Jenny vor. »Nein, ich denke nicht, dass Sie den Toten kennen. Er heißt Hans Berthold und ist ein flüchtiger Krimineller. Können wir gleich in Ruhe darüber reden?«

Sie nickte knapp und ging wieder zum Du über. »Kommt mit, wir sind bei der Probe, es können aber alle einen Kaffee gebrauchen.«

Sie betraten die Bühne von hinten. Jan war im Gespräch mit einer älteren Frau und blickte auf, als sie hereinkamen. Er unterbrach seine Unterhaltung und eilte zu ihnen. Ein Blick in Steffis Gesicht, und er fragte sofort: »Ist etwas passiert?«

Steffi nickte und steckte eine dicke, rote Haarsträhne hinter ihr Ohr, und Dirk konnte einen silbernen Ohrstecker in Sternchenform erkennen. »Kennst du einen Hans Berthold? Er ist auch ermordet worden!«

Jan wurde wie auf Knopfdruck blass. Ein Teil seines Blutes im Gesicht rutschte einfach mit Schwung nach unten. »Nein, wer soll das sein?«, krächzte er. Die Erschütterung war ihm anzusehen.

Aber halt, dachte Dirk. Ihm fiel ein, wo sie hier waren. Im Theater. Und hier wurde geschauspielert. Er machte Jenny ein Zeichen.

Sie reagierte sofort. »Jan, können wir dich alleine sprechen? Es haben sich noch ein paar Fragen ergeben, dauert auch nicht lange.«

Er nickte und ging voran, während Steffi laut verkündete, Kaffee zu kochen. In einem kleinen Raum, der vollgestellt war mit Requisiten, lehnte Jan sich an eine graue Stellwand, die eine Hausfront imitierte, und verschränkte die Arme vor der Brust. Eine schwarze Locke fiel ihm in die Stirn, und heute erinnerte er Dirk stark an James Dean. Zumindest der betont gleichgültige Gesichtsausdruck und die Körperhaltung passten. Doch als Jenny das Gespräch begann und ihm auch darlegte, was sie über das zweite Opfer wussten, wurde er deutlich charmanter.

»Ehrlich, ich kenne keinen Hans Berthold, und ich kann mir auch nicht erklären, was Paps mit einem flüchtigen Kriminellen zu schaffen hatte.«

Dirk suchte in seinem Handy nach dem Foto des Mannes und zeigte Jan sowohl das Phantombild als auch das Gesicht, aufgenommen nach seinem Tod. Leider sah man auf dem Foto bereits die beginnende Verwesung. »Alter, Mann, ihr seid echt fürs Schocken zuständig, oder? Zeig noch mal.« Jan hatte sich im ersten Moment weggedreht, nun schaute er aber länger auf das Foto des Toten. »Der Schnurrbart kommt mir bekannt vor. War das auch ein Falkner?«, fragte er Jenny.

»Das wissen wir noch nicht, er war auf jeden Fall ein Hehler für alles Mögliche. Und so ein Mensch hatte natürlich auch jede Menge Feinde.«

»Ja, aber der hatte doch kaum dieselben Feinde wie mein Vater. Es sei denn, die sind gemeinsam jemandem auf die Füße getreten. Ist er denn genauso gestorben wie mein Vater? Und zur gleichen Zeit? Der Kerl auf dem Foto ist doch schon länger tot, oder?«

Jenny blickte Dirk Hilfe suchend an, und er antwortete: »Wir warten noch auf die Ergebnisse der Rechtsmedizin, aber ja, wir nehmen an, dass der Todeszeitpunkt ähnlich ist. Unglücklicherweise müssen wir davon ausgehen, dass der Täter es auf drei Leute abgesehen hat. Wenn du also doch eine Ahnung hast, was hier vor sich geht, solltest du uns einweihen. Denn du könntest der Nächste sein.«

Jan fuhr sich nervös durch seine Haare. »Mann, Alter, was soll das denn jetzt? Ich habe damit nichts zu tun. Ich hoffe, der Täter weiß das. Oder brauche ich Polizeischutz?«

Dirk sah, dass der junge Mann ins Schwitzen geriet. Jenny wandte sich erneut an Dirk, und er schüttelte beruhigend den Kopf. »Jan, wenn du uns die Wahrheit sagst und nichts von irgendwelchen Geschäften weißt, dann bist du sicher auch nicht in Gefahr.« Das klang beruhigender, als Dirk zumute war, und er fügte hinzu: »Aber es schadet nichts, ein wenig auf der Hut zu sein, solange der Mörder deines Vaters nicht gefasst ist. Kannst du nun bitte deine Freundin Steffi zu uns holen?«

Erneut ging ein Ausdruck des Erschreckens über sein Gesicht. »Glaubt ihr, Steffi ist in Gefahr? Sie hatte ein Verhältnis mit meinem Paps, und das ist noch nicht so lange her.«

Jenny begleitete den jungen Mann zur Tür und legte ihm sachte ihren Arm auf die Schulter. »Das versuchen wir herauszufinden. Mach dir keine Sorgen.«

Steffi kam mit drei Kaffeebechern in der Hand wieder, und Dirk nahm ihr dankbar eine Tasse ab. Aus ihrer wallenden Bluse zauberte sie auch noch eine Packung Milchpulver und ein paar Tüten Zucker hervor. »Soll ich den zweiten Toten auch identifizieren oder schafft ihr das allein?«, begann sie frech das Gespräch.

»Oh, danke schön, aber nein. Hans Berthold war so nett, sich selbst zu identifizieren. Seine Fingerabdrücke sind in mehreren Ländern berühmt.« Dirk befragte Steffi nun auch noch mal genau, ob sie den zweiten toten Mann gekannt oder um eine Verbindung zwischen Henry und Hans gewusst hatte.

Steffi schaute sich lange die beiden Fotos an und schüttelte dann langsam den Kopf. »Nein, den habe ich nie bei Henry gesehen. Aber ich habe ja auch nicht mit Henry zusammengewohnt. Ich wusste weder viel von seinen beruflichen Aufträgen noch habe ich mich für die Falknerei begeistern können. Ich habe nur gerne Fotos von den schönen Tieren geschossen.« Sie trank in kleinen Schlucken ihren Kaffee und musterte Dirk und Jenny abwechselnd. Dann fragte sie, und er wusste nicht, ob sie amüsiert oder besorgt war: »Ihr habt bislang noch gar keine Ahnung, warum jemand zwei Männer mit Greifvogelkrallen getötet hat, oder? Für mich sieht das nach einer Hinrichtung aus. Und einer Hinrichtung geht meist eine Anklage und eine Verurteilung voraus, wenngleich hier ohne jegliche Gerichtsbarkeit. Henry und dieser zweite Mann müssen auf irgendeine Art und Weise Schuld auf sich geladen haben. Zumindest in den Augen des Täters.« Sie blickte sich suchend um und setzte sich auf eine einigermaßen stabil aussehende Kiste.

»Ja, so weit sind wir auch.« Dirk nickte zustimmend, auch wenn das nicht ganz stimmte. »Wäre schön, wenn dir dazu nun auch eine passende Schuld einfällt. Alles, was Henry Thomas mal erwähnt hat, könnte wichtig sein.«

Und Jenny ergänzte auf ihre altkluge Art: »Auch die Dinge, von denen er auffällig nichts erzählt hat. – Was ist los? Ist dir nicht gut?« Jenny trat vor und legte Steffi, plötzlich ganz mitfühlend, eine Hand auf die Schulter.

Die verzog das Gesicht und hielt sich eine Hand vor den Mund. »Ich glaube, ich muss mich übergeben.« Und schon erhob sie sich und verließ eilig den Raum.

Dirk blicke ihr fragend hinterher. »War wohl alles zu viel für die Frau. Oder sie will etwas verbergen.«

Doch seine Kollegin machte ein zweifelndes Gesicht. »Meine Schwester hatte das auch mal, dass ihr von Kaffee plötzlich schlecht wurde oder auch von anderen Dingen. Es kam jedes Mal aus heiterem Himmel.«

»Und was hatte deine Schwester?«

»Nichts. Sie war schwanger.«

5. KAPITEL

»Das Baby, sollte es denn von Henry Thomas sein, ist erbberechtigt. Da gibt es keinen Zweifel.« Schmitt blickte von seinem Bildschirm hoch und schaute seine beiden jungen Kollegen an, nachdem sie ihm diese erstaunliche Nachricht überbracht hatten.

Steffi Sandmann selbst hatte geschockt auf Jennys Vermutung reagiert, es dann aber schnell als sehr wahrscheinlich in Betracht gezogen. Die Möglichkeit, von Henry schwanger zu sein, machte ihr offenbar mehr zu schaffen als die beiden Mordfälle. Denn für eine kleine Weile war ihr Humor verschwunden, und dicke Tränen waren ihr die Wangen heruntergelaufen. »Verdammt, was soll ich denn jetzt nur machen? Das wird mich die Freundschaft mit Jan kosten. Und ich habe niemanden sonst.« So hatten es ihm die Kollegen wiedergegeben. Er musste schmunzeln. Er hatte seine Jungspunde losgeschickt, um nach neuen Erkenntnissen zu suchen, und sie waren tatsächlich mit neuen Informationen zurückgekehrt, nur ganz anders, als alle gedacht hatten. Nun, das Baby, sollte Steffi tatsächlich schwanger sein, würde ganz gut erben. Zumindest, wenn nicht nachzuweisen war, dass Henrys Vermögen aus kriminellen Machenschaften stammte.

Das Ganze führte zu einer völlig neuen Dynamik. Sollte Jan als Täter infrage kommen, wäre Steffi eventuell in Gefahr. Wo war nur die dritte Kralle des Falken? Lag sie blutgetränkt neben einer dritten, noch nicht gefundenen Leiche, oder lief der Mörder noch damit herum? Schmitt seufzte tief auf. Sie brauchten dringend eine Spur, eine Richtung, ein klares Motiv. Es galt unbedingt, den Zusammenhang zwischen Hans Berthold und Henry Thomas zu finden. Dazu fiel ihm eine Frage an Dirk ein. »Dirk, du warst doch gestern Nachmittag noch bei Birte Schmor. Wir haben bei der ganzen Aufregung wegen der zweiten Leiche gar nicht mehr darüber gesprochen. Was hat sie denn zu dem Geld, das wir bei Henry gefunden haben, gesagt?«

»Nichts, ich habe sie ja gar nicht angetroffen, aber mir fällt gerade ein, was Claudia Vogel in einem Nebensatz erwähnt hat. Der Falke an sich töte gar nicht wie andere Greifvögel mit der Kralle, sondern mit dem Schnabel. Entweder ist es unserem Täter egal, was ich nicht glauben kann, nachdem er sich so viel Mühe für das Basteln der Mordwaffe gegeben hat, oder aber er kennt sich nicht besonders gut aus. Demnach suchen wir vermutlich keinen Falkner als Täter. Warum Henry Geld in einem Kühlschrank versteckt hat, wisse sie nicht. Sie habe sich von ihm getrennt und habe schon lange keinen Anteil mehr an seinem Leben.«

Schmitt nickte und dachte darüber nach, woher der Gerfalke gekommen war. Den konnte man sich nicht einfach aus Mutters Münsterlandnatur holen. »Gut«, nickte er, »dann fahre ich da jetzt mal hin. John nehme ich mit. Und ihr beiden schreibt die Berichte, und dann nehmt ihr euch die Akte von Hans Berthold vor. Vielleicht findet sich in seiner Vergangenheit eine Verbindung nach Warendorf.«

Dirk stöhnte. Schreibarbeit war nicht sein Ding, das wusste Schmitt, doch Jenny nickte begeistert. »Ich nehme mir gleich die Akte vor und werde sie durchforsten, als müsste ich eine Biografie über ihn schreiben«, versprach sie und wollte offenbar etwas wiedergutmachen.

Schmitt hielt vor der Einliegerwohnung von Birte Schmor und klingelte an der Tür. Von innen ertönte das Getöse eines Staubsaugers.

Ein wenig außer Atem öffnete Frau Schmor ihm die Tür und schreckte zurück. »Ist etwas mit Jan?«

Die Frage war interessant, und er nutzte ihre Sorge ein wenig aus. »Darf ich hereinkommen?«

Sie machte ihm Platz und schob den Staubsauger schnell in einen anderen Raum. Die kleine Trethupe schnellte aus einer Ecke, aber sein John war gute fünf Zentimeter größer als Goliath, und daher hatte Schmitt keine Angst. Obwohl seine Zahnabdrücke am Bein des toten Henry Thomas zu sehen waren, konnte Schmitt nur grinsen, holte Hundeleckerlis aus der Tasche und reichte sie Goliath und seinem John.

»Wieso machen Sie sich Sorgen um Jan, Frau Schmor?« Er betrat den Wohnbereich und blickte in den Garten hinaus. Gut gepflegt war der nicht, aber er besaß Potenzial und an einigen Stellen einen urigen Charme.

Die beiden Hunde beschnüffelten sich, und Birte Schmor ließ sie zum Toben in den Garten. Mit großen Kulleraugen blickte sie ihn dann an und rieb sich ihre Hände nervös an der knallengen Jeanshose ab. »Na ja, was ist denn das für eine Frage? Ich kenne Jan, seitdem er ein kleiner Junge ist. Sein Vater ist gerade ermordet worden und nun auch noch ein Freund seines Vaters. Natürlich bin ich besorgt. Man muss ja auch die Psyche des armen Jungen im Blick haben«, fügte sie abschließend hinzu.

Schmitt nickte. »Er hat Freunde und seinen Onkel. Woher wissen Sie von der zweiten Leiche? Und war der Tote tatsächlich ein Freund von Henry? Aber ich bin nicht wegen Jan hier, dem geht es hoffentlich gut.« Er dachte an die dritte Falkenkralle und hoffte inbrünstig, dass es dem jungen Mann auch weiterhin gut gehen würde.

»Claudia hat mich informiert. Ihr Kollege hatte sie gestern Abend doch noch angerufen.«

Er nickte und räusperte sich. »Wir haben im Schuppen von Ihrem Exmann eine Menge Bargeld gefunden, versteckt im Kühlschrank. Haben Sie eine Ahnung, woher das Geld kommt und warum er es versteckt hat?«

Sie zuckte nur kurz mit den Lidern. »Er wird einen Vogel verkauft haben und hatte keine Zeit mehr, das Geld zur Bank zu bringen. Für einen gut ausgebildeten Greifvogel zahlen viele Scheiche fünfzehntausend und mehr.«

War es Zufall, dass sie eine Zahl nannte, die der gefundenen Geldsumme in etwa entsprach, fragte sich

Schmitt misstrauisch. Henry war an einem Montag ermordet worden. Wenn er abends das Geld bekommen hatte, konnte es natürlich sein, dass er es erst versteckt hatte. »Kennen Sie den Mann, der ermordet wurde? Sie nannten ihn einen Freund von Henry? Wer hat Ihnen davon erzählt?«

»Nein«, sagte sie sehr schnell. »Ich nehme an, dass er ein Freund war. Er ist ja auf die gleiche Art gestorben.«

Schmitt fragte, ob er sich setzen könne, und lehnte sich dann auf einem Sessel zurück. »Wissen Sie, was mich stutzig macht? In der Wohnung von Henry stehen Fotos von allen drei Frauen, die er gehabt hat. Und offenbar hat Henry zu seinen Frauen auch immer ein wenig Kontakt gehalten. Untereinander kennen Sie sich ebenfalls gut genug, um miteinander zu plaudern. Selbst mit seiner neuesten Favoritin, die wesentlich jünger war als er. Sie alle pflegen einen freundlichen Umgang miteinander, als gehörten sie einem Bridgeclub an. Wie hat Henry das nur angestellt? Normalerweise stechen sich die Verflossenen die Augen untereinander aus oder ignorieren sich. Hier scheinen Sie alle eine große, tolerante Familie zu sein.«

Birte Schmor hob ihren Hund auf den Schoß, der gerade hereingeschossen kam, und streichelte ihn. John untersuchte derweil jede Ecke ihres kleinen Gartens und markierte diesen fleißig. »Nein, das sieht nur so aus. Aber keine von uns hegte noch besondere partnerschaftliche Gefühle für Henry, und ohne die gibt es auch keinen Neid oder gar Eifersucht. Der Mord schweißt zudem zusammen. Denn entweder sind wir nun alle verdächtig oder gar in Gefahr oder werden als

Zeugen vernommen.« Man sah ihr an, wie stolz sie auf diese Erklärung war.

Aber Schmitt nahm ihr das nicht ab. »Sie sind doch auch Falknerin. Muss man da nicht mindestens einen eigenen Vogel haben? Sie leihen sich doch nicht bei der Jagd einfach einen Bussard aus, und der hört dann so schnell auf eine neue Person, oder? Warum kümmern Sie sich nicht um die Tiere von Henry? Sein Sohn ist doch völlig damit überfordert.«

»Natürlich leihe ich mir keinen abgerichteten Vogel aus, was denken Sie denn? So eine Bindung zum Vogel muss lange wachsen. Ich bin vor zwei Jahren umgezogen, und seitdem habe ich keinen Vogel mehr, und ich möchte auch keinen mehr haben. Ich habe das Hobby an den Nagel gehängt. Wissen Sie, eigentlich habe ich das nur gemacht, um ernster genommen zu werden. Wow, die Frau kann schießen und besitzt einen gezähmten Habicht. Wissen Sie, was ich meine?«

»Einen Habicht?«

»Ja.« Sie lächelte müde. »Das ist der einzige Greifvogel, den man sich noch aus der Natur fangen darf. Ich hatte nicht so viel Geld, mir einen edlen Falken oder einen großen Bussard zuzulegen. Als ich mit Henry verheiratet war, hat er mir mal einen Wüstenbussard zum Geburtstag geschenkt, ein bildschönes Tier, und ich hatte viel Freude daran. Aber er starb ein paar Jahre später, und im gleichen Jahr trennten wir uns. Ich habe mit all dem abgeschlossen, und daher möchte ich mich auch nicht um die Vögel von Henry kümmern. Ich habe jetzt Goliath.« Sie setzte den Hund vorsichtig zurück auf den Boden.

»Ich habe trotzdem noch eine Frage an Ihre Fachkenntnis. Warum wohl wählte unser Täter einen Gerfalken, um ihn tot in die Wohnung seines Opfers zu legen und drei Krallen abzuschneiden, die er dann zum Töten benutzte?«

Ihre Augen wurden groß. »Einen Gerfalken tötet man nur, wenn man gar keine Ahnung von dem Wert des Tieres hat. Und seine Krallen zum Töten zu verwenden soll sicher symbolisch auf seine Passion anspielen, aber jeder, der sich auskennt, weiß …«

Schmitt unterbrach sie nickend. »Jeder weiß, dass ein Falke gar nicht mit den Krallen tötet. Ja, das haben wir auch schon herausgefunden. Der Gerfalke ist an Altersschwäche gestorben. Besaß Henry mal einen Gerfalken?«

Sie zuckte so demonstrativ mit den Schultern, dass die Antwort eigentlich nichts wert war. Dann ergänzte sie. »Wie gesagt, könnte sein, dass er seinem Mörder den Vogel verkauft, und das Geld in den Kühlschrank gelegt hat. Als Täter hätte ich mir das Geld dann allerdings zurückgeholt.«

»Vielleicht wollte er das auch noch machen, hat es aber nicht gefunden. Es schaut ja nicht jeder in einer Butterbrotdose in einem alten Kühlschrank nach.« Und dann schoss Schmitt bewusst noch eine kleine Kanone ab. »Was halten Sie übrigens davon, dass Steffi Sandmann anscheinend von Henry schwanger ist? Also es ist noch nicht spruchreif, aber gut möglich.«

Sie riss die blau geschminkten Augen auf. »Was? Hat er es also doch noch geschafft, sich fortzupflanzen? Ist aber leider zu spät.«

Schmitt sah, dass die Frau plötzlich schwitzte. Sie hatte ein paar rote Flecken auf der Wange, schob die Ärmel ihres Pullis nach oben und trat an die geöffnete Terrassentür. Schmitt fand, dass recht kühle Luft durch die Gartentür hereinkam.

Schmitt setzte nach: »Fürs Erben ist es nicht zu spät, für die Vaterfreuden schon. Aber warum ist das verwunderlich? Er hat doch schon einen Sohn.« Sie nickte nur, und der Kommissar seufzte innerlich. Aus diesen Exfrauen wurde er nicht schlau. Er würde seinen linken Daumen verwetten, dass die etwas vor ihm verbargen. Und so kam er sich kein bisschen gehässig vor, als er sagte: »Der Täter hat sich drei Krallen genommen, und wir müssen damit rechnen, dass er ein drittes Opfer im Visier hat. Es kann also lebensrettend sein, mir alles mitzuteilen, was Sie wissen.« Und damit stand er auf und rief nach John, der augenblicklich angetrabt kam. Die langen Ohren flatterten auf und ab, und er hob seinen John hoch und musste ihn einfach einmal drücken.

Als er zum Auto ging, hörte er plötzlich den kurzen, scharfen Ton eines Raubvogels. Er hätte sich gar nichts dabei gedacht, aber genauso einen Ton hatte er schon bei Henrys Vögeln vernommen. Am Himmel war jedoch kein Vogel zu sehen. Schmitt öffnete sein Auto, und John sprang hinein. Er verstand sofort, dass er auf sein Herrchen warten musste, und kuschelte sich in sein kleines Körbchen.

* * *

Steffi ging langsam die Treppe hinunter auf die Straße. Sie fühlte sich zehn Kilo schwerer, was natürlich Einbildung war, denn sie war erst in der neunten Woche, aber nun hatte sie es schwarz auf weiß. Das kleine Foto in ihrer Tasche schien ein Loch durchs Leder zu brennen. Sie war tatsächlich schwanger, und es kam nur Henry infrage.

Sie war völlig geplättet. Zumal ihre Ärztin, die sie sehr gut kannte, etwas von Erbberechtigung erwähnt hatte. War sie plötzlich in Gefahr, weil Jan nicht mehr der alleinige Erbe war? Jan! Der hatte seinen Vater nicht umgebracht. Nur, wer war es dann – und warum? Das alles ging sie nun sehr wohl etwas an. Sie konnte sich nicht länger raushalten und so tun, als hätte sie diesen toten Mann nur flüchtig gekannt. Ihr Handy bimmelte.

Es war Jan. »Stimmt das?«

Kein »Hallo«, kein »Ich bin's, Jan«, nur diese zwei Wörter.

»Ja, es stimmt. Ich bin schwanger. Woher weißt du es?«

»Jedenfalls nicht von dir.« Der Vorwurf war klar zu hören.

»Ich weiß es doch selbst soeben erst sicher. Ich gehe gerade die Treppe der Praxis meiner Frauenärztin runter. Bislang war es doch nur eine Vermutung dieser jungen Polizistin, weil ich mich gestern übergeben habe.« Steffi setzte sich auf die unterste Treppenstufe.

»Was bedeutet das jetzt? Wirst du es bekommen?«

Steffi wusste es bislang selbst nicht, sie hatte noch gar nicht die Zeit gehabt, sich diese Frage überhaupt zu stellen. Es hing ein Schweigen in der Leitung, das ein paar flache Atemzüge lang dauerte, bis sie ihre eigene Stimme hörte, und die sagte: »Ja, ich werde das Baby bekommen. Ist vielleicht die einzige Chance, jemals ein Baby zu haben. Dann bin ich nicht mehr so allein.« Sie atmete tief durch. »Jan, es verändert sich doch nichts an unserer Freundschaft, oder?«

Er lachte nervös und antwortete: »Du bekommst meine Schwester oder meinen Bruder. Das fühlt sich nicht so an, als wäre alles wie immer.«

Was würde er wohl sagen, wenn er wüsste, dass das ungeborene Kind seines Vaters erbberechtigt war? Würden sie zu Konkurrenten werden? Sie hoffte nicht, dass das so war. »Was hast du der Polizei erzählt? Kanntest du den zweiten Toten? Ich habe ein wenig Angst, dass der Mörder es auch auf dich abgesehen hat.« Eine Frau kam die Treppe herunter und musterte sie neugierig, weil sie auf den Stufen saß. Sie nickte Steffi aber freundlich zu.

Jan lachte wieder nervös. »Quatsch. Ich habe von nichts eine Ahnung, was Papa getrieben hat. Weißt du, dass sie fünfzehntausend Euro im Kühlschrank gefunden haben? Wenn es kein Geld aus kriminellen Machenschaften ist, gehört es mir. Einfach so.« Seine Stimme nahm mit jedem Wort, das er sagte, eine andere, eine weichere Färbung an. »Ich kann dir ein schönes Kinderzimmer davon einrichten.«

Sie schluckte vor lauter Rührung. Das war der Jan, den sie kannte. Dem war Geld einfach egal. Sie sagte: »Du bist lieb, Jan. Eins nach dem anderen. Aber ich finde, die Polizei sollte sich auch mal die Aufträge von Henry anschauen. Es kann gut sein, dass sich dort ein Motiv findet. In der IT-Branche steckt eine Menge Geld und auch

Potenzial für illegale Aufträge. Diese blöde Greifvogelsache soll alle vielleicht nur auf eine falsche Fährte locken.«

»Ja, kann sein«, meinte Jan. »Ich werde heute oder morgen zum Haus fahren und mal Papas Sachen durchsehen. Du kannst mich da gerne besuchen, und wir trinken einen Kaffee zusammen.« Sie nickte stumm. »Du bist also nicht mehr böse, wegen der Affäre?«

»Doch, aber ich freue mich, dass ich einen neuen Verwandten bekomme. Wir könnten zusammen in das Haus ziehen und das Baby gemeinsam großziehen.«

Oje, dachte sie, das ging ihr alles entschieden zu schnell. Zumal sie befürchten musste, sich dann um zwei Kinder zu kümmern, nur dass eines, vom Alter her, erwachsen war.

* * *

Jenny blies die Backen auf. »Du meine Güte, Dirk. Wenn man liest, wen dieser Hans Berthold alles schon übers Ohr gehauen hat, wundere ich mich tatsächlich, dass er so lange am Leben blieb.«

Dirk grinste sie an. »Das hat er sicher nur geschafft, weil er aus dem Knast abgehauen ist und unter falschen Namen gelebt hat. Aber schau dir mal die unterschiedlichen Fotos an, die von ihm existieren. Er hat die Haare mal blond, mal dunkel oder sogar grau, verschiedene Längen, auch seine Figur variiert zwischen dicklich und hager, aber von seinem auffälligen Schnurrbart konnte er sich nie trennen. Wer weiß, ob ihm der nicht zum Verhängnis geworden ist.«

»Oder das Zusammentreffen mit Henry Thomas«, warf Jenny ein, ohne den Blick vom Bildschirm zu nehmen. »Sieh dir mal die Seite fünf an«, ergänzte sie.

Dirk wandte sich wieder seinem Bildschirm zu und scrollte weiter nach vorn. Auf Seite fünf der Akte, die sie sich besorgt hatten, wurde der Werdegang des kleinen Hans beschrieben, soweit bekannt. Und dort tauchte der Name Warendorf auf, und zwar weil Hans hier als Sechzehnjähriger eine Lehre gemacht und in der Zeit bei Verwandten gewohnt hatte. Leider wurden die Namen der Verwandten nicht genannt. Dirk pfiff durch die Zähne und sagte: »Wenn er die Lehre durchgezogen hat, hat er mal mindestens drei Jahre lang in Warendorf gelebt. Zu einer Zeit, als auch Henry Thomas schon erwachsen war. Die beiden sind nur ein paar Jahre auseinander. Waren.«

Jenny scrollte hin und her und kroch mit ihrer Nase beinahe in den Bildschirm hinein. Wie ein Spürhund, dachte er. Fehlte nur noch, dass sie dabei Geräusche von sich gab. Sie war gut und wissbegierig, aber irgendetwas nervte ihn an dieser Frau. »Wieso steht hier nicht, welche Lehre er gemacht hat? Was war der Mann überhaupt von Beruf?«

»Er hat lang als Vertreter gearbeitet und kam so in viele Haushalte. Irgendwann hat er sich überlegt, dass das Entwenden fremden Eigentums schneller zu Reichtum führt«, erklärte Dirk. »Ich habe irgendwo gelesen, dass er erst eine Lehre im Friseursalon gemacht hat, dann aber zu einer Versicherung wechselte und schließlich sogar ein paar Semester BWL studiert hat. Das findest du am Ende der Akte in einem Bericht bei der ersten

Festnahme wegen Betrugs und Urkundenfälschung. Da er so oft mit falschen Pässen unterwegs gewesen war, ist es nahezu unmöglich, einen kompletten Lebenslauf zu erstellen. Wir wissen nicht einmal, wo er sich vor seiner Ankunft in Warendorf aufgehalten hat. Wäre gut, den Namen zu wissen, dann könnten wir seine aktuelle Wohnung, falls vorhanden, durchsuchen.«

Jenny drehte sich auf dem Stuhl um. Sie saß bei Dirk am Arbeitsplatz, während er den Chefsessel solange für sich beanspruchte. Dieser Mann war ein Phantom, dachte er. Aber eines wussten sie gesichert. Sein Geburtsname war Hans Berthold, auch wenn er ab Anfang dreißig immer mal wieder verschiedene Namen benutzt hatte. Zu der Zeit waren aber seine Fingerabdrücke bereits polizeilich erfasst. Es gab eine lange Liste von Delikten und Namen, da schwirrte ihm der Kopf beim Lesen.

Als Dirk sich im Gesicht kratzte, fiel ihm sein Arztbesuch wieder ein, und er suchte die Nummer des Mediziners. Wenig später ließ er sich von einer Sprechstundenhilfe zu Doktor Dirkes durchstellen und nannte Namen und Dienststelle. »Herr Dirkes, es geht noch mal um den Mann, der ebenfalls wegen einer Verletzung durch einen Greifvogel bei Ihnen gewesen war. Ich glaube, der Mann hieß Hans Berthold, wie wir nun alleine herausgefunden haben, und er ist gestern tot aufgefunden worden.« Dirk beschrieb den Toten nun, wurde aber unterbrochen.

»Reden wir von dem Typen, dessen Phantombild in der Zeitung stand? Der war nämlich wirklich bei mir. Und der soll nun tot sein? Das gibt es doch gar nicht. So schlimm, dass er an einer Blutvergiftung sterben konnte, war seine Wunde nun wirklich nicht. Habe ich etwas übersehen?« Der Arzt klang ehrlich betroffen.

»Er ist ermordet worden, das hätten Sie mit den besten medizinischen Kenntnissen nicht verhindern können, Herr Dirkes. Aber ich möchte nun alles wissen, was er bei Ihnen gesagt hat.«

»Meine Güte, den Schock muss ich erst verwinden. Ich verliere ja schon mal Patienten durch Krebs oder weil das Alter zuschlägt, aber dass einer erst in der Zeitung abgelichtet wird und dann ermordet wird, das ist ein bisschen viel für einen alten Hausarzt.«

Dirk atmete tief durch. »Lassen Sie sich Zeit.«

»Das geht auch nicht, mein Wartezimmer ist voll. Warten Sie mal, ich habe jetzt die Krankenakte offen. Er hat erzählt, das sei bei seiner Arbeit passiert und ein Berufsrisiko. Ich habe dann noch gescherzt, ob er im Zoo arbeitet, aber der Mann hat nur den Kopf geschüttelt. Dann fiel mir ein, dass er sicher ein Falkner war, aber er machte ein sehr verschlossenes Gesicht, und ich habe nicht weiter gefragt. Da wusste ich ja noch nicht, dass ich Teil einer Mordermittlung werden würde. Apropos, was macht denn Ihre Verletzung? Das Antibiotikum müsste ja wirken.«

»Bestens, mir geht es wieder gut, danke.« Dirk wurde etwas ungeduldig. »Hat er gesagt, wann es passiert ist?«

»Die Wunde war ganz frisch, aber tief, daher war er klugerweise sofort gekommen. Ich schätze, sie war höchstens einen Tag alt. Am Montag war er bei mir, also muss es am Wochenende passiert sein.«

Dirk bedankte sich und wollte gerade auflegen, da fiel ihm das Wichtigste gerade noch ein. »Sagen Sie, Herr

Dirkes, unter welchem Namen hat sich der Mann bei Ihnen angemeldet? Hans Berthold?«

»Nein, mein Patient hieß Henry Thomas.«

* * *

Schmitt schlich vorsichtig in den Garten, der zum Haus der Vermieter gehörte und von Frau Schmors Wohnung aus nicht einsehbar war. Zum Glück stand die Garage offen. Das Auto fehlte. Da konnte er sich hoffentlich ein wenig ungestört umsehen. Er war wenig überrascht, als er in einer Ecke des langgezogenen Gartens eine große Vogelvoliere entdeckte. Und darin befanden sich keine Sittiche, sondern zwei junge Raubvögel, da war er sich sicher. Mäusebussarde oder Falken? Er konnte es nicht genau sagen. Schmitt suchte nach seinem Handy, fand es nicht und kehrte dann zum Auto zurück, wo es leider auch nicht lag. Wahrscheinlich im Büro neben dem Computer. So war das immer, wenn man es mal wirklich brauchte.

Er eilte schnellen Schritts zur Wohnungstür von Birte Schmor zurück und schellte Sturm. Das war so gar nicht seine Art, aber er wurde ungern angelogen. Und dann noch auf eine so dreiste Art. Leider blieb die Wohnungstür verschlossen, und auch lautes Rufen führte zu keinem Erfolg. Entweder war Birte Schmor sehr tief und fest eingeschlafen, oder sie war weggegangen, während er sich im Garten aufgehalten hatte. Oder sie hielt die Füße still und das Maul ihres Hundes auch. Also setzte er sich in den Audi und fuhr zur Polizeistation zurück. Unterwegs klingelte es unter seinem Beifahrersitz, und er hielt etwas abrupt an. Dabei rutschte das Mobilphone in den Fußraum. Ein Knopf am Lenkrad stellte die Verbindung her.

»Dirk hier, Chef, du musst kommen. Es wird immer merkwürdiger. Ich habe gerade ...«

»Warte, Dirk. Ich bin in fünf Minuten da, und dann tauschen wir uns aus. Und um siebzehn Uhr möchte ich das gesamte Team zum Brainstormig dahaben. Bis gleich ...«

Frau Krone saß an ihrem Arbeitsplatz, als er sein Büro erreichte. Sie hatte eine große Kanne Kaffee gekocht und Kuchen besorgt. Sie wusste einfach besser, wie man Überstunden attraktiv bewarb. Doch zunächst wollte er wissen, was Jenny und Dirk herausgefunden hatten. Die beiden jungen Leute arbeiteten doch gar nicht so schlecht miteinander, dachte er und hörte sich alles an, während er versonnen seine Hand in das seidige Fell von John gleiten ließ.

Dann räusperte er sich. »Ich glaube nicht, dass Hans Berthold die Krankenkassenkarte gefälscht hat. Ich glaube vielmehr, dass er sie von Henry Thomas entwendet hat. Vielleicht hat Henry sie ihm aber auch freiwillig gegeben. Haben wir die Sachen hier?« Dirk nickte, und Schmitt fuhr fort: »Jenny, du gehst mal schnell nachsehen. Oder noch besser, bring Brieftasche und Portemonnaie einfach mit!

Als Jenny aus dem Zimmer war, überlegte er laut: »Dirk, ich bin mittlerweile davon überzeugt, dass Henry Thomas und Hans Berthold eine gemeinsame Vergangenheit haben. Die Tatsache, dass Hans die Krankenkassenkarte von Henry benutzt hat, spricht doch

Bände. Aber kaum einer schaut sich auch das Foto auf so einer Karte an. Nach allem, was wir wissen, haben sich die beiden am Montag im Café getroffen. Da hatte Henry bereits seine Bisswunde und Hans seine Verletzung am Arm, wegen der er noch am selben Tag zum Arzt gehen wollte – und zwar mit einer fremden Krankenkassenkarte.«

»Chef, haben wir eigentlich im Café überprüft, ob es tatsächlich Henry Thomas war, der sich mit Hans getroffen hat? Ich meine nur, es gibt in Warendorf bestimmt den einen oder anderen Humpelfix.«

»Es heißt Gehbehinderung, mein Lieber. Und ja, das wurde natürlich überprüft. Die Dame im Café hat sich ein Foto angesehen und war sich recht sicher, dass er es war, auch wenn sie nicht viel gesehen haben will. Wie heißt denn noch gleich diese Behörde, die für die Falkner und deren Haltung von Greifvögeln zuständig ist?« Schmitt wühlte auf seinem Schreibtisch herum. »Wer weiß denn wohl, ob Birte Schmor Greifvögel besitzt und sie besitzen darf?«

»Das wird doch Birte Schmor selbst am besten wissen, oder?« Sein junger Kollege hielt sich wieder für sehr schlau.

»Nein, sie weiß es offenbar nicht, denn sie behauptet, das Hobby nicht mehr auszuüben, aber im Garten ihrer Vermieter habe ich eine Voliere mit zwei Greifvögeln gesehen. Und bevor du weiter klugscheißt: Ich denke nicht, dass der weit über siebzig Jahre alte Vermieter von Frau Schmor Herr dieser Vögel ist. Ah, hier habe ich die Nummer von dem Mann, der sich um die Vögel von Henry gekümmert hat.« Und schon tippte er los.

Nach dem dritten Klingeln meldete sich jemand, und Schmitt stellte seine Fragen. Ob man Greifvögel anmelden müsse, wer sie halten dürfe und wer ihm sagen könne, ob eine gewisse Frau Schmor Vögel besaß. Daraufhin bekam er einen kleinen Vortrag über den Unterschied zwischen heimischen und nicht heimischen Greifvogelarten respektive deren Haltungsbedingungen und der unterschiedlichen Rechtslage bei der Anmeldung. Die Hälfte der Informationen hätte es auch getan. Aber immerhin hatte er nach dem Telefonat den Hinweis, dass er sich mal bei der unteren Naturschutzbehörde melden solle. Das brauchte er an einem Freitagnachmittag aber gar nicht erst zu probieren.

Jenny kam zurück, als er gerade auflegte, und hielt ihm mit triumphierendem Blick das Portemonnaie hin. »Die Krankenkassenkarte fehlt. Du hattest recht.«

Schmitt nickte müde. Da hatten sich anscheinend zwei Freunde gegenseitig ausgeholfen. Und waren ermordet worden, aber sicher nicht wegen des Schwindels mit der Krankenkasse.

Was hatten sie bislang herausgefunden? Beim Brainstorming, bei dem sein kleines Team konzentriert zusammensaß, fasste er die Ergebnisse auf dem Sideboard zusammen. Hinzu kam nun die zweite Leiche und eine Verbindung zwischen den beiden toten Männern. Dass es sich bei dem zweiten Toten um einen flüchtigen, lang gesuchten Verbrecher handelte, brachte bislang erstaunlich wenig Klarheit in den Fall. Stattdessen blickten nun gleich die Staatsanwälte verschiedener Städte auf seine Ermittlungsergebnisse. Die Exfreundin war schwanger und das Baby erbberechtigt, Henry Thomas hatte fünfzehntausend Euro in einem alten Kühlschrank versteckt und von seinem Bruder jeden Monat ein paar Hundert Euro erhalten, angeblich für Software-Dienste. Die Obduktion der Leiche von Hans Berthold zog sich noch hin, vermutlich würde Schmitt einen Teil seines Samstags in der Rechtsmedizin verbringen. Dann gab es noch den toten Falken in Henrys Wohnung, dem drei Krallen fehlten und der wie eine Botschaft dort zurückgelassen worden war. Die Befragung der Mitbewohner des Hauses hatte nichts ergeben, keiner wollte etwas gesehen oder gehört haben. Henry war am Montagmittag zuletzt gesehen worden, als er seine Wohnung verlassen hatte. Am Abend war er ermordet worden. Zwei verdächtige Exfrauen, eine jüngst Verflossene und ein labiler Sohn sowie der Bruder des Toten, der einen Laden für Jagdbedarf führte, standen auf der Liste beteiligter Personen.

All das trug Schmitt seinem Team vor, und als der rotbärtige Fred äußerte: »Mensch, das ist Stoff für eine ganze Netflixserie«, musste der Kommissar in das Gelächter einstimmen. Fred sonnte sich in dem Beifall und führte weiter aus. »Allein diese ganzen Exfrauen und dann auch noch eine Exfreundin, die von dem Toten schwanger ist – das ist ein Mega-Stoff. Für mich sind die alle verdächtig.« Mit einem dicken Grinsen im Gesicht langte Fred nach einer Mohnschnecke und biss hinein.

Schmitt übernahm wieder die Gesprächsleitung und dämpfte. »Leider sind wir nicht in einer Serie und müssen daher anständig ermitteln. Unsere Fehler können dazu führen, dass ein weiterer Mensch stirbt, denn noch immer besteht die Möglichkeit, dass der Täter sich drei Krallen für drei Morde präpariert hat.«

»Oder aber er hat mit einem seiner selbstgebastelten Werkzeuge geübt«, warf Jenny ein.

Schmitt hätte allzu gerne nach diesem Strohhalm gegriffen, zumal er keinen blassen Schimmer hatte, wer in Gefahr war. Noch immer fehlte ein Motiv, das beide Männer miteinander verband. Außer der Tatsache, dass Hans Berthold sich in Warendorf ein wenig auskannte und dort mal gelebt hatte. Am Ende musste Schmitt seinem Team erst einmal freigeben. »Morgen um zehn Uhr möchte ich dich, Jenny, bei der Arbeit sehen, Fred, du hast Hintergrunddienst, falls wir dich brauchen. Dirk, du kommst um vierzehn Uhr und löst Jenny ab. Ich denke, einen halben Tag schafft ihr auch am Wochenende. Sollte sich neue Arbeit ergeben, haltet euch bitte alle bereit und bleibt einigermaßen arbeitstauglich.«

Als Schmitt eine halbe Stunde später in seine ruhige Straße einbog und sich auf ein Glas Barolo auf der Couch freute, ein gutes Buch dabei, winkte ihm seine Nachbarin von gegenüber fröhlich zu. Sie pflanzte bereits wieder gut gelaunt die ersten Frühlingsboten und sah mit ihren orangefarbenen Gartenhandschuhen und dem bunten Tuch im Haar selbst wie ein schöner Farbtupfer aus. Schmitt freute sich stets, sie zu sehen, und es war ihm bereits einmal gelungen, ein Abendessen mit ihr zu verbringen. Seitdem nannte er sie nicht mehr Frau Wagenfeld, sondern Moni. Und ihre Grübchen waren ein wenig tiefer geworden, wenn sie ihn schelmisch Horst rief. Das bildete Schmitt sich zumindest ein.

Er parkte seinen Audi in der Einfahrt, holte John aus dem Körbchen und grüßte zurück. »Hallo, Moni. Du sorgst wieder mit ein paar Farbklecksen dafür, dass die ganze Straße schöner ausschaut.«

Sie überquerte die Straße und zog dabei ihre Gartenhandschuhe aus. »Ich nehme an, du steckst wieder in einer Mordermittlung, verehrter Nachbar. Ich sehe dich und den süßen John kaum noch.«

Er machte ein betrübtes Gesicht. »Du sagst es. Meine Erfahrung nützt mir gerade gar nichts, es ist alles ein merkwürdiges Durcheinander. Zu viele Exfrauen und Exgeliebte und zu viele Greifvögel. Wie passt das bloß zusammen?«

»Beide Spezies haben Krallen«, lachte sie ihn an, und ihre Grübchen tanzten um die Wette. Moni ging in die Hocke und streichelte John. »Wie viel darfst du mir von dem Fall erzählen?«, fragte sie, ohne aufzuschauen. »Mit Exfrauen kenne ich mich aus, ich bin ja selber eine.«

Eigentlich schmeckte so ein Barolo ja viel besser, dachte Schmitt, wenn man ihn in Gesellschaft trank. »Was hältst du von einem einfachen Abendessen mit Pasta und Pesto und einem exklusiven Glas Rotwein? Und während du den Parmigiano reibst, werde ich eine Schweigepflichtserklärung aufsetzen.«

Sie stand auf und hob spielerisch den Zeigefinger. »Herr Kommissar, nach einer professionellen Zeugenbefragung oder Expertenakquise klingt das aber nicht. Dienstliches derartig mit privaten Handlungen zu vermischen. Aber gut, ich gehe und ziehe mich um.«

Und als sie vierzig Minuten später bei ihm vor der Tür stand, sah sie sehr nach einem privaten Date aus. Zu seiner Freude.

* * *

Jenny sah, dass die Zeitanzeige an ihrem Computer bedrohlich weiter und weiter wanderte. Nun war es bereits nach zwölf Uhr. Morgen war Samstag, und sie musste nur von zehn Uhr bis vierzehn Uhr ins Büro, um mit Kommissar Schmitt an dem Fall weiterzuarbeiten. Aber der Fall, den sie hier im Netz gerade aufspürte, war noch viel aufregender.

Hans Berthold war eine spannende Figur, sie recherchierte gerade nach Erfahrungsberichten. Denn im Darknet gab es ebenso Bewertungen wie im übrigen Internet. Und sie hatte herausgefunden, dass Berthold ein ausgezeichneter Hehler war, der Bestpreise erzielte und diskret war. Angeblich half er auch dabei, unliebsame Ehepartner oder Chefs loszuwerden. Wie war das wohl gemeint? Wegen Mordes war er jedenfalls nie verurteilt worden, das wusste Jenny. Allerdings verlor sich seine Spur mit der Verhaftung. Danach war seine Karriere offenbar beendet gewesen, keiner interessierte sich noch für Hans Berthold. Was Jenny aber eigentlich suchte, war seine Verbindung zu Warendorf und Henry Thomas. Über Henry Thomas fand sie einfach gar nichts. Mutig geworden, denn sie benutzte ja ein Pseudonym, gab Jenny den Namen Hans Berthold im Suchfeld ein. Und irgendwann stieß sie auf einen Hinweis, dass Hans Berthold wertvolle Zuchtpferde in die Vereinigten Emirate von Katar begleitet hatte. Vielleicht hatte er sich dort mit einem Ölscheich angefreundet und ihm einen deutschen Falken versprochen. Und dabei war ihm dann Henry Thomas eingefallen, den er während seiner

Ausbildung in Warendorf kennengelernt haben mochte. Was hatte ihr der Chef erzählt? Eventuell war Hans Berthold bereits im Vorjahr bei Henry Thomas aufgetaucht. Zumindest hatte der Nachbar einen Mann mit einem auffälligen Schnurrbart bei dem Falkner gesehen.

Ein Signalton kündigte den Erhalt einer Nachricht an, und sie freute sich, als sie sah, dass Arche online war und ihr schrieb. *Würde dich gerne mal treffen, Artemis. Wohne gar nicht so weit weg.*

Mist, er schien zu wissen, wo sie wohnte. Gut, angesichts des Fotos aus der Zeitung, das ja nur regional erschienen war, war das auch nicht allzu schwer zu erraten gewesen. Aber der Kreis Warendorf war zum Glück groß.

Pling, eine neue Nachricht. *Bist du gerade an einem Fall? Hätte Lust, für dich zu recherchieren.*

Jenny wurde es heiß. Das ging ihr zu schnell. Auch wenn sie zugeben musste, dass sie Lust auf dieses Abenteuer hatte, so funktionierte ihr Verstand doch recht gut. Keineswegs würde sie sich mit einer Internetbekanntschaft treffen – und schon gar nicht mit einer Person, die sie nur aus dem Darknet kannte. Aber der Typ schien gut zu sein, was das Forschen im Netz anging. Er könnte ihr von Nutzen sein, wenn sie es geschickt anstellte.

Hey, sagtest du nicht, du liebst die Falknerei? Dann weißt du sicher, dass es in Warendorf zwei Morde gegeben hat. Beide Männer wurden mit einer Greifvogelkralle umgebracht. Angeblich war einer ein Falkner!

Dass der andere Mann Hans Berthold war, würde sie ihm natürlich nicht auf die Nase binden. Das wäre ein zu auffälliges Wissen.

Die Antwort kam schnell. *Der Falke ist ein Statussymbol. Er war früher nur dem König vorbehalten und dem Adel. Zu einer Zeit, da jeder noch wusste, wo seine Stellung war. In diese Richtung würde ich ermitteln, denn der Täter macht sich bestimmt nicht solche Mühe, wenn er damit nicht ein Statement hinterlassen wollte. Wann können wir uns mal sehen?*

Na gut, dass die Art der Tötung etwas zu bedeuten hatte, darauf waren sie und ihr Team auch schon gekommen, dachte Jenny. Alles andere waren wohl eher historische Fakten, die hier keine Rolle spielten. Jedenfalls konnte Jenny sich nicht vorstellen, dass Henry umgebracht worden war, weil er angeblich größenwahnsinnig geworden wäre. Es sei denn, er war in einen Streit mit einer Art Mafia-Drogenbarone geraten, die legten ja viel Wert darauf, wer wo was verkaufen durfte. Die sogenannten Revierkämpfe gab es aber vor allen Dingen in Großstädten, sicher nicht im beschaulichen Warendorf. Doch sie war einigermaßen erstaunt, wie prompt Arches Antworten kamen. Er schien kaum darüber nachdenken zu müssen, oder aber er hatte es bereits lange vor ihren Fragen getan. Sie ließ sich dagegen viel Zeit für die nächste Antwort, die dann auch noch sehr kurz ausfiel. *Nicht vor dem nächsten Jahr, wenn der große Regen kommt.* Diese Anspielung auf seinen Avatarnamen konnte sich Jenny nicht verkneifen. Sie musste grinsen, während sie tippte.

Seine Antwort gefiel ihr: *In diesem Fall werde ich den lieben Gott darum bitten, es schon sehr bald aus Sturmfluten regnen zu lassen. Das dauert sonst ewig und drei Tage. Das Jahr ist noch so jung. Ich bin übrigens achtundzwanzig Jahre alt.*

Meine Güte, der legte ein ganz schönes Tempo vor. *Ich bin schon ein paar Tausend Jahre alt*, schrieb sie, in Anspielung auf ihren gewählten Namen der Göttin, zurück. *Was weißt du noch über die Morde?* Den letzten Satz tippte sie, löschte ihn wieder, tippte erneut, betätigte allerdings wieder die Löschen-Taste, um schließlich den Satz ein drittes Mal zu buchstabieren. Dann drückte sie mutig auf *Enter* und nagte an ihrem Daumennagel. Sie musste vorsichtig sein. Wenn hier jemand herausbekam, dass sie spionierte und auf der Seite des Gesetzes stand, würde sie ganz schnell aus dem Darknet fliegen. Mit Schimpf und Schande! Sie fragte sich, was Arche ins Darknet geführt hatte. War er ein Dealer oder jemand, der sich hier ab und an etwas Stoff besorgte?

Während sie parallel weiter ihre Suche durchführte, bekam sie plötzlich Seiten angeboten, in denen es um Auftragsmorde ging. Heilige Scheiße, dachte Jenny, jetzt bloß nicht aus Versehen auf so einer Seite landen. Aber was hatte sie erwartet, wenn sie nach Verbrechen suchte?

Plötzlich stieß sie auf einen Namen, der sie aufmerksam werden ließ. *Der Greifer.* Nach einer halben Stunde, in der Jenny sich hin und her geklickt hatte, ahnte sie, dass Hans Berthold seine Dienste im Internet unter diesem Namen angeboten hatte. Der Greifer. Im Internet fand sie zu dem Namen nur einen uralten Film aus den Fünfzigerjahren mit lauter deutschen Filmgrößen aus jener Zeit. Die Namen Hans Albers und Jean-Paul Belmondo sagten ihr flüchtig etwas, doch sie hatte noch nie Filme mit ihnen gesehen. Aber der Spitzname und die Art, wie Hans Berthold zu Tode gekommen war, das alles konnte doch kein Zufall sein.

Da ploppte wieder eine Nachricht von Arche auf. *In den Medien erfährt man noch nicht viel über die Morde. Vielleicht gibt es einen verrückten Serienmörder bei euch. Von wem hast du den Auftrag bekommen? Du recherchierst doch in dem Fall, habe ich recht? Oder ist das alles noch mein Eignungstest?*

Jenny erschrak ein wenig und lehnte sich erregt zurück. Dann sprang sie auf und holte sich ein Glas Buttermilch aus dem Kühlschrank. Himmel, sie sollte zu Bett gehen. Es war halb eins, und selbst ihr Nachbar von gegenüber hatte bereits alle Lichter gelöscht, obgleich er als Rentner eher spät zu Bett ging. Im ganzen Haus war es trotz Wochenende allmählich richtig still geworden. Bis sie das Surren des Türöffners an der Haustür vernahm. Irgendeiner bekam so spät also noch Besuch, oder die Frau aus der dritten Etage hatte wieder ihren Schlüssel vergessen. Ihr Mann war kränklich, und sie ging oft alleine aus.

Jenny lauschte und hörte Schritte. Eine Person versuchte, möglichst leise die Treppen hochzugehen, sicher wollte sie niemanden um diese Zeit wach machen. Der Herr aus der zweiten Etage beschwerte sich schnell mal, weil jemand zu laut Musik hörte oder sie selbst zu schnell die Treppenstufen hinuntersprang. Drei auf einmal nehmend, weil sie es eilig hatte oder gut gelaunt war.

Was sollte sie Arche nun schreiben? Die Nummer mit der Privatdetektivin durchziehen? Sie setzte sich erneut an den Arbeitsplatz und las die Nachricht noch einmal durch. Jetzt fiel ihr die Art der Formulierung auf: bei euch. Er wusste oder ging zumindest davon aus, dass sie in Warendorf lebte. Sie überlegte. Was sollte schon passieren, wenn sie einfach so tat, als würde sie sich privat für den Fall interessieren? Sie würde ja keine internen Informationen preisgeben, aber sie könnte von seinem Wissen profitieren.

Okay, Dr. Watson, schrieb sie zurück. *Ich gebe offen zu, dass ich als Privatdetektivin arbeite und mir Lorbeeren respektive Referenzen einstreichen möchte. Doch welche Mission treibt dich ins Darknet?* Sie wartete gespannt auf Arches Antwort. Das war schon merkwürdig. Sie wusste nichts von ihm außer diesen Fantasienamen und seinen Antworten. Und angeblich war er achtundzwanzig Jahre jung. Aber ihr Gehirn formte sich ein Bild von ihm mit einem kurzen Bart, mit langen, dunkelbraunen Haaren, die er zu einem Zopf zusammengebunden trug. Mittelgroß, nicht dünn, eher etwas kompakt, ohne dicklich zu sein. Woher kam ein solches Bild? Wunschvorstellung, intuitives oder archaisches Wissen? Wohl kaum. Wenn Arche in den nächsten zehn Minuten nicht antwortete, würde sie zu Bett gehen. Ja, sie könnte sich besser jetzt schon mal die Zähne putzen.

Jenny stand steif geworden auf und ging in den Flur. Dort hielt sie inne. Hatte sich vor ihrer Haustür etwas bewegt? Sie sah durch die Ritze, dass das Treppenhauslicht noch hell leuchtete. Irgendjemand befand sich noch im Treppenhaus. Jenny zuckte mit den Achseln und ging ins Bad, um sich bettfertig zu machen. Gespannt zog sie fünf Minuten später ihr Nachthemd über und wollte nun schnell noch mal auf ihren Rechner gucken. Sie öffnete die Badezimmertür, als jemand ihren Arm packte, sie nach vorn zog und dann mit dem Kopf gegen die Wand knallte.

6. KAPITEL

Dirk gab Ella einen Kuss, schwang sich dann aus dem Bett und unter die Dusche. Im Spiegel betrachtete er seinen Kratzer an der Wange, der nun rot verkrustet war. Das heilte und würde nur eine kleine Narbe hinterlassen. Dirk wusste, dass er eitel war, auch ohne dass Ella ihm das regelmäßig unter die Nase rieb. Eine kleine Narbe von einem Raubtier störte ihn jedoch nicht und war immerhin eine originelle Geschichte. Und seine Verletzung passte sehr gut zum Fall.

Die halbe Nacht hatte er sich den Kopf zerbrochen, ob sie etwas übersahen. Er wollte seinem Chef vorschlagen, noch mal die Wohnung von Henry zu durchsuchen. Sie mussten etwas übersehen haben. Und sie sollten unbedingt in die Justizvollzugsanstalt in Düsseldorf fahren. Dort hatte Hans Berthold zuletzt gesessen. Von dort war er geflohen. Vielleicht gab es noch einen Zellengenossen, der ihnen mehr zu Berthold erzählen könnte. Welche Pläne er gehabt hatte und welche Personen ihm privat nahestanden. Denn bislang hatten sie noch gar keine Angehörigen sprechen können. Seine Mutter lebte nicht mehr, sein Vater wohnte in einem Altenheim, litt aber unter starker Demenz und würde laut der Pflegedirektorin nicht einmal verstehen, dass sein Sohn tot war.

Er wandte sich von seinem Spiegelbild ab und stellte die Dusche an. Kaum war er splitterfasernackt und ganz im duftenden Duschgel verschwunden, kam Ella ins Bad. »Dein Chef ist am Telefon. Ob du weißt, wo eure Praktikantin ist? Du hast noch Schaum auf dem Rücken.«

Prustend stellte er die Dusche ab und sagte: »Er hat sie doch zum Dienst heute Morgen bestellt. Sag ihm, ich rufe ihn gleich zurück.« Dirk hatte sofort ein ungutes Gefühl. Jenny hatte ihn gefragt, ob sie tauschen könnten, denn sie wolle am Samstag mal richtig ausschlafen und nicht schon um zehn wieder auf der Polizeistation sein. Sie habe abends noch was vor, was bis in die späte Nacht dauern würde. Was sie vorhatte, hatte sie ihm nicht sagen wollen. Aber immerhin sei sie auf einer ganz guten Spur, denn sie habe ja selbstständig und nur auf anderem Wege den Namen von Mister Y herausgefunden. Das hatte sie ihm noch stecken müssen. Und nun war sie offenbar nicht zum Dienst erschienen. Hatte Jenny ihn falsch verstanden? Denn Dirk hatte den Tausch rigoros abgelehnt.

Leicht angesäuert beendete er das viel zu kurze Duschvergnügen und tippte, nur mit einem Handtuch um die Hüften bekleidet, die Nummer von Horst Schmitt, während Ella ihn amüsiert beobachtete. »Liebling, dein Gesichtsausdruck passt so gar nicht zu deiner appetitlichen Erscheinung. Ich nehme an, das ist kein Angebot?« Und sie zeigte schelmisch auf das kleine Handtuch um die Hüften.

Eine Antwort blieb er schuldig, denn Schmitt meldete sich. »Guten Morgen, Chef. Ich hoffe, Jenny ist jetzt eingetrudelt.«

»Nein, leider nicht. Ich dachte, ihr hättet den Dienst vielleicht getauscht oder sie hätte sich bei dir gemeldet.«

»Sie hat mir einen Tausch angeboten, aber ich habe abgelehnt. Und zwar unmissverständlich. Sie wird doch wohl nicht glauben, dass der Tausch ohne mein Einverständnis läuft. Ruf sie doch einfach mal an.«

»Ganz herzlichen Dank für den wertvollen Hinweis. Meinst du, fünf Versuche reichen, oder soll ich den Text ihrer Mailbox auswendig lernen?« Das klang nach schlechter Laune. »Wann kannst du kommen?«

»Ich? Wieso? Vierzehn Uhr war ausgemacht.«

Bei diesen Worten erhob Ella sich misstrauisch. Ihre blauen Augen funkelten dabei jedoch neckisch, und sie kuschelte sich an seine nackte Brust, biss ihm ins Ohr und flüsterte: »Du kannst jetzt noch nicht, sag ihm das.« Das mochte er so an seiner Freundin. Sie ergriff die Initiative, lockte, statt eine Szene zu machen oder sich beleidigt zurückzuziehen.

»Chef, ich kann jetzt noch nicht. Frühestens gegen Mittag.« Ella hob einen Finger und küsst ihn in den Nacken. »Ein Uhr, halb zwei, frühestens.« Er musste ein Lachen unterdrücken und hielt sein Handtuch fest.

»Zwölf Uhr wäre aber besser. Na gut, Dirk. Komm halt, sobald es geht, und grüß Ella von mir. Ich gebe nur ihretwegen nach.« Und dann legte sein Chef auf. »Du hast es gehört. Nur deinetwegen bekomme ich Aufschub, ich hoffe, du nutzt diese Zeit mit mir auch wirklich gut.« Und dann ließ er sein Handtuch fallen.

Als sie eine Stunde später noch zum Markt radelten, versuchte Dirk selbst auch einige Male, Jenny auf dem Handy zu erreichen. Es war nach elf Uhr, da konnte sie nicht noch so fest schlafen. Er war sich sicher, dass sie auf eigene Faust ermittelte, nur um irgendwelche Lorbeeren und Fleißkärtchen zu ernten. Sie hatte ja keine Ahnung. So etwas bewies allenfalls mangelnde Teamfähigkeit und wurde vom Kommissar gar nicht gutgeheißen. Sie stellten die Räder am Marktcafé ab und strebten als Erstes zum Kaffeestand »Café e più«, wo es hervorragende Spezialitäten gab. Das Wetter war gut genug, um direkt vor Ort zum Cappuccino ein knuspriges Croissant oder eine der leckeren Zimtschnecken der rollenden Kaffeebar zu genießen. Und hier traf man auch immer bekannte Gesichter. Es ärgerte Dirk, dass er allmählich begann, sich Sorgen um diese Praktikantenziege zu machen.

Da kreuzte ein Kollege von Ella aus dem NABU gerade rechtzeitig ihren Tisch, an dem sie sich ihr Frühstück schmecken ließen. Sein Gesicht verhieß nichts Gutes. »Hallo ihr zwei und guten Appetit, den ich euch jetzt hoffentlich nicht verderbe. Mensch Ella, zwei der Falken sind aus dem Brutkasten verschwunden. Du weißt schon, den wir in der Nähe des Bussardhorstes und den Schildern aufgestellt haben. Mama Bussard ist ja eine von der rabiaten Art. Und recht hat sie, ihre Jungen sind noch da. Ich war so stolz, dass sogar ein Wanderfalke unsere Kästen besiedelt hat. Nun sitzt nur noch ein Junges dort. Sie waren kurz davor, flügge zu werden.«

Dirk zückte sofort sein Handy. »Das sollte auf jeden Fall zur Anzeige gebracht werden. Sag mir doch noch mal deinen vollen Namen, Patrick.« Sein Gesprächspartner nannte ihm Namen und Handynummer.

Den Ort kannte Dirk selbst gut genug, denn er hatte ja mit ziemlicher Sicherheit mit dieser Bussardmama eine schmerzhafte Bekanntschaft gemacht. Das Waldgebiet Kettelerhorst bei Everswinkel lag auf seinem Weg, wenn Dirk von Münster nach Warendorf zur Arbeit fuhr. Es handelte sich um ein Naturschutzgebiet, um das sich natürlich der NABU kümmerte. Patrick erzählte ihnen, dass die Jungen am Vortag noch vollzählig gewesen seien, heute Morgen aber nur noch ein Junges im Nest gesessen habe.

Ella regte sich sofort auf und schimpfte auf diese verdammten Wilderer. Dann biss sie so heftig in ihre Zimtschnecke, dass Dirk die Zähne aufeinanderkrachen hörte. Es sah so aus, als könnten sie nun beide das Freizeitprogramm beenden und sich um den Fall kümmern. Ella wollte ins Büro des NABU fahren und sich um Fotos und die Verbreitung des Diebstahls kümmern, und Dirk würde seinen Chef etwas eher überraschen. Doch vorher kaufte er auf dem Markt ein schönes Stück alten Gouda und ein Baguette sowie Weintrauben und Oliven und nahm diese Leckereien mit ins Büro. Er wusste, dass Horst Schmitt diesen Käse liebte.

Auf der Landstraße Richtung Warendorf rief er im Büro an. »Hi Chef, bin unterwegs. Hat Jenny sich schon gemeldet?«

»Nein, sollte ich mir Sorgen machen? Weißt du etwas, Dirk?«

Er hörte die leise Besorgnis in der Stimme seines Chefs. »Soll ich mal bei ihr vorbeifahren?«

»Nein, komm erst mal hierher. Wir haben noch was anderes vor.« Jetzt klang Schmitts Stimme grimmig.

Und als Dirk mit seiner Tüte Lebensmittel vom Markt das Büro betrat, stand Schmitt schon mit Jacke da und blickte aus dem Fenster.

»Chef, ich habe Käse und Baguette mitgebracht und etwas Obst und dachte, ein zweites Frühstück täte uns beiden gut. Und dabei klären wir, wie wir weiter vorgehen. Es gibt nun nämlich auch noch einen Fall von Greifvogelentnahme!« Er wedelte mit der Tüte und fügte hinzu: »Alter Gouda vom Markt. Der war heute Nacht noch in Holland.«

Schmitt seufzte und zog die Jacke wieder aus. »Das ist eine ausgezeichnete Idee. Ich hätte tatsächlich ein wenig Appetit.«

Dirk besorgte Teller und eine Flasche Wasser aus der Küche. Dann erzählte er, was er von Patrick Meningmann erfahren hatte.

»Und genau deshalb werden wir zwei gleich Birte Schmor einen wenig freundlichen Besuch abstatten. Ich überlege tatsächlich, Handschellen gut sichtbar an meinem Gürtel zu befestigen.« Mit Genuss und geschlossenen Augen biss Schmitt in sein Stück Baguette mit Käse.

»Chef, ich mache mir ein wenig Sorgen, dass Jenny sich doch im Darknet herumtreibt.«

»Ich weiß sogar, dass sie das tut. Sie hat es mir mehr oder weniger deutlich erzählt«, sagte Schmitt. »Und ich denke, sie hat bis spät in die Nacht am Computer gesessen und schläft nun ihren Cyberrausch aus. Ich bin eigentlich eher verärgert, als dass ich mir Sorgen mache. Lecker, einfach nur lecker, der Käse. Ich danke dir für die kleine, feine Gourmetreise.«

Vor dem Haus von Frau Schmor waren alle Parkplätze, die zum Haus gehörten, besetzt. Ein gutes Zeichen, dachte Dirk, und zusammen stellten sie sich wichtig vor ihre Eingangstür. Der Kommissar schellte, und Frau Schmor öffnete so rasch, als hätte sie davorgestanden. Sie schien in Eile, trug eine Lederjacke und hatte einen Autoschlüssel in der Hand.

»Guten Tag, liebe Frau Schmor, wir müssen uns noch mal unterhalten, und ich finde, es ist eine gute Idee, wenn wir das hier draußen machen. Lassen Sie uns doch mal zu den Volieren mit den Greifvögeln gehen.«

Dirk hatte seinen Chef selten so süffisant erlebt. Die zierliche Frau Schmor zog überrascht die Augenbrauen hoch. Der Autoschlüssel fiel ihr aus der Hand, und sie bückte sich unsicher. Von Goliath war nirgends etwas zu sehen.

»Ich habe keine Greifvögel, das sagte ich Ihnen doch bereits.« Ihre Augenlider flatterten, ihren Mund presste sie zu einem Strich zusammen. Eine merkwürdige Entschlossenheit ging plötzlich von ihr aus.

»Frau Schmor, ich habe gestern zwei Jungvögel im Garten Ihres Nachbarn gehört und schließlich auch gesehen.« Schmitt trat einen Schritt näher auf die Frau zu, die er immerhin um einen halben Kopf überragte.

Dirk schlenderte bereits ein paar Schritte voraus in Richtung des Gartens der Vermieter. Zu hören war nichts.

Frau Schmor schob sich an dem Kommissar vorbei und trat zwei Schritte von der Haustür weg, bevor sie die Tür ins Schloss zog. Die Nähe schien ihr unangenehm zu sein. Dann zuckte Frau Schmor betont lässig mit den Schultern und sagte: »Herr Kommissar, mein Vermieter nimmt schon mal vorübergehend ein paar Tauben auf, Sie müssen da etwas verwechselt haben. Die Volieren stehen tatsächlich noch von mir da im Garten, und Herr Richter nutzt sie schon mal, um einem Freund, einem Taubenzüchter, zu helfen. Eine Turteltaube hat für einen Laien ein ähnliches Gefieder wie ein junger Falke.«

Ihr Augenaufschlag war bestimmt lange geübt, dachte Dirk, der seinem Chef die Wut ansah. Der Kopf einer Turteltaube würde immer nur der Kopf einer Taube bleiben, den Unterschied zu sehen, traute Dirk seinem Chef durchaus zu. Aber es wurde ihm gerade klar, dass sie zu spät kamen. Er hatte den Blick gesehen, mit dem Frau Schmor auf ihre Uhr gesehen hatte, kaum dass Schmitt die Volieren erwähnte. Sie schien danach sicher zu sein, dass die Volieren leer waren. Und richtig. Birte Schmor öffnete das Gartentürchen und führte sie beide in den Garten der Vermieter. Die Art und Weise, wie sie sich hier bewegte, ließ erahnen, dass sie ein sehr vertrautes Verhältnis zu ihnen pflegte. Demnach würden die beiden wahrscheinlich alles aussagen, was Birte Schmor wollte.

Die Voliere war leer, und leider war auch der Boden blitzeblank geputzt, damit hatte sich auch Dirks Plan erledigt, Kotproben mitzunehmen. Es war aber auch zu ärgerlich, dass Schmitts Generation nie daran dachte, Fotos zu machen, wenn es wichtig war.

Die Terrassentür öffnete sich, und ein älterer Herr kam heraus. »Was ist denn hier los? Guten Tag, meine Herren. Können wir helfen? Alles in Ordnung, Birte?«

Schmitt lief mit ausgestreckter Hand auf den alten Man zu und stellte sich vor. Dann fragte er aalglatt: »Ich habe gestern Nachmittag Raubvogelschreie gehört und zwei junge Greifvögel in dieser Voliere gesehen. Wo sind die Vögel jetzt?«

Ein fast schon fröhliches Lächeln ging über das faltige Gesicht, und ein erstaunlich sanfter Blick traf Frau Schmor, als er sagte: »Sie müssen das verwechselt haben. Ich hatte zwei Turteltauben hier drin, die heute Morgen aber abgeholt wurden. Ich sollte sie nur kurz aufbewahren, da sie ein Geschenk für mein Enkelkind waren.«

Dirk betrachtete den Mann und dann Birte Schmor – und endlich fiel der Groschen. Hier würden sie rein gar nichts erreichen. Birte Schmor wohnte in der Einliegerwohnung ihrer Eltern.

* * *

Verärgert haute er auf das Lenkrad. »Wieso wussten wir nicht, dass die Einliegerwohnung ihren Eltern gehört? Ich komme mir wie ein blutiger Anfänger vor, der aus Unwissenheit in jede blöde Falle tappt. Hast du das überhebliche Grinsen von Frau Schmor gesehen, als ihr Vater auf die Terrasse kam? Turteltauben? So eine Unverschämtheit. Ich kann eine noch so bunte Taube durchaus von einem Greifvogel unterscheiden!« Schmitt wartete die Antwort von Dirk gar nicht erst ab.

»Die Gute werden wir jetzt mal ganz genau unter die Lupe nehmen. Ein Alibi für den Montagabend hatte sie doch auch nicht, oder?« Ein kurzer Seitenblick traf seinen Kollegen, der am Handy rumdaddelte.

»Nein, aber ein Alibi haben die alle nicht. Und die Turteltaube hat tatsächlich ein paar Federn, die aussehen wie die von einem jungen Falken. Schau mal.« Und schon hielt Dirk ihm das Handy vor die Nase.

Er stöhnte genervt auf. »Dirk, ich habe nicht ein paar einzelne Federn gesehen, sondern junge Raubvögel mit messerscharfen Schnäbeln. Und ich habe sie rufen gehört. Das war kein dämliches Taubengegurre. Verdammt. Wenn nicht einmal du mir glaubst, dann können wir ...« Er ließ den Satz unvollendet, weil er nicht wusste, was sie dann konnten.

»Ich glaube dir ja, Chef. Vielleicht sollten wir Birte Schmor bewachen lassen. Ist dir mal aufgefallen, dass unsere ganzen Verdächtigen auch deshalb kein Alibi haben, weil die alle Singles sind?« Dirk steckte sein Handy wieder ein und fuhr fort: »Nur der Bruder von Henry, der ist noch verheiratet und hat ein Alibi von seiner Gattin. Georg Thomas war am Montag angeblich krank und lag im Bett mit einer schlimmen Migräne. Wo fahren wir jetzt als Erstes hin?«

»In Henrys Wohnung. Ich muss mich da noch mal umsehen.

»Und was unternehmen wir wegen Jenny?«

»Was meinst du?«, reagierte er gereizt. »Soll ich sie bei der Schule verpetzen? Streng genommen muss sie ja gar nicht an einem Samstag arbeiten. Ich dachte, du bist froh, wenn du mit mir allein unterwegs sein kannst.«

»Ja klar, vor allem am Wochenende bei bestem Wetter. Chef, wir reden von Jenny. Die ist so ehrgeizig wie ein Terrier vorm Fuchsbau. Die bleibt doch nicht freiwillig weg.«

»Deshalb bin ich mir auch sicher, dass sie etwas verwechselt hat und um vierzehn Uhr hier auftaucht Du wirst schon sehen.« Wenig später parkte er vor dem Mehrfamilienhaus, in dem sich Henry Thomas' Wohnung befand. Schmitt holte den Haustürschlüssel aus seinem Trenchcoat und marschierte voran durchs Treppenhaus in die erste Etage. Als er auch hier den Schlüssel ins Schloss stecken wollte, verharrte er kurz. Die Versiegelung an der Wohnungstür war beschädigt.

»Sag mal, Dirk, hat irgendwer die Wohnung schon freigegeben?«

Dirk stand neben ihm und fasste nach dem zerrissenen Band. »Chef, ich hoffe, du weißt noch, dass nur du die Freigabe anordnen kannst. Also hast du oder hast du nicht?« In dem Moment waren eindeutig Stimmen aus der Wohnung zu hören. Sein junger Heißsporn fasste nach seiner Waffe. »Nutzen wir das Überraschungsmoment? Eventuell ist es der Täter, der Beweise vernichten will.«

Schmitt klopfte und steckte dann den Schlüssel ins Schloss. »Ich bin mir sicher, dass es Jan ist. Den armen Jungen wollen wir lieber nicht mit einer Waffe erschrecken«, sagte er leise, als die Tür aufschwang. Er hörte Dirk noch knurren, dass der arme Junge auch eine »Armejungenshow« abziehen könne, als tatsächlich Jan schon neugierig in den Flur kam. Hinter ihm tauchte das Gesicht von Steffi Sandmann auf.

»Wissen Sie, was ein polizeiliches Siegel ist?«, fragte Schmitt die beiden.

Sie nickte, während Jan mit bockigem Gesicht die Arme vor der Brust verschränkte. »Ich dachte, das gilt nicht für den Besitzer der Wohnung. Sie werden doch sicher schon alles untersucht haben.«

Kommissar Schmitt hatte langsam die Nase voll von allen Beteiligten, blieb aber ruhig. »Erstens gilt so ein Siegel für alle, sogar für den Bundeskanzler. Und zweitens sind Sie noch gar nicht der Eigentümer, und zwar so lange nicht, bis Ihr Name notariell beglaubigt den Besitz dieser Wohnung kennzeichnet. Und falls Sie sich als Alleinerbe sehen, rate ich zu einem Informationsgespräch beim Notar, der Ihnen die Rechte ungeborener Erben erklärt. Willkommen in Deutschland, Herr Thomas.«

Er sah, wie der so Angesprochene die Kontrolle über seine Gesichtszüge verlor und abwechselnd zum Kommissar und zu Steffi Sandmann starrte. Seine Hände ballte er, bewusst oder unbewusst, zu Fäusten, bevor er mit einem animalischen Wutschrei die Wohnung verließ.

Da war er als Kommissar eventuell ein wenig über das Ziel hinausgeschossen, dachte Schmitt und sagte zu seinem jungen Kollegen: »Geh mal besser hinterher, Dirk!«

Steffi Sandmann hielt sich am Türrahmen zum Wohnzimmer fest. Ihr Gesicht war noch blasser als sonst, und sie guckte sich nach einer Sitzgelegenheit um. Dann ging sie zu einem schwarzen Komfortsessel und ließ sich langsam nieder. »War das nötig? Sie haben doch geblufft, oder?«

Schmitt suchte sich ebenfalls einen Platz, während er Dirk mit langen Schritten die Treppe hinunterspringen hörte. »Nein, wenn Sie ein behördliches Siegel entfernen, machen Sie sich strafbar. Wir machen die ganz selten nur zum Spaß an die Türen.«

»Sie wissen, dass ich nicht von diesem blöden Siegel rede. Außerdem bin ich erst vor fünf Minuten gekommen, da hing es schon herunter.« Sie strich sich über den Bauch. »Sie glauben wirklich, dass der kleine Kerl hier, der gerade so ausschaut wie eine Kaulquappe, der Erbe von Henry ist?«

Er nickte. »Ganz sicher. Wenn die Kaulquappe von Henry Thomas ist.«

»Und ich bin nun, weil ich ein Motiv habe, auf der Verdächtigenliste die Leiter hochgekrabbelt?«

Schmitt nickte. »Sie sind nicht gekrabbelt, Sie sind nach oben gehechtet.«

Sie lachte zynisch. »Da soll noch mal einer sagen, Dicke seien unsportlich. Und nun?«

»Sie werden einen Vaterschaftstest machen müssen. Abgesehen davon würde ich von Ihnen gerne wissen, was Sie beide hier machen. Sie und Ihr sprunghafter Freund.«

»Nach Ihrem Gorillaauftritt war ich wohl die längste Zeit mit Jan befreundet. Der denkt doch nun, ich hätte nur mit seinem Vater geschlafen, um mich an sein Vermögen zu binden.«

Die junge Frau sah tatsächlich sehr traurig aus, musste Schmitt zugeben. Als Mensch war er sich sicher, dass sie nichts mit den Morden zu tun hatte, aber als Kommissar durfte er sich davon nicht leiten lassen. Er bemühte sich um einen freundlichen Ton. »Frau Sandmann, ich glaube Ihnen, dass Sie nichts von der Schwangerschaft gewusst haben und Sie es auch nicht darauf angelegt haben, von einem wesentlich älteren Mann schwanger zu werden. Doch diese ganzen Frauen, die in diesem Mordfall eine Rolle spielen, geben uns Rätsel auf und kosten verdammt viel Nerven. Wie lange kennen Sie Jan schon?«

»Seit vier Jahren. Wir haben uns am Theater kennengelernt. Henry habe ich dann mal bei einer Premiere kennengelernt und auf Jans Geburtstagen.« Versonnen faltete Steffi die Hände über ihrem Bauch. »Henry war kein schlechter Vater, er hat durchaus Anteil genommen. Aber ich glaube, er hatte andere Erwartungen an seinen Sohn und hat das eine oder andere Mal so etwas wie Enttäuschung raushängen lassen. Mitunter auch …« Steffi Sandmann schien nach dem richtigen Wort zu suchen. »Gleichgültigkeit. Jan wollte heute die Unterlagen seines Vaters durchschauen. Er sucht nach einigen Dokumenten, um seinen Vater bei den Versicherungen abzumelden und bei der Krankenkasse zu kündigen. Und ich glaube, er wollte sich auch ein Bild von der finanziellen Lage seines Vaters machen. Das kann man ja durchaus verstehen.« Sie blickte auf. »Jan will in diese Wohnung einziehen, aber er muss auch wissen, ob er sich den Unterhalt leisten kann. Ist doch klar, oder?«

Er nickte. »Von der Wohnung, die Ihnen theoretisch nun zur Hälfte auch gehört. Gibt es ein Testament?«

Sie zuckt mit den molligen Schultern und erwiderte: »Noch haben wir keins gesichtet, und es hat sich, soweit ich weiß, auch kein Anwalt bei Jan gemeldet. Wie gesagt, ich bin eben erst gekommen, und da war Jan schon etwas merkwürdig, er wirkte betroffen. Ich denke, hier in der Wohnung zu sein, in der sein Vater gelebt hat, die privaten Sachen durchzusehen, das alles nimmt ihn ganz schön mit. Und da kommen Sie mit dieser Nachricht, unverblümt. Und dann machen Sie ihn auch noch wegen dieses Siegels an. Kein Wunder, dass er abgehauen ist. Hoffentlich kommt er zurecht.« Steffi erhob sich.

Schmitt beruhigte sie. »Mein Kollege ist ihm gefolgt, sie werden sicher gleich wieder auftauchen.« Sein Handy vibrierte in der Jackentasche, er nahm das Gespräch an.

»Chef, es gibt da ein Problem. Es wäre besser, du kommst mal her. Und bring diese Steffi gleich mit.«

»Wo seid ihr denn? Hast du Jan Thomas gefunden?«

»Wir sind hier eine Straße weiter, da, wo die Baustelle ist. Mit dem Kran.« Sein junger Kollege holte tief Luft. »Es ist nämlich so. Jan Thomas ist auf den Kran geklettert und will runterspringen.«

* * *

Sie sah es dem Kommissar an, dass er keine guten Nachrichten erhalten hatte. Und er hielt sich auch nicht lange mit Floskeln auf. »Frau Sandmann, halten Sie Ihren Freund Jan für selbstmordgefährdet? Er droht gerade damit, sich von einem Baukran zu stürzen?«

Eine unsichtbare Macht zog sie auf das Sofa zurück. Das konnte doch alles nicht wahr sein. Jan konnte eine Dramaqueen sein, aber er hatte Höhenangst, und wenn er auf einen Kran stieg, dann schien ihm das alles völlig egal zu sein. »Wenn er auf den Kran gestiegen ist, würde ich das dringend ernst nehmen. Selbst wenn er sich nicht umbringen will, wird er abstürzen. Er hat extreme Höhenangst. Sie müssen etwas unternehmen.« Den letzten Satz hatte sie sehr laut gesagt.

Der Kommissar reagierte prompt und erhob sich. »Das machen wir auch. Die Feuerwehr wird Dirk schon informiert haben, und wir zwei gehen nun und versuchen auf psychologische Art, ihn zum Abstieg zu überreden.« Wie in Trance folgte sie dem Kommissar die Treppen hinunter und dann die Straße entlang. Der Kran ragte gut sichtbar über die Häuserdächer hinweg, und ihr wurde schlecht, wenn sie nur hochschaute. Die Sirene der Feuerwehr erklang, und dann sah sie auch die drei roten Feuerwehrwagen. Als sie an der Baustelle ankamen, bauten bereits mehrere Männer ein Sprungkissen auf, während die große Leiter eines Fahrzeugs ebenfalls ausgefahren wurde. Jan klebte wie ein junges Eichhörnchen an den Streben in luftiger Höhe. Von dort konnte er noch nicht sehen, was um ihn herum passierte, auch wenn er natürlich die Feuerwehrwagen gehört und gesehen hatte. Wahrscheinlich empfand er mehr Panik als alle anderen zusammen. Und dann würde er irgendwann einfach aufgeben und loslassen. So war Jan. Er gab immer zu schnell auf. Doch heute möglicherweise zum letzten Mal.

Sie merkte erst, dass sie weinte, als die ersten salzigen Tränen ihre Lippen erreichten. »Was soll ich denn jetzt nur machen?« Die Frage stellte sie gleich zwei Mal.

Der junge Kollege des Kommissars kam zu ihr. »Es ging so schnell. Als ich ihn eingeholt hatte, war er bereits auf den ersten Sprossen. Traust du dir zu, dich mit dem Korb der Feuerwehr nach oben fahren zu lassen, um mit ihm zu reden?«

Sie blickte zu der hohen Leiter, die am Ende einen Korb besaß, in dem drei Männer zur Not Platz finden konnten. Sie wusste, dass sie das nicht schaffen würde, hörte sich aber ein leises »Ja« flüstern.

Dirk nahm sie bei der Hand und ging zu den Männern der Feuerwehr. »Könnt ihr uns beide hochbringen?« Sie bekamen irgendwelche Instruktionen, aber sie hörte gar nicht hin. Und als sie sich mit Dirk in dem Korb befand, war es zu spät, um zu sagen, dass ihr schlecht war und sie mindestens ebenso schnell höhenkrank wurde wie Jan. Sie konnte vor Tränen nichts sehen und bekam vor lauter Panik kein Wort heraus.

Jan beobachtete das Treiben durch hektisches Drehen seines Kopfes. Er hatte eine sehr unkomfortable Position. Wenn er doch nur wenigstens in das Führerhäuschen des Krans geklettert wäre. Dort hätte er sich ausruhen können. Doch nun musste er sich mit aller Kraft festhalten, während der Wind an ihm riss und alle ihn anstarrten. Wie lange würde er das noch aushalten? Plötzlich ging es Steffi gar nicht schnell genug, bis der stabile Korb Jans Höhe erreicht hatte. Sie hatte auf einmal nur noch die Sicherheit des Freundes im Blick, und das machte sie ruhiger.

»Bleibt weg, sonst lasse ich mich fallen«, schrie Jan ihnen zu.

»Aber warum denn bloß, Jan? Du kannst in die schöne Wohnung ziehen. Ich brauche sie nicht. Du kannst alles haben. Und wir bleiben Freunde. Jan, was soll das denn hier bloß? Lass dir helfen. Das hier kannst du nur ein einziges Mal machen. Danach ist mit allem Schluss. Auch mit unserer Freundschaft.«

Dirk legte eine Hand in ihren Rücken und flüsterte ihr zu: »Das machst du großartig, weiter so. Sieh zu, dass wir Zeit gewinnen.«

Jans gequälte Stimme klang wieder herüber. Steffi schätzte, dass sie noch fünf Meter von ihm entfernt waren. »Stopp, sonst springe ich«, rief Jan, und Dirk gab rasch ein Zeichen, dass der Korb anhalten musste.

»Jan, erklär es mir! Habe ich etwas falsch gemacht? Du freust dich doch auf das Baby. Du bekommst endlich ein Geschwisterchen. Du bist nicht allein.« Steffi sah, dass nun mehrere Feuerwehrmänner so zu Jans Position rannten, dass er sie nicht sofort sehen und als Bedrohung empfinden konnte. Jeden Augenblick würde das Luftkissen in Position sein. Dann kam ein Schrei von Jan, und sie sah sein schmerzverzerrtes Gesicht. »Nein! Ich bekomme nichts und niemanden. Ich bin gar nicht Henrys Sohn.« Und mit diesen Worten ließ er los, und sie sah an seinem erschrockenen Gesicht, dass er es im selben Moment bereute. Doch dafür war es zu spät. Er fiel.

Erschrocken klammerte sie sich an Dirks Hand. Und dachte gerade noch rechtzeitig daran, die Augen zu schließen, damit ihr nicht der entsetzliche Aufprall auf ewig ihre Erinnerung an den Freund verdarb.

»Oh Gott sei Dank«, hörte sie den Polizisten neben sich sagen, während er gleichzeitig ihre Hand drückte. Und dann, als der Korb sich wieder nach unten bewegte, traute sich Steffi, die Augen wieder zu öffnen. Sie sah das blaue Luftkissen, das nicht ganz akkurat unter dem Kran positioniert war, aber das dennoch ausgereicht hatte, um ihrem Freund das Leben zu retten. Er saß schluchzend auf dem Kissen, ein Bein sah verrenkt aus, und mehrere Männer reichten ihm die Hände. Auch ein Notarzt eilte nun auf das Luftkissen zu. Steffi ließ Dirks Hand los und konnte es kaum noch abwarten, aus dem Korb zu kommen. Sie wollte zu Jan eilen, doch ein großer, stabiler Feuerwehrmann hielt sie auf. Bis der Kommissar dem Mann ein Zeichen gab, sie durchzulassen. Jan saß noch immer zusammengekauert und hilflos schluchzend auf dem Kissen. Daher zogen zwei Männer ihn nun ganz vorsichtig zum Rand, der Notarzt zog derweil eine Spritze auf.

»Verdammter Idiot. Du kannst mich doch nicht mit dem ganzen Scheiß alleine lassen! Was hast du dir bloß dabei gedacht?« Und dann nahm sie ihn in den Arm.

Jan beruhigte sich erst nach einer kleinen Weile. Wahrscheinlich tat auch das Beruhigungsmittel, das ihm der Arzt in den Arm spritzte, während er bei Steffi halb im Arm lag, schnell gute Arbeit. Als er endlich aufschaute, hingen dicke Tropfen in seinen Wimpern, und er sah aus wie ein Teenager von fünfzehn Jahren, der Mist gebaut hatte. Im Hintergrund hörte Steffi den Kommissar reden, der sich bei den Feuerwehrmännern für die ausgezeichnete Arbeit bedankte. »Das war Rettung in der buchstäblich allerletzten Sekunde«, hörte sie ihn sagen.

Jan verzog schmerzhaft das Gesicht, als er sich bewegte, und sagte dann wieder: »Ich bin nicht Henrys Sohn, Steffi. Ich bin es nicht.«

Neben ihr trat der Polizist Dirk wieder näher zu ihr. Der Notarzt riet nun ungeduldig dazu, Jan endlich von dem Kissen herunterzuholen und sein Bein zu versorgen. Das würde ja sogar eine Zahnarzthelferin erkennen, dass das Bein gebrochen sei. Steffi hörte all das, aber sie kaute noch an Jans Information. Hatte Jan ein Testament gefunden, in dem er enterbt wurde? Wieso sollte er nicht mehr Henrys Sohn sein? »Jan, was redest du denn da bloß?«

Jan schüttelte den Kopf und ließ sich nun wie eine Puppe von dem Notarzt und einem Sanitäter auf eine Trage legen. Er fasste noch mal kurz nach ihrer Hand und fragte sie, ob sie mitkomme. Steffi nickte und folgte den Sanitätern.

Dirk eilte hinterher: »Jan, wir suchen noch immer einen Mörder. Was haben Sie herausgefunden, als Sie in der Wohnung waren? Bitte! Es kann wichtig sein.«

Jan richtete sich kurz ein wenig auf, seine Augenlider wurden sichtlich schwerer. »Die Blutgruppen passen nicht. Ich habe A.«

* * *

Dirk schaute den vielen Fahrzeugen hinterher, die sich nun wieder auf den Weg machten. Zurück blieben zig Schaulustige, die an diesem Samstagmittag eh nicht viel zu tun hatten. Handys wurden gezückt und jede Menge Fotos gemacht, die den Baukran nun zu einer zweifelhaften Berühmtheit machten. Dirk wandte sich ab, und zusammen mit Horst Schmitt gingen sie die wenigen Schritte zur Wohnung von Henry Thomas zurück.

»Das werden wir jetzt mal nachprüfen. Nun wissen wir doch wenigstens, wonach wir suchen müssen.

Mannomann, das ist ja gerade noch mal gut gegangen.« Schmitt rieb sich die Hände.

Dirk schaute auf die Uhr. Es war kurz vor zwei Uhr. Er war gespannt, was sie finden würden, aber er wollte an diesem eigentlich freien Samstag nicht weitere vier Stunden arbeiten. »Okay, Chef, schauen wir uns die Blutgruppen an, die mir leider herzlich wenig sagen werden, aber dann müssen wir uns um Jenny kümmern. Wenn sie noch immer nicht im Büro aufgetaucht ist, fahre ich zu ihrer Wohnung. Ich habe ein ungutes Gefühl.«

Der Kommissar grinste ihn an. »Seit wann hast du Gefühle für die Praktikantin? Ja schon gut, wir fahren auf dem Rückweg dran vorbei, sollte sie nicht im Büro aufgetaucht sein.« Er zückte sein Handy und kontaktierte kurz seine Sekretärin. Mit besorgter Miene steckte sein Chef das Handy wieder ein. »Sie ist nicht da. Merkwürdig. Nicht dass sie wieder auf eigene Faust ermittelt und jemanden verärgert hat.« Schmitt zögerte kurz. Dann warf er Dirk die Autoschlüssel zu. »Fahr jetzt gleich hin, deine biologischen Kenntnisse reichen hier anscheinend nicht aus, aber deine Fitness kann Jenny vielleicht nützen, wenn sie in Schwierigkeiten ist.«

Dirk nickte und machte sich auf den Weg.

Es war ein Sechsparteienhaus, in dem Jenny wohnte, mit ordentlichem Vorgarten und einigen Parkplätzen, wo er schließlich den dunklen Audi seines Chefs parkte. Er klingelte an der Haustür, doch nichts passierte, was ihn nicht überraschte. Es gab ja einen Grund, warum die eifrige Kollegin nicht zum Dienst erschienen war, im besten Fall war sie unterwegs und hatte die Zeit vergessen. Im schlimmsten Fall befand sie sich in den

Händen eines Täters, der bereits zwei Morde begangen hatte. Und noch eine Falkenkralle übrighatte.

Er schluckte und ärgerte sich nun, dass er heute Morgen in Zivil zum Dienst erschienen war. Aber er hatte immerhin seinen Dienstausweis. Er klingelte bei den Nachbarn, und der Summer der Haustür ertönte. Er betrat das Treppenhaus. Eine bunt gekleidete Frau in den Fünfzigern mit grau-blonden, langen Haaren und einer Zigarette in der Hand öffnete ihm die Tür, als er im zweiten Stock angekommen war. Er stellte sich vor, wies sich aus und äußerte, dass er zu Jenny wolle.

»Ja, dann klingeln Sie doch auch bei Jenny, junger Mann. Ich bin mittlerweile nicht mehr so scharf auf neue Männerbekanntschaften. Gestern Mittag war auch schon so ein Typ hier und fragte nach, ich zitiere, der Privatdetektivin. Verdient ihr bei der Polizei so wenig, dass Jenny unter der Hand arbeiten muss?« Sie grinste herausfordernd.

Dirk wurde sofort hellhörig. »Wie sah er aus?«

»Wie ein Nerd, wenn Sie mich fragen. Ich habe ihm gesagt, dass er besser jemand anderen beauftragen soll, denn Jenny sei Polizistin.« Während sie den Satz sagte, schaute sie erschrocken drein. »Mist, habe ich etwas Falsches gesagt? Hat sie undercover ermittelt?«

»Nein«, beruhigte Dirk sie, obgleich er selbst immer besorgter wurde. »Sie ist gerade im Praktikum bei der Polizei in Warendorf. Und sie hätte heute Morgen Dienst gehabt, daher wollte ich mal schauen, wo sie bleibt. Wir machen uns Sorgen, denn sie ist eigentlich sehr zuverlässig. Haben Sie einen Schlüssel von der Wohnung?«

Sie nickte und wollte ihn holen, besann sich aber. »Zeigen Sie mir doch noch mal Ihren Ausweis etwas genauer.« Mit spitzen Fingern, die Zigarette im Mundwinkel blickte sie sekundenlang auf seinen Ausweis. Dann drehte sie sich um und kam mit einem Wohnungsschlüssel und ohne Zigarette wieder zurück. »Ich komme aber mit.« Sie schloss die Tür auf, und Dirk trat ein.

Es war still in der Wohnung, kein Radio, kein Geschirrklappern, kein Fernseher. An der Garderobe im Flur hing die Jacke, die er an ihr kannte, und auch ihre Sneaker standen dort. »Ich schaue mal im Bad nach, sagte die Nachbarin.

Dirk ging in die Küche und suchte nach Anhaltspunkten, ob hier heute Morgen schon jemand aktiv gewesen war.

Plötzlich tauchte die Nachbarin mit einem starren, bleichen Gesicht im Türrahmen auf: »Rufen Sie schnell einen Rettungswagen. Ich habe Jenny gefunden.«

Dirk schob die Frau zur Seite und eilte den Flur entlang, dabei tippte er heute schon zum zweiten Male den Notruf. Er gab Adresse, Stockwerk und seinen Namen an und ergänzte: »Leblose Person in der Wohnung, Alter Mitte zwanzig. Wahrscheinlich seit Stunden bewusstlos, beeilt euch!« Mittlerweile sah er Jenny ebenfalls. Sie lag halb im Bad, die Beine ragten in den Flur, und sie trug ein blassblaues Negligé, das bis an die Hüften hochgerutscht war. Sicher wäre es ihr peinlich, wenn er sie als Kollege so sah. Dirk ging in die Knie. Ihr Puls ging langsam, aber regelmäßig. Hinter ihm erschien die Nachbarin mit einer Decke und einem Kissen. Das Kissen lehnte Dirk ab, und sie nickte kurz. »Die

Arme ist bestimmt ausgerutscht, und wir dürfen sie nicht viel bewegen. Aber eine Decke hält sie wenigstens etwas warm.«

Dirk half der Frau, deren Namen er noch erfragen musste, die Decke über Jenny auszubreiten. Ihm fielen die blauen Flecken am Arm auf. Sah aus, als hätte sie jemand kräftig gepackt. Er machte Fotos von ihrer Lage und vom Arm, bevor er sich den Kopf genauer anschaute. Das sah so aus, als ob jemand Jenny niedergeschlagen hätte.

»Den Kopf lassen wir so. Ich denke, die Sanitäter werden ihr erst eine Halskrause anlegen wollen«, sagte er bestimmt und erhob sich. Ihrem Aufzug nach war sie nachts überfallen worden. Er ging in das winzige Schlafzimmer, doch ihr Bett war noch ordentlich. Darin hatte sie gestern Abend noch nicht gelegen. »Wie heißen Sie eigentlich?« Er wandte sich der Nachbarin zu, die bei Jenny hockte und sie im Blick behielt.

»Conny Weiß.«

»Haben Sie gestern spätabends noch einen Besuch bei Jenny bemerkt?«

»Nein, aber ich bin gestern Abend früh zu Bett gegangen, und wenn ich schlafe, dann höre ich nichts. Meinen Sie etwa, Jenny wurde überfallen? Wieso denn?«

Dirk zuckte nur mit den Achseln und zog sich Einweghandschuhe an. In der Küche fand er nichts, was auf Besuch hindeutete. Im Wohnzimmer fiel ihm der angeschaltete Computer auf, dessen Bildschirm im Stand-by war. Aber ein Tippen an eine beliebige Taste und er sprang an. Als Erstes sah er eine Seite, die ähnlich wie Google eine Suchmaschine zu sein schien, dessen Namen er aber noch nie gehört hatte. Ahmia. Dann fand er auch ein Fenster, das Nachrichten wie eine Art E-Mail-Konto zeigte. Er wollte nicht irgendwo unbedarft etwas öffnen, aber Dirk erkannte schnell, dass Jenny tatsächlich im Darknet surfte. Den Computer musste sich auf jeden Fall jemand anschauen, der sich damit auskannte. Dirk zog den Stecker raus und steckte den Laptop ein.

Kurze Zeit später ging die Klingel, und zwei Männer mit einer Trage eilten kurz darauf die Treppe nach oben. Fünf Minuten brauchten Notarzt und Sanitäter, dann hatten sie Jenny auf die Trage gebettet. Ein Tropf lief ebenfalls bereits, und der Notarzt meinte besorgt, dass sie offenbar ein schweres Schädelhirntrauma erlitten habe, leider sei sie nicht wachzubekommen, was ihm ernstlich Sorge bereite. Dirk nickte nur betroffen. »Wir fahren sie ins Warendorfer Krankenhaus, das geht schneller als die Uniklinik Münster.«

Dirk schluckte. Hätte er doch nur auf seinen Instinkt gehört, der ihm bereits heute Morgen nach dem Anruf des Kommissars geraten hatte, nach Jenny zu schauen. Es war fraglich, ob sie nach so langer Ohnmacht überhaupt wieder aufwachte.

Er bat die Nachbarin nun um den Schlüssel, da er Jennys Wohnung erst einmal als Tatort behandeln musste. Das hieß, die Spurensicherung würde hier alles unter die Lupe nehmen. Er nahm den Laptop mit und schloss die Haustür ab. Nach dem gefühlten Triumph über die Rettung von Jan folgte nun der Katzenjammer, weil er zu spät nach Jenny gesehen hatte. Er rief Schmitt an.

* * *

Kaum war sein junger Kollege losgefahren, da saß Schmitt schon mit einem dicken Ordner, auf dem *Verschiedenes* stand, an Henry Thomas' Schreibtisch, die Lesebrille fest auf der Nase. Dirk hatte zwar alles auch schon flüchtig durchgeschaut, aber ihm fehlte die Erfahrung, und nun wusste Schmitt immerhin, wonach er suchen musste. Denn eine Frage beschäftigte den Kommissar gerade außerordentlich: Hatte Henry gewusst, dass Jan nicht sein Sohn war? Hatte er ihn, wenn ja, adoptiert? Doch zunächst einmal suchte er nach Unterlagen, die bewiesen, dass Jan recht behielt. Irgendwo musste Jan doch diesen Unterlagen den Hinweis auf die Blutgruppe seines Vaters entnommen haben.

Bis Schmitt sich schließlich vor den Kopf stieß. Wie dumm von ihm, Jan hatte das Portemonnaie seines Vaters zurückerhalten mit allen Karten und Ausweisen. Und darin fand Schmitt den Blutspendeausweis mit der angezeigten Blutgruppe Null, rhesus positiv. Blieb noch die Frage nach der Blutgruppe der Mutter, doch in einem anderen Ordner stand der Name der ersten Frau von Henry, Judith Thomas, und darin fand er, neben einigen alten Zahnarztrechnungen, auch den Mutterpass. Er griff zum Hörer, um sich sein schulisches Halbwissen bestätigen zu lassen.

»Hallo, Schmitt hier, ich hatte gehofft, Sie an einem Samstag anzutreffen, Herr Dr. Bohne. Ich brauche nur eine kleine Auskunft. Wenn der Sohn die Blutgruppe A hat, die Mutter Null und der Vater auch Null, dann passt etwas nicht, richtig?«

»Absolut«, antwortete der Rechtsmediziner, und Schmitt hörte sein Amüsement in der Stimme. »Blutgruppen A und B vererben sich dominant gegenüber Null. Wenn beide Null haben, kommt kein A oder B darin vor, und so gibt es als mögliche Kombination nur ebenfalls Null. Mehr Variation ist möglich, wenn ein Elternteil A oder B hat. Beispielsweise wenn die Mutter ...«

Schmitt hörte am Tonfall des Mediziners, dass jetzt ein Exkurs zu den Mendelschen Gesetzen folgen würde, und so unterbrach er schnell. »Danke schön, Sie haben mir sehr geholfen, aber ich habe es leider eilig. Schönes Wochenende.« Er rieb sich die Hände. »Wer war der Vater von Jan? Und hatte Henry davon Kenntnis gehabt? Und wenn ja, hatte er es selbst herausgefunden, so wie Jan jetzt gerade, oder hatte seine Frau ihm gleich den Seitensprung gebeichtet?

Dann fand er eine Abrechnung von einem Notar aus dem Jahr 2020. Auf gut Glück versuchte er die dort angegebene Telefonnummer, doch der Anrufbeantworter teilte ihm mit, dass Herr Doktor Groß im Urlaub, aber am Montag seine Kanzlei wieder zu den gewohnten Zeiten erreichbar sei.« Das würde zumindest erklären, warum sich der Notar bei einem möglichen Testament von Henry Thomas noch nicht gemeldet hatte. Allerdings mussten alle Testamente beim Nachlassgericht gemeldet sein, irgendwer hatte bislang geschlafen, oder es gab wirklich kein Testament.

Schmitt rieb sich erneut die Hände. Er spürte, dass endlich Bewegung in den Fall kam. Ganz leise und durch die Hintertür, als kleiner Luftzug war sie bereits zu spüren, diese Bewegung.

Sein Handy vibrierte und zeigte einen Anruf von Dirk. »Ja, was ist?«, fragte er, selbst noch ganz in Gedanken.

Aber schon der erste Satz seines Kollegen riss ihn zurück. »Chef, ich habe Jenny gefunden. Sie hat ein schweres Schädelhirntrauma, ist nicht ansprechbar und auf dem Weg ins örtliche Krankenhaus. Ich gehe von Fremdverschulden aus.«

* * *

Tom schüttelte bereits nach zwanzig Minuten den Kopf über so viel Leichtsinn. Was glaubten die Kollegen aus den anderen Bereichen wohl, warum es eine extra Abteilung für die Recherche im Darknet gab? Das war doch nichts für Laien oder normale Hacker. Tom arbeitete seit sechs Jahren im Darknet, ständig musste er sich auf Neues einlassen, Fortbildungen machen, denn das Netz respektive seine Benutzer wurden immer raffinierter. Und da kam so eine Praktikantin und glaubte wirklich, im Darknet alle austricksen zu können? Sie hatte sich nicht ausreichend geschützt, viel zu viele Informationen hinterlassen und so naiv Fragen gestellt, dass sie sicher mehrere Leute auf sich aufmerksam gemacht hatte. Das war so, als würde man sich undercover in einer kriminellen Rockerband einschleusen und seinen Dienstausweis im Portemonnaie lassen. »Mädchen, Mädchen, was hast du dir nur dabei gedacht?«

Er musste den Kommissar enttäuschen. Der tätliche Angriff auf Jenny konnte mit dem Fall zu tun haben, aber viel wahrscheinlicher war es, dass jemand ihr aufgrund der Fragerei einen Denkzettel hatte verpassen wollen. Eine E-Mail sprach dafür. Der Text lautete: *Verpiss dich, Bullenschlampe.* Der Absender der Nachricht war von einem Profi und ließ sich nicht zurückverfolgen.

Seufzend griff er zum Telefon, um dem Kommissar die vorläufigen Ergebnisse mitzuteilen. »Nein, Herr Schmitt, ich glaube gar nicht mal, dass es etwas mit Ihrem Fall zu tun hat. Sie hat Fragen zu einem flüchtigen Verbrecher gestellt und dabei ihre Identität als Polizistin nicht hinreichend geschützt. Das war nur eine Frage der Zeit, bis das schiefging. Wie geht es der Dame denn?«

Er hörte den Kommissar brummen. »Na ja, sie ist nun in medizinischer Behandlung, und wir hoffen das Beste. Sobald sie ansprechbar ist, muss ich sie mir vorknöpfen. Danke zunächst einmal.« Und dann legte er auf.

Tom nahm sich weiter den Rechner vor, bis er fündig wurde. »Da sieh mal einer an«, murmelte er leise. »Das ist also deine Aufgabe, mein lieber Arche.«

* * *

Steffi wachte mit einem Brummschädel und einem trockenen Mund auf. Gegen Letzteres konnte sie etwas unternehmen, und so trank sie zwei Gläser Leitungswasser, doch Tabletten wollte sie wegen der Schwangerschaft nicht nehmen. Die ganze Sache mit den Morden, Jan und ihre eigenen Probleme machten ihr zu schaffen.

Jan hatte ihr nicht klar sagen können, ob sein Vater gewusst hatte, dass er ein Kuckuckskind war. Sein Kommentar, nachdem sein Bein operiert und eingegipst und er wieder klar war, lautete: »Klar hat er das gewusst, sonst hätte er mich besser behandelt.«

Steffi war sich da nicht so sicher, denn Henry hatte nie bei ihr auch nur die kleinste Andeutung gemacht. Er hatte sich um Jan gesorgt, wie ein genervter Vater das nun einmal tat, wenn der Junge nicht in seine Vorstellungen passte. Zumindest beruflich nicht. Eltern wollten im Prinzip stets eine Sache gesichert wissen: Konnte der Nachwuchs auf eigenen Füßen stehen und sich ernähren? Aufgrund dieser Sorge waren schließlich in alten Zeiten Generationen von Kindern zwangsverheiratet oder ins Kloster gesteckt worden. Heute ließ man den Nachwuchs natürlich gewähren, aber genug Streitereien gab es immer wieder zu diesem Thema.

Birte und Claudia hatten ihr versichert, keine Ahnung davon gehabt zu haben – und Henry sicher ebenfalls nicht. Sie hatte gestern noch mit ihnen telefoniert. Außerdem fragte sich Steffi gerade, was es jetzt noch für einen Unterschied machen würde. Henry war tot. Sie selbst fand, dass Jan mindestens ebenso erbberechtigt war wie ihr Ungeborenes. Steffi hatte Jan gefragt, was zum Teufel ihn da geritten habe, trotz seiner Höhenangst auf diesen Baukran zu steigen. Hoffentlich nicht aus Sorge, dass er nichts erbte. Die Antwort von Jan hatte sie berührt.

»Ich fühlte mich plötzlich so unfassbar allein. Keine Mutter, keinen Vater, nur Tote und Lügen. Ich habe dieses Gefühl einfach nicht ausgehalten. Es war dumm.«

Nun standen Jan einige psychologische Untersuchungen bevor, ehe man ihn unbesorgt in seinen Alltag entlassen konnte. Da hatte Jan es also wieder geschafft, wie sie zwischen Zorn und Belustigung erkannte. Beruhigungsmittel, Therapie und Aufmerksamkeit. Am Wochenende hatte natürlich nicht viel stattgefunden, doch heute war Montag. Nein, mit ihm zusammen in die Wohnung von Henry zu ziehen, das konnte er sich abschminken.

Als sie Jan gestern im Josef-Hospital besucht hatte, hatte er plötzlich von seiner Mutter erzählt. Steffi kannte sie nur von dem Foto, das in Henrys Wohnung stand. Als sie starb, war Jan zwölf Jahre alt gewesen, und Henry hatte bereits ein Jahr später Birte geheiratet. Sicherlich auch, damit der Junge einen Mutterersatz bekam. Als Jan achtzehn wurde, hatte Birte das Handtuch geschmissen. So wie Jan es Steffi erzählt hatte, klang es beinahe nach einem Durchhalten oder einem Arrangement, doch ihr Freund meinte, Birte und Henry hätten bestimmt aus Liebe geheiratet. Steffi hatte ihn zum ersten Mal gefragt, wie seine Mutter gestorben war.

»Sie stand auf einer Leiter, um Gardinen aufzuhängen, und ist unglücklich mit der Schläfe auf ein Sidebord gestürzt«, sagte er. »Mein Dad war damals mit einem Kollegen auf einer Geschäftsreise.«

»Und wo warst du?« Steffi dachte, dass es in Jans Leben bereits einige traumatische Ereignisse gegeben hatte und sie vielleicht zu streng zu ihm war. Jan hatte ihr erzählt, dass er auf einer Klassenfahrt gewesen sei und eine Lehrerin die Aufgabe erhalten habe, ihm die fürchterliche Mitteilung zu machen. Es sei jedenfalls nicht Henry gewesen, der sich gekümmert habe. Jan meinte, das Kollegium auf der Klassenfahrt hätte bestimmt

Strohhalme gezogen, wer dem Jungen vom Tod seiner Mutter erzählen musste. Die Dame habe nur gestammelt und sei in Tränen ausgebrochen, bevor der Zwölfjährige erfahren konnte, was passiert war. Jan hatte das alles merkwürdig distanziert und unbeteiligt erzählt, aber es war ja auch zehn Jahre her.

Die Türklingel riss sie aus ihren Gedanken. Im Treppenhaus stand ein fülliger Mann in einem maßgeschneiderten und sicher sehr teuren, dunkelblauen Anzug. Seine Haut besaß eine Sommerbräune, die er nicht von hier haben konnte. »Frau Sandmann? Stefanie Sandmann?«

Sie zuckte bei dem Namen Stefanie zusammen. So wurde sie nur genannt, wenn es ernst wurde. »Ja, steht ja auf der Türklingel.«

»Ich bin Norbert Groß und bin, Entschuldigung, war der Notar von Henry Thomas. Darf ich eintreten?«

* * *

Jan blinzelte müde in das Licht. Warum mussten Pflegekräfte bloß immer so früh und laut in die Zimmer stürzen? Er hatte einen Beinbruch und keine gefährliche Erkrankung. Was also sollte das blöde Fiebermessen und die Frage nach seiner Verdauung. »Lassen Sie mich in Ruhe, ich bin müde«, nörgelte er und drehte sich weg.

»Geht es Ihnen wieder schlechter?«, fragte sofort das blonde Wunder an seinem Bett. Er nannte sie so, weil die junge Frau ihren blonden Pony so lang trug, dass er sich fragte, wie sie überhaupt gucken konnte. Dazu trug sie den ganzen Arm voller Manga-Tattoos.

»Was heißt denn hier wieder? Abgesehen von den schönen Momenten in der Narkose habe ich bestimmt noch nicht von Besserung gesprochen.«

Sie nickte und machte ein verständnisvolles Gesicht, was sie aber nicht davon abhielt, ihm eine Plastikpistole an den Hals zu halten und seine Temperatur aufzuschreiben. Anschließend fasste sie nach seinem Handgelenk und schaute auf ihre Uhr. »Ihr Puls rast, mein Lieber. Wenn Sie gefrühstückt haben, schicke ich Ihnen unseren Psychologen.«

»Wenn ich gefrühstückt habe, machen Sie bitte meine Entlassungspapiere fertig«, murrte er und setzte sich auf. Er blickte auf sein Bein, das in einem beeindruckenden Verband mit stabiler Schiene steckte.

»Sie haben ein paar Schrauben im Knochen und bekommen einen Spezialschuh angepasst. Damit können Sie sogar ein wenig laufen. Aber so lange müssen Sie schon hierbleiben.« Dann zog sie eine Augenbraue hoch. »Wollen wir uns mal kurz daran erinnern, warum Sie ein gebrochenes Bein haben? Sie sind in selbstmörderischer Absicht von einem Baukran gesprungen.«

Bei dieser Erinnerung spürte er selbst, wie sein Puls raste. Himmel, was war er froh, dass Deutschland eine gut funktionierende Feuerwehr hatte. Schon beim Fallen war ihm aufgefallen, dass er keineswegs sterben wollte. Es gab einen Unterschied, ob man mal kurz aus Trotz ein Glas fallen ließ – oder den eigenen Körper. Verdammt. Er hatte nun eine wirklich große Aufgabe vor sich, und zum ersten Mal in seiner Erwachsenenwelt fühlte er sich auch entsprechend. Er hatte gar keine Lust mehr auf Therapeutengespräche und eine wie immer geartete Versorgung. Er musste nun seinen leiblichen Vater finden. Und er musste auf Steffi aufpassen, auch wenn sie ein Baby bekam, das gar nicht mit ihm verwandt war.

»Ich wollte mich nicht umbringen«, sagte er zu dem blonden Wunder, das nun die Arme vor der weiß bekittelten Brust verschränkte.

»Also ich klettere nicht auf Baukräne, nur um mich mit meiner Freundin, der Polizei oder sonst wem zu unterhalten. Ich denke, wir lassen den Psychologen entscheiden, wie gefährdet Sie noch sind.« Ihr Gesicht zeigte Entschlossenheit.

Jan wurde wütend. Was bildete diese dumme Kuh sich ein? Er war durchaus scharf auf den orthopädischen Schuh, aber diese Pflegekraft behandelte ihn wie einen Psycho. »Sie dürfen mich gar nicht festhalten.«

»Stimmt. Aber wenn wir Sie für selbstmordgefährdet halten, dürfen wir Sie per richterlichem Beschluss in die psychiatrische Abteilung verlegen lassen. Die nehmen auch Leute mit Gipsbein auf. Ich bringe Ihnen jetzt Ihr Frühstück, und danach komme ich zum Waschen.« Bevor er protestieren konnte, war sie schon aus dem Zimmer.

Mist, er hatte sich da wirklich in eine dumme Lage gebracht, und zum jetzigen Zeitpunkt konnte er froh sein, dass sein Vater nicht mehr lebte. Doch halt, Henry war ja gar nicht sein Vater. Aber er konnte nicht auf Knopfdruck die Verbindung zu dem Mann kappen, den er für seinen Dad gehalten hatte. Das sollte alles eine Lüge gewesen sein? Hatte Henry davon gewusst? Und da wurde ihm bewusst, dass er genau das versucht hatte, als er auf den Baukran gestiegen war. Einfach alles löschen.

Er hatte sich über das Baby gefreut, weil es ein Halbbruder oder eine Halbschwester gewesen wäre. Und nun gehörte er zu niemandem.

Es klopfte und sein Frühstück wurde serviert. Ein Brötchen, ein Ei, eine Scheibe Käse, eine Scheibe Wurst und Marmelade. Das würde nicht reichen, war aber ein Anfang.

Der Psychologe erschien um acht Uhr dreißig, nannte seinen Namen und wirkte dabei so motiviert wie eine Schildkröte bei zehn Grad Außentemperatur. Als der schlaksige Mann mit den Geheimratsecken und der Cordhose endlich auf dem Besucherstuhl saß, wirkte es so, als würde er den heute auch nicht mehr verlassen. »Dann erzählen Sie mal, Jan. Ich darf doch Jan sagen, oder? Und können Sie mal eben klingeln, damit ich einen Kaffee bekomme?« Er legte sich eine Schreibkladde auf die spitzen Knie, und dann erst schaute er sich seinen Patienten an. »Puh, wie ist das denn passiert?«

»Das steht doch bestimmt in ihren Dokumenten. Ich war inkognito als Tester der neuen Luftkissen unterwegs. Die Feuerwehr ist sehr stolz auf das neue Modell.«

Diese Flachpfeife hatte sich also nicht einmal die Mühe gemacht, seine Krankenakte durchzulesen. Jan würde den Teufel tun und klingeln, höchstens, um Hilfe zu holen, damit man den Mann hinauswarf.

»Entschuldigung, aber mir hatte man gesagt, es wäre alles gut gegangen, also abgesehen von dem Sprung. Aber Sie haben da einen beeindruckenden Gipsverband.« Er machte sich eine Notiz.

»Ich bin gefallen. Ehrlich, ich brauche kein Therapeutengespräch, ich muss hier morgen raus.«

Der Psychologe Herbert Radau, wie er sich vorgestellt hatte, schlug die Beine übereinander. »Sie sind ja nun nicht beim Shoppen von einer Rolltreppe gefallen, sondern von einem Baukran, mit dem Sie nichts zu tun hatten. Ohne Gespräch und eine Einschätzung Ihrer suizidalen Handlungsabsichten können Sie nicht nach Hause entlassen werden. Hat Ihr Selbstmordversuch mit dem Mord an Ihrem Vater zu tun? Unbearbeitete Trauer und …«

»Ich bin gefallen, Herr Radau. Ich bin aus Wut und Trotz auf den Kran geklettert, habe dabei meine Höhenangst vergessen und bin gefallen. Dafür gibt es Zeugen. Ich versichere Ihnen, auch wenn mein Leben gerade nicht perfekt ist: Ich möchte nicht sterben. Das können Sie schriftlich oder auch gemalt bekommen.« Er erinnerte sich an die Kunsttherapie bei einem seiner Klinikaufenthalte und blickte den Psychologen herausfordernd an.

Der nickte und machte sich eine weitere Notiz. »Okay, hier mein Vorschlag. Ich hole mir jetzt einen Kaffee, den ich dann in Ihrer Anwesenheit trinke, und Sie erzählen mir währenddessen, was vorher passiert ist. Und dann werde ich dem Team mitteilen, dass Sie meiner Einschätzung nach gehen können. Ich glaube Ihnen ja, aber ein wenig Zeit müssen wir schon miteinander verbringen. Essen Sie die Wurst noch?«

Der Mann begann, ihm zu gefallen, und er schob ihm den Teller mit der rosafarbenen Salami hin. Herbert Radau stand umständlich auf. Es schien länger zu dauern, bis der Befehl vom Kopf in den langen Beinen ankam. Auf dem Weg zur Tür sagte er dann noch lapidar: »Sie können mir dann auch gleich erzählen, ob und, wenn ja, warum Sie Ihren Vater ermordet haben.«

7. KAPITEL

Dirk saß mit einer merkwürdigen Mischung aus Müdigkeit und innerer Unruhe an seinem Schreibtisch. Er träumte noch von einem Sonntag mit seiner Freundin Ella, die ihn wie einen Helden behandelt hatte. Natürlich hatte er ihr von dem Einsatz am Baukran erzählt, und im Radio gab es ebenfalls ein paar Meldungen dazu. »Durch den mutigen und schnellen Einsatz von Polizist Dirk Kemper, der auch mit dem Hauptkommissar Horst Schmitt zusammen in den jüngsten Mordfällen ermittelt, ist es gelungen, einen jungen Menschen vor einer Torheit zu bewahren.« So die Radiomoderatorin Jenny Heimann von Radio WAF. Mit ihrer angenehmen Stimme schaffte die Moderatorin es sogar, dass seine Heldentat nach nationaler Bedeutung klang, fand er. Natürlich hatte er nur seinen Job gemacht, aber es fühlte sich toll an, sich mal feiern zu lassen.

Dirks Mutter hatte es sich nicht nehmen lassen, Ella und ihn abends mit seinem Lieblingsessen zu bekochen. Brathähnchen mit Süßkartoffelpommes und Tomatensalat. Ein perfekter Tag war das gewesen, wenn die Sorge um Jenny nicht ein wenig Grau hineingebracht hätte.

Sein Chef war am Morgen als Erstes ins Krankenhaus gefahren, um nach Jenny zu sehen und bei der Gelegenheit auch Jan Thomas kurz zu besuchen. Dirk zermarterte sich den Kopf, wer der Vater von Jan sein könnte. Natürlich würde es schwierig werden, eine Affäre, die zweiundzwanzig Jahren zurücklag, aufzuklären. Aber der Gedanke ließ ihn nicht mehr los.

Wie sähe denn ihr Fall aus, wenn Hans Berthold der Vater von Jan war? Sie wussten mittlerweile, dass Hans sich öfter in Warendorf aufgehalten hatte. Er hatte sogar seine Lehre hier gemacht. Er kannte Henry Thomas, so viel stand fest. Die Morde hatten stattgefunden, nachdem Hans Berthold in Warendorf im Hotel aufgetaucht war und er sich mit Henry getroffen hatte. Dirk wurde ganz aufgeregt und machte sich Notizen, kritzelte auf einem Blatt Papier herum, zog Verbindungslinien und schrieb Orte und Zeitpunkte auf. Hatte jemand verhindern wollen, dass Hans Berthold in Wahrheit Kontakt zu seinem Sohn aufnehmen wollte? Obwohl er ein gesuchter Verbrecher war? So könnte es gewesen sein. In diesem Fall lautete die nächste Frage, wer einen Vorteil dadurch hatte, dass dies nicht geschah. Jan Thomas zum Beispiel. Lieber Sohn eines zweifelhaften Frauenhelden und erfolgreichen Informatikers sein als der eines gesuchten Verbrechers.

Dirk griff zum Hörer und rief in der Rechtsmedizin an. Er hatte auch gleich den richtigen Mann an der Strippe. »Guten Morgen, Herr Bohne. Ich rufe wegen unseres zweiten Mordopfers an. Wissen Sie, welche Blutgruppe der Mann hatte?«

Es dauerte nicht lange, bis Dr. Bohne die Information herausgesucht hatte: »Hans Berthold hatte die Blutgruppe A positiv, und die erste Leiche, Henry Thomas, hatte die Blutgruppe Null positiv. Ich weiß schon, wofür das wichtig ist. Kommissar Schmitt hat auch schon angerufen und eine Auffrischung seiner Biologiekenntnisse erhalten. Wie fit sind Sie bezüglich der Mendelschen Gesetze?«

Dirk lachte. »So fit wie mein Chef. Jedenfalls weiß ich jetzt, dass Hans Berthold der Vater von Jan sein könnte, Henry aber nicht.«

»Genau«, meinte Dr. Bohne dann. »Für einen Vaterschaftstest brauchen wir aber die Erlaubnis des Sohnes und eine Probe. Aber eventuell hat der Junge ja auch ein Interesse daran, seinen leiblichen Vater zu finden. Soll ich sicherheitshalber schon mal eine Probe des potenziellen Vaters sicherstellen? Noch liegt die Leiche in einer meiner Schubladen.«

»Aber sehr gerne.« Dirk bedankte sich herzlich und wollte seinen Chef anrufen. Wenn er schon diverse Krankenbesuche machte, konnte er auch gleich die Erlaubnis von Jan für einen Vaterschaftstest einholen.

Es klopfte an seiner Tür, und Ella steckte ihren blonden Schopf herein. »Hey, Schatz, störe ich?«

»Ständig und immer wieder gerne.« Er strahlte seine Freundin an.

Sie schob sich ganz herein, und nun sah er, dass sie auch eine Tüte mit belegten Brötchen in der Hand hielt. Sie küsste ihn und setze sich dann auf den Besucherstuhl. »Ich wollte fragen, wie es eurer Kollegin geht, und Bescheid geben, dass die beiden Jungfalken wieder im Nest sitzen.«

»Was?« Dirk riss die Augen auf. »Das gibt es doch nicht. Da hat wohl jemand kalte Füße bekommen.« Nun würden sie Birte Schmor nichts mehr nachweisen können. Gar nicht so dumm, die Vögel wieder an Ort und Stelle zu bringen. Besser ein gescheitertes Geschäft verlieren, als die Polizei im Nacken zu haben. »Sind sie in Ordnung?«

»Soweit wir das beurteilen können, schon. Mal sehen, was die Eltern dazu sagen. Allerdings haben die Kleinen schon Flugproben hinter sich und kommen hoffentlich zur Not alleine klar. Hast du einen Kaffee für mich?«

Er nickte und holte für sie beide frischen Kaffee. »Ich erzähle dir jetzt mal Interna, aber du darfst dieses Wissen nicht verwenden, weder beruflich noch privat. Für dich und den NABU sind die Vögel wieder aufgetaucht und alles ist gut, okay?«

Sie nickte, neugierig geworden, und er erzählte Ella von Birte Schmor und Schmitts Entdeckung am Freitagabend. »Was glaubst du, was Birte Schmor und ihr Vater mit den Vögeln vorhatten?«

Ella rührte Milch unter. »Ausbilden und verkaufen.« Sie zuckte mit den Achseln. »Man muss sicher ganz schön viel Arbeit reinstecken, aber wenn die Dame Kontakt zu den richtigen Leuten hat, sprich ins Ausland, dann kann man damit schon ordentlich Geld verdienen. Es gibt Falkner und Sammler, die möchten lieber ein Tier, das in Freiheit geboren wurde und nicht aus der Zucht kommt, selbst wenn sie wissen, dass das verboten ist. Pervers, wenn du mich fragst. Wenn du einen interessierten Scheich unter deinen Kunden hast und einen gut ausgebildeten Falken, können es sogar dreißigtausend Euro werden.«

Dirk dachte daran, dass sie fünfzehntausend Euro bei Henry Thomas im Schuppen gefunden hatten. Henry hatte stets Kontakt zu seiner zweiten Frau gehalten. Gut möglich, dass sie beide illegale Raubvogelentnahmen getätigt hatten. Aber es schien doch zu unwichtig, um deshalb getötet zu werden. Wenngleich die Art und Weise gut passte. »Ella, du weißt ja nun auch ein wenig über die Mordfälle Bescheid. Was, glaubst du, steckt dahinter?«

Ella pustete eine blonde Haarsträhne aus ihrem Gesicht und überlegte, während sie ihren Kaffee trank. »Es sieht auf den ersten und zweiten Blick nach einem Mord im Falkner-Milieu aus, aber instinktiv tippe ich auf ein Familiendrama. Leider passt die Todesursache nicht dazu.«

Dirk hörte seiner Freundin gespannt zu. Sie hatte oft andere Ideen und Gedankengänge als er, und er war klug genug, darauf zu hören. »Wieso tippst du auf ein Familiendrama?«

»Weil es auffällig viele Dramen rund um die beiden Morde gibt. Schau doch mal genau hin. Es gibt zwei Exfrauen, eine früh verstorbene Mutter, eine schwangere und viel zu junge Exfreundin, hinzu kommt ein schwieriges Vater-Sohn-Verhältnis und ...« Ella hörte auf, an ihren Fingern diese ganzen Dinge aufzuzählen, und blickte in sein Gesicht? »Was ist? Habe ich etwas Falsches gesagt? Ich bin nämlich noch lange nicht fertig.«

»Jan ist nicht der Sohn von Henry«, verriet er ihr.

Ella grinste breit. »Na, siehst du! Ich sage es euch, Henry starb aufgrund familiärer Dramen. Und dieser gesuchte Verbrecher, wie hieß er noch gleich, Hans oder so, der wusste zu viel oder war zur falschen Zeit am falschen Ort. Apropos falscher Ort, ich begebe mich jetzt noch mal zu dem Falkenkasten und versichere mich, dass es den Jungen gut geht. *See you later at home.*« Und mit einem Kuss verabschiedete sie sich.

Entschlossen wählte Dirk die Nummer von Schmitt, und ohne einen Gruß rief sein Chef ins Telefon: »Sie ist wach, Dirk. Gott sei Dank, sie ist wach und ansprechbar.«

Er konnte hören, dass dem Kommissar ganze Felsbrocken vom Herzen fielen. »Das sind wirklich gute Neuigkeiten, Chef, grüß Jenny von mir und den anderen. Iss nicht so, dass ich sie vermisse, aber ich bin echt erleichtert. Hat sie etwas gesehen?«

»Nein. Der Typ hat sie von hinten gepackt. Aber Jenny ist hart im Nehmen und macht schon Pläne. Statt die Finger nun endgültig vom Darknet zu lassen, will sie das Kriegsbeil ausgraben und sich als verdeckte Ermittlerin bei den Kollegen darin ausbilden lassen. Zu uns kommt sie nicht mehr zurück, denn sie braucht noch einige Wochen, um wieder fit zu werden. Ihr Kopf braucht Ruhe, nach fünf Minuten Gespräch merkt man die Erschöpfung.«

Dirk erzählte von seinem Gespräch mit dem Rechtsmediziner Dr. Bohne und fragte dann: »Kannst du Jan nach einer Haarprobe und dem Einverständnis fragen?«

* * *

Der junge Mann starrte ihn aus den weißen Laken heraus an. In einer Mischung aus Belustigung und Empörung fragte Jan: »Sie wollen mir nun ernsthaft zu verstehen geben, dass dieser Verbrecher, der aus dem Knast ausgebrochen ist, eventuell mein leiblicher Vater war?

In dem Fall wäre ich ja genauso weit wie vorher: Liebe Leute, mein Dad ist ermordet worden. Den Text kann ich schon.« Ein wahrhaft zynisches Lächeln umspielte seine schön geschwungenen Lippen.

Schmitt setzte sich müde auf einen Stuhl. »Ich kann leider mit keiner anderen möglichen Vaterfigur dienen. Aber es ist Ihre Familie. Vielleicht wissen Sie mehr?«

»Meine Familie? Schauen Sie sich doch mal um. Es gibt keine Familie. Ich dachte, ich bekomme ein Geschwisterchen, aber nicht mal das ist mir vergönnt. Ich erbe auch nichts.«

»Es gibt ein Testament, wie wir nun wissen. Ich gehe davon aus, dass Sie etwas erben. Henry Thomas war ja vielleicht nicht Ihr leiblicher Vater, aber Sie haben doch Ihr ganzes Leben bei ihm verbracht. Das bindet oft vielmehr als die Blutsverwandtschaft. Und es sieht so aus, als hätte Henry auch gar nichts davon gewusst.«

Jan saß im Bett und starrte auf sein dickes Gipsbein. »Der hat es gewusst, da bin ich mir sicher. Einige Rückblicke, einige Sprüche, manches Verhalten, dies alles ergibt für mich jetzt Sinn. Ich weiß es einfach. Er hat es gewusst. Ich frage mich allerdings, ob es auch seine Exfrauen gewusst haben. Da bin ich mir nicht so sicher. Was steht in dem Testament?«

Schmitt zuckte mit den Achseln. »Das wissen wir noch nicht. So einfach ist es auch für die Polizei nicht, sich Informationen zu beschaffen. Aber der Notar setzt sich nun mit den Erben in Verbindung, und dann werden wir es ebenfalls erfahren.« Schmitt wünschte, er könnte dem jungen Mann mehr geben als nur einen flüchtigen Verbrecher als neuen Vater. Als toten neuen

Vater. Vorsichtig hakte er noch mal nach. »Kann ich eine Probe von Ihnen mitnehmen? Sie wollen doch sicher auch wissen, wer Ihr leiblicher Vater ist, oder?«

»Bei der Auswahl? Nee, eigentlich nicht. Können Sie nicht irgendeinen netten Mann für mich als Vater finden, der Theaterintendant ist oder ein erfolgreicher Musiker? Meine Ma kann doch nicht einen so schlechten Geschmack gehabt haben. Aber klar, Sie bekommen diese blöde Haarprobe. Bitte schön.« Jan fuhr sich mit der Hand durch seine Locken, verzog das Gesicht und hatte gleich mehrere Strähnen in der Hand.

Schmitt holte ein professionelles Set aus der Jackentasche. »Ich habe eigentlich an eine Speichelprobe gedacht, Herr Thomas. Heimlich Haare verwenden, das macht man nur im Fernsehkrimi. Bitte machen Sie doch mal den Mund auf.«

Erstaunlicherweise ließ Jan Thomas sich die Prozedur widerstandslos gefallen, dann musterte Schmitt ihn. Bis auf den Beinbruch war er glimpflich davongekommen. Dass er eventuell oder sogar sehr wahrscheinlich den Feuerwehreinsatz würde bezahlen müssen, wollte er ihm nicht auch noch mitteilen. Jans Gemütszustand schien aus einer merkwürdigen Mischung aus Galgenhumor, Gleichgültigkeit und Traurigkeit zu bestehen. Schmitt machte sich bewusst, dass es auch etwas viel war, was der junge Mann gerade verarbeiten musste. Seine Mutter war früh gestorben, sein Vater wurde Jahre später ermordet. Dann erfuhr er, dass das gar nicht sein Vater war, und zu guter Letzt hatte seine beste Freundin ein Verhältnis mit diesem angeblichen Vater gehabt und kurz vorher noch einen Erben gezeugt. Eventuell sollte man Jan ein paar Tage in eine psychiatrische Versorgung geben. Angeblich war er doch früher schon in Kliniken gewesen.

Jan fand seine Musterung offenbar lästig. »Schauen Sie mich bitte nicht so mitleidsvoll an, Herr Kommissar. Finden Sie lieber den Mörder oder die Mörderin.«

* * *

Ihr Kopf dröhnte, und ihr Magen rebellierte, als eine Krankenschwester ihr am späten Nachmittag eine Schale Haferschleim brachte. »Igitt, *never*!«

»Aber ganz bestimmt sogar, meine Liebe. Sie waren ziemlich lange weggetreten, und Ihr Magen darf sich nicht anstrengen. Sie dürfen sich im Ganzen nicht anstrengen, aber etwas essen sollten Sie auf jeden Fall. Also beginnen wir genau damit.«

»Kann ich ein Handy haben? Meins ist sicher zu Hause liegen geblieben, und ich muss dringend mit meinem Chef sprechen.«

Die kräftige Krankenschwester, die sich tatsächlich auf einen Stuhl gesetzt hatte, um ihr beim Essen zuzuschauen, lächelte geduldig. Wieso hatte die bei dem herrschenden Personalmangel überhaupt die Zeit, sie hier mit Haferschleim zu quälen? War der Personalmangel im Warendorfer Krankenhaus kein Thema? »Frau Korte, Sie wollen doch jetzt nicht arbeiten. Der Psychologe kommt gleich noch und wird sich mit Ihnen unterhalten. Soweit ich weiß, waren Sie Opfer einer Gewalttat und …«

»Ich bin Polizistin. Das ist Berufsrisiko. Wie kann ich denn das Telefon hier ans Laufen bringen?« Sie zeigte auf den antiquierten Apparat auf ihrem Nachtschränkchen.

»Gar nicht«, schüttelte die Pflegekraft den Kopf. »Das Telefon ist defekt, die meisten nutzen ja eh ihr Handy. Aber ich mache Ihnen einen Vorschlag: Sie essen das hier, und ich gebe Ihnen das Stationshandy. Das ist nämlich mein Job.« Ihr Lächeln war das einer Kobra.

Jenny gab klein bei und musste sich eingestehen, dass das Zeug besser tat als gedacht. Nach dem Essen war sie unglaublich erschöpft und schaffte es nur mit Mühe, die Hand nach dem Handy auszustrecken. Als die Schwester das Tablett mit nach draußen nahm, ließ Jenny sich in die Kissen sinken und wählte Schmitts Nummer, die sie zum Glück im Kopf hatte. Jenny hatte gestern Abend ja nicht mehr viele Sachen angehabt, und sie wollte auch lieber nicht wissen, wie der Polizist Dirk sie vorgefunden hatte. Bestimmt war das dünne Nachthemd an allen Stellen verrutscht gewesen. Sie wurde schon bei dem Gedanken rot. Jedenfalls hatte sie einen wunderbaren Handabdruck an ihrem rechten Oberarm entdeckt.

Schmitt meldete sich förmlich.

»Hier ist Jenny. Mir ist noch etwas eingefallen. Der Mann, der mich angegriffen hat, hatte nur vier Finger!«

»Wie bitte?« Jenny erklärte es dem Kommissar. »Laut Abdruck auf meinem Oberarm fehlte dem Angreifer der Mittelfinger der rechten Hand. Sie können in der Kartei nach einem Schlägertypen mit diesem auffälligen Merkmal suchen. Der hat doch bestimmt im Auftrag gehandelt«, setzte sie hinzu.

»Jenny, unser Spezialist für das Darknet hat deinen Rechner untersucht, und es ist ziemlich wahrscheinlich, dass der Angriff auf dich nicht mit unseren Mordfällen zusammenhängt. Du bist als Polizistin enttarnt worden. Und das mögen die meisten Nutzer des Darknets ganz und gar nicht. Ich hatte dich gewarnt. Aber für Schelte ist jetzt nicht die Zeit. Viel wichtiger ist es, dass du dich ausruhst und gesund wirst. Aus dem Fall hältst du dich nun raus. Betrachte das Praktikum als beendet. Haben wir uns da verstanden?«

»Dann interessiert es dich auch nicht, was ich über Hans Berthold herausgefunden habe? Ich glaube, er hat Auftragsmorde angeboten.«

* * *

Mit offenem Mund starrte Steffi den Notar an. Natürlich hatte sie sich vorher den Ausweis zeigen lassen, aber schon die Unterschrift unter dem Testament zeigte ihr, dass er die Wahrheit sagte. Norbert Groß war der Notar von Henry. Dessen Unterschrift kannte sie gut. Ein großes, wunderschön geschwungenes T, das unleserlich ein paar Striche nach sich zog. Nach der Trennung hatte sie gedacht, wie gut diese Unterschrift zu einem Blender passte. Fängt groß und schön an, wird dann chaotisch und klein. Aber damit tat sie Henry unrecht, das wusste sie.

Und nun erfuhr sie, dass sie etwas erben sollte. Und dass sie sich um seinen Sohn kümmern sollte. Um Jan. Mit keiner Silbe hatte Henry im Testament erwähnt, dass Jan nicht sein Sohn gewesen war. Also hatte er es gar nicht gewusst? Steffi sollte sein Auto erben, egal welches gerade in seiner Garage stehen würde, und sie bekam ein Aktienpaket, das laut Norbert Groß im Moment einen Wert von dreißigtausend Euro enthielt. Jan würde auch erben, mehr durfte der Notar ihr nicht sagen. Es gab einen interessanten Hinweis, und den teilte ihr der Notar sehr bestimmt mit: Sollte aus einer seiner Affären nachweisbar ein Kind von ihm entstanden sein, würde auch dieses Kind erben. Das waren schlussendlich noch gute Nachrichten für Jan, der bereits gedacht hatte, dass er leer ausgehen würde. Wieso hatte Henry überhaupt ein Testament gemacht? Hatte er geahnt, dass er ernst zu nehmende Feinde hatte?

Die erste Frage, die ihr dann einfiel, lautete: »Von wann ist das Testament?«

»Die erste Version hat Herr Thomas kurz nach dem tragischen Tod seiner Ehefrau gemacht. Die Änderungen sind vor etwa drei Wochen entstanden.«

Sie war baff. Wieso änderte ein Mann ein Testament zugunsten einer Frau, die gerade Schluss mit ihm gemacht hatte?

»Da war ich gerade von ihm getrennt. Wieso hat er mich bedacht?«

»Das weiß ich nicht, aber er schien mir sehr verliebt und sagte, dass Sie die Frau seien, mit der er alt werden wolle. Er müsse Sie nur noch davon überzeugen, aber er wisse schon, wie.«

Steffi schluckte und schüttelte den Kopf. Sie wusste, dass sie nie an seiner Seite geblieben wäre. Auch wenn sie von ihm schwanger war. Und dann fielen ihr einige leidenschaftliche Nächte ein. Sie hatte jedes Mal auf ein Kondom bestanden und sich gewundert, warum er ewig fürs Auspacken brauchte. Was, wenn Henry es darauf angelegt hatte? Ein Kondom zu manipulieren, war leicht. Sie seufzte tief. Henry, Henry, warum ich und warum jetzt? Er war schließlich über fünfzig Jahre alt. Hatte er gewusst, dass Jan nicht sein Sohn war? Den

Kinderwunsch hatte er bei ihr mal geäußert. Mit Birte war er in den passenden Jahren verheiratet gewesen, aber sie hatte keine Kinder bekommen können. Und Claudia war bei Eheschließung bereits zu alt gewesen.

Ein Gedanke kam ihr erst spät. Vielleicht hatte Henry sie einfach wirklich geliebt. Wenn man so lange wie sie schon alleine lebte und sich viele Leute auch durch freche Sprüche vom Leib hielt, war dieser Gedanke eher abwegig und neu.

»Wie geht es jetzt weiter?«

»Nun, es wird morgen einen Termin geben, an dem alle Begünstigten anwesend sein sollten, und ich werde den letzten Willen des Verstorbenen verlesen. Aber ich hielt es für besser, Sie vorzubereiten. Und …« Er machte eine Pause und blickte sie forschend an. »Und ich war neugierig auf die Frau, die Henry so umtrieb. Geradezu veränderte. Ich kenne ihn ja schon etwas länger. Ihn und seine, mmh, seine Frauen!«

* * *

»So, Dirk, dann lass doch mal hören, was du herausgefunden hast, während ich mich um unsere Versehrten gekümmert habe. Und beide möchte ich nicht pflegerisch versorgen müssen. Die eine ist in maßloser Selbstüberschätzung mit der Aufklärung der Morde beschäftigt, als wären wir ohne sie nur Staatsdeppen. Und der andere beklagt sich wie ein Bauernopfer und wirft mir vor, dass ich keinen *Love-and-Peace*-Daddy für ihn aus dem Hut zaubern kann. Aber immerhin habe ich die Speichelprobe. Ein Kurier ist schon auf dem Weg nach

Münster. Morgen Nachmittag ist die Testamentseröffnung, da sind wir dabei. Der Notar hat eben angerufen, das Ganze findet bei ihm in der Kanzlei statt, Jan Thomas kann zur Not einen Krankentransport beantragen. Jetzt, da wir wissen, dass Henry Thomas ein Testament gemacht hat, bin ich gespannt, ob die Greifvögel erwähnt werden und wer sie erbt.«

Er sah das breite Grinsen von Dirk Kemper. »Birte Schmor sicher nicht. Denn ihre oft verkündete Abneigung gegen das Kümmern um Henrys Vögel hat einen bestimmten Grund. Man hat ihr vor zwei Jahren den Falknerschein entzogen. Sie darf keine Greifvögel mehr halten und nicht mit ihnen jagen. Und wissen Sie auch, warum?«

»Illegaler Handel?«

Dirk schüttelte den Kopf. »Noch besser. Sie hat zwei selten schöne Gerfalken aus einem Zoo geklaut und weiterverkauft. Hat sie eine Menge Geld gekostet, eine Anzeige und den Verlust von Jagd- und Falknerschein. Wenn du mich fragst, ist die Dame mit allen Wassern gewaschen. Aber sie war auch bekannt dafür, dass sie eine besondere Gabe hat, um mit den Tieren in Kontakt zu treten und sie an den Handschuh zu gewöhnen.« Dirk blickte auf seine Notizen und fuhr fort: »Und dann gibt es da noch einen kleinen Umstand, der ihr beim Weiterverkauf behilflich ist. Ihr Bruder lebt und arbeitet seit fünf Jahren schon als leitender Ingenieur in Katar. Er besitzt sicher gute Kontakte zu Ölscheichs, und die wiederum lieben Falken.« Mit einem stolzen Nicken beendete Dirk seinen Vortrag.

Schmitt war begeistert. »Wie hast du das alles herausgefunden?«

»Ich habe mit dem Staatsanwalt gesprochen, der Birte damals angeklagt hat. Er konnte sich gut erinnern und meinte, Birte Schmor habe das Auftreten eines Rotkehlchens, aber das Handeln einer Elster, um mal in der Vogelwelt zu bleiben.«

»Na klasse, noch eine Kriminelle mehr in diesem eh schon undurchsichtigen Fall. Das darf doch alles nicht wahr sein.« Schmitt raufte sich die Haare, was bei den kurzen Borsten kaum möglich war. »Jenny hat mich angerufen. Unglaublich, wie zäh das Mädel ist. Und stur. Sie meinte, im Darknet habe sie Anzeichen dafür gefunden, dass Hans Berthold sich auch als Auftragsmörder verdingt haben soll. Wenn du mich fragst, halte ich das für reine Interessantmacherei. Berthold war als Hehler bekannt, aber als gemeingefährlich galt er nie. Puh, Jenny lässt echt nicht locker. Warne mich bitte vorher, wenn ich wieder leichtfertig eine Praktikantin oder einen Praktikanten aufnehmen sollte.«

»Endlich willst du mehr auf mich hören.« Sein Kollege rollte mit dem Bürostuhl hin und her, was ihn wahnsinnig machte. Zumindest heute.

Das Klingeln des Telefons lenkte ihn ab. »Kommissar Schmitt hier«, grummelte er missmutig in den Hörer.

»Hallo, hier spricht Doris Thomas. Ich bin die Ehefrau von Henrys Bruder, von Georg. Ich habe im Radio von dem Selbstmordversuch des jungen Mannes gehört. Das war doch Jan, oder?«

Schmitt überlegte nicht lange, einer Verwandten konnte er durchaus die Wahrheit sagen. »Ja, das war Jan. Das ist alles ein bisschen viel für den Jungen. Kann ich Ihnen helfen?« Lange sagte Frau Thomas nichts.

Schmitt kannte das. Viele zögerten im letzten Moment, wenn sie der Polizei etwas Wichtiges mitzuteilen hatten. »Ich war mit meinem Bridgeklub in Italien und habe nur am Rande das mitbekommen, was mein Mann mir erzählt hat. Kann ich Sie im Büro sprechen? Ich bin in der Stadt und könnte in einer Viertelstunde bei Ihnen sein.«

»Ja, natürlich«, sagte Schmitt schnell, aber auch etwas verwundert. »Worum geht es denn?«

»Ich glaube, ich weiß, wer Jans leiblicher Vater ist.« Dann legte sie auf, und der Kommissar starrte verdutzt auf den Hörer.

* * *

»Herbert Radau, guten Tag. Ich möchte mich gerne mit Ihnen unterhalten, liebe Frau Korte. Oder darf ich Jenny sagen?« Er blickte auf die Frau in den weißen Bettlaken, die zwar blass um die Nase war, ihn aber mit wachem und auch misstrauischem Blick anstarrte.

»Ich stecke mitten in laufenden Ermittlungen, ich darf gar nichts sagen«, meinte Jenny schroff.

Ungeniert betrachtete sie seine braune Cordhose, die immer ein wenig ausgebeult an seinen Beinen herunterhing. Als wäre nur Luft unter dem Stoff, meinte seine Mutter oft. Er sendete einen müden Blick zurück, dumme Sprüche und Abwehr war er schließlich gewohnt. »Als Psychologe unterliege ich der Schweigepflicht, wie Sie sicher wissen, außer innerhalb des medizinischen Teams. Aber ich wollte mich eh nicht in die Mordermittlungen einmischen, sondern bin lediglich hier, um mich nach

Ihrem Befinden zu erkundigen. Sie haben ein schweres Hirntrauma, waren lange bewusstlos – und das alles wegen eines gewalttätigen Überfalls. Es gibt also gleich mehrere Gründe, Sie mal zu sprechen.« Während er das sagte, blickte er sich nach einem Stuhl um und legte ein dickes Kissen beiseite, um sich auf den einzigen Besucherstuhl zu setzen. Besser, er signalisierte damit gleich seine Hartnäckigkeit. Außerdem wollten die langen Beine gut positioniert werden, damit war er erst mal beschäftigt.

»Ich bin nicht traumatisiert, sondern höchstens wütend.« Jenny stellte nun ihr Kopfteil in eine höhere Position, und beinahe hätte Radau triumphierend gegrinst. Denn damit erklärte sich die junge Frau unbewusst nun doch zu einem Gespräch bereit. Sie machte ein betont gelangweiltes Gesicht, aber sicher genoss sie auch seine Aufmerksamkeit und das Interesse an ihrer Person. Das konnte er in ihren Augen sehen.

Radau nickte langsam. »Sie wären die Erste, die das bereits vierundzwanzig Stunden nach dem Überfall sagen kann. Ich bin hier, damit Sie auch später nicht in eine Traumatisierung geraten. Können Sie mir einfach schildern, an was Sie sich erinnern können? Auch Gerüche und Gedanken können wichtig sein.«

»Nein.«

Wieder nickte er nur gelassen und machte sich eine Notiz. »Nein, Sie können sich nicht erinnern, oder nein, Sie wollen nicht darüber sprechen?«

»Ich kann mich nicht erinnern, und deshalb erwarte ich auch keine Alpträume. Was ich nicht mitbekommen habe, kann mich auch nicht quälen, oder?«, fragte sie ihn mit einem altklugen Lächeln im Gesicht.

Es brachte nichts, ihr nun einen Vortrag über die verschiedenen Wege der Traumatisierung zu halten, wie er aus Erfahrung wusste, und so hörte er einfach zu.

»Mich stört am allermeisten, dass mein Praktikum nun unterbrochen beziehungsweise beendet wurde und andere die Mordfälle ohne mich aufklären. Ich habe megaviel zum jetzigen Stand der Ermittlungen beigetragen und bekomme außer Vorwürfen nur eine ›Gute-Besserung-Abfindung‹.« Sie haute auf die Bettdecke und lieferte ihm damit genug Stoff für eine therapeutische Intervention.

Er ließ sie zunächst mal ihren Frust loswerden, wissend, dass die meisten es eben doch genossen, wenn jemand da war und zuhörte. Ihr gefiel es auch sichtlich, als er nach ihrem Bericht, der sie ganz schön angestrengt zu haben schien, erst mal lobte: »Sie haben einen wirklich scharfen Verstand, Jenny, und erkennen schnell Zusammenhänge. Gepaart mit Ihrem Ehrgeiz kann das allerdings anstrengend für ein Team werden. Und auch für Sie selbst. Wenn man immer glaubt, besser als andere zu sein, und es vielleicht auch tatsächlich ist, nimmt man vieles in Kauf und bringt sich in Gefahr. Letzteres ist Ihnen passiert.«

Jetzt nickte zur Abwechselung mal Jenny, die ihn sogar ein klein wenig anlächelte. Verständnis baute Brücken, das wusste Herbert Radau nur zu gut. Jenny fühlte sich in ihrem Potenzial gesehen. In seiner nächsten Frage wollte er dann wissen, was ihr gerade am allermeisten zu schaffen machte.

Jenny legte sofort los: »Die Tatsache, dass ich raus bin aus dem Team! Einfach observiert, dabei wären die ohne mich gar nicht so weit. Nun darf dieser arrogante Dorfpolizist Dirk die Lorbeeren einheimsen. Der glaubt doch, er wäre wer weiß was, weil der Kommissar einen Narren an ihm gefressen hat. Dabei bin ich diejenige, die bald die höhere Laufbahn einschlägt.« Jenny verzog schmerzhaft das Gesicht und fasste sich mit beiden Händen an die Schläfen. Kein Wunder, dass sie Kopfschmerzen hatte, so wie sie sich in Rage redete. Sie lehnte sich erschöpft in die Kissen zurück und schloss kurz die Augen.

»Manchmal muss man loslassen, Jenny. Ihre Zeit kommt schon noch. Ich werde Sie jetzt besser in Ruhe lassen und komme morgen noch mal wieder, okay?«

Sie nickte und sagte leise: »Ich glaube, ich weiß sogar, wer die Morde begangen hat.«

»In dem Fall sollten Sie noch mal mit dem Kommissar reden, Jenny. Wenn Sie irgendetwas wissen, dann behalten Sie es nicht für sich.«

Sie drehte sich weg und murmelte nur noch: »Bis morgen.«

Na also, er durfte wiederkommen, das Eis war gebrochen. Diese Jenny war verdammt von sich eingenommen, und solche Leute machten es einem leicht, weil sie so schnell zu durchschauen waren. Da war sein zweiter Patient, der witzigerweise im selben Mordfall wie die junge Beamtin hier feststeckte, schon schwieriger. Dieser Jan ließ sich nicht so schnell mit Verständnis blenden, aber bei dem jungen Mann würde er mit Sympathie und Coolness punkten.

Als er die Tür leise schloss und sich umdrehte, stand er einem kräftigen Typen mit Pferdeschwanz gegenüber, der so tat, als suchte er eine Zimmernummer. Radaus Gefühl und Erfahrung sagte ihm aber, dass der junge Mann zu Jenny wollte. Doch zu ihr durften gerade nur bestimmte Personen, wie die Familie oder eben er als Psychologe. »Kann ich Ihnen helfen? Sind Sie ein Angehöriger der jungen Frau hier in dem Zimmer?«

Der junge Mann wandte sich brüsk ab und murmelte: »Das geht dich ja wohl nichts an, Alter.«

Leider hatte Herbert Radau eine Schwäche. Unhöflichkeit konnte er nicht leiden. Er hielt den Mann am Ärmel fest und rief zeitgleich nach Hilfe. Mit dem Kerl stimmte etwas nicht. Immerhin hatte jemand versucht, diese Frau kaltzustellen, war ja gut möglich, dass das noch mal passierte. Er verstand auch nicht, warum sie keinen Personenschutz bekommen hatte.

Im nächsten Moment blieb ihm die Luft weg, denn der Typ hatte ihm einen kräftigen Schlag in die Magengrube versetzt und riss sich los. Radau japste und schmiss dem Flüchtigen seine Ledertasche in die Kniekehle. In seiner heiß geliebten Tasche trug er einen dicken Wälzer mit sich herum, der nun für den passenden Wums sorgte und den jungen Mann von den Beinen riss. Gleichzeitig eilten gerade ein großer Pfleger von der einen Seite und ein Arzt von der anderen Seite herbei, und zu dritt sorgten sie dafür, dass der potenzielle Besucher nun hierbleiben musste, um auf die Polizei zu warten. »Ich wollte nur nach Jenny sehen, ich kenne sie aus dem Internet, ehrlich. Ich bin das nicht gewesen.«

Schon diese Beteuerung machte ihn nur allzu verdächtig, denn nur die Polizei, die Angehörigen oder der Täter selbst konnten ja wissen, dass Jenny verletzt war. Radau strich sich über den schmerzenden Bauch. Er fühlte sich großartig und in gewisser Weise bestätigt. Eine Hand in der Hosentasche seiner Cordhose, die andere am Handy tippte er die Nummer des Polizeireviers.

* * *

Frau Krone öffnete die Tür und ließ dann eine Frau neben sich eintreten, die Dirk an eine Bankangestellte erinnerte. Sie trug ein dunkelblaues Kostüm mit einem Halstuch darin und hatte einen Lodenmantel über ihren Arm gelegt. Sie sah gepflegt, aber auch ein wenig bieder aus. Heute ein Polizeirevier zu betreten, fiel ihr sichtlich schwer.

Sie stellte sich mit dünner Stimme vor. »Mein Name ist Doris Thomas. Wir haben telefoniert, und ich möchte eine Aussage machen.« Sie hielt ihre große Handtasche, in der sich ein ganzer Hausrat oder auch eine Maschinenpistole befinden konnte, vor ihrer Brust und starrte abwechselnd den Kommissar oder Dirk an.

Dirk stand auf und schob ihr einen Stuhl hin. Vielleicht wurde sie dann ein wenig lockerer.

Sein Chef nickte der Dame zu und stellte sie beide ebenfalls vor. »Wir ermitteln in dem Mordfall Ihres Schwagers. Bitte setzen Sie sich. Wenn ich Sie richtig verstanden habe, geht es um Jan, oder?«

Dirk blieb am Fenster stehen und wartete gespannt ab. Er konnte sich kaum vorstellen, dass diese Frau einen Verbrecher wie Hans Berthold gekannt hatte. Als Doris Thomas dann endlich zaghaft ihren Mund aufmachte und ohne Umschweife den Vater von Jan nannte, riss er die Augen auf.

»Mein Mann Georg ist der Vater von Jan.« Sie sagte es mit einer absoluten Sicherheit, eine unumstößliche Information.

Sein Chef blieb gelassen. Wehe, der erzählte ihm hinterher, das habe er geahnt, denn das würde er ihm nicht abnehmen.

»Wissen Sie die Blutgruppe Ihres Mannes?«, fragte Schmitt und blickte sie erwartungsvoll an. »Ja, natürlich. Mein Mann hat die Blutgruppe A positiv. Glauben Sie mir nicht?«

»Weiß Ihr Mann, dass Sie hier sind?«, stellte Schmitt eine Gegenfrage.

Doris Thomas schüttelte den Kopf. »Natürlich nicht. Wenn er gewollt hätte, dass Sie das alles wissen, hätte er Sie sofort informiert. Er hat Sorge, dass dieser Seitensprung ihn seine Ehe kostet.« Sie stellte ihre Handtasche nun vorsichtig auf den Boden, und Dirk sah, wie sie sich entspannte. Frau Thomas würde ihnen vermutlich alles sagen, was sie wusste.

Sein Chef verstand. »Ich nehme an, Ihr Mann weiß nicht einmal, dass Sie von dem Seitensprung und der Folge daraus wissen?«

Sie nickte.

»Wie lange wissen Sie schon, dass Jan der Sohn von Georg ist? Und wer hat es Ihnen erzählt?«

»Anfangs war es nur ein Verdacht. Ich habe Jan und unseren Sohn Tim beim Spielen im Pool gesehen. Wir hatten so ein aufblasbares Ding im Garten. Und dabei fiel mir ein Muttermal auf, das Jan am Oberschenkel hat und das nahezu identisch ist mit dem Muttermal, das Georg dort hat. Ich weiß, dass sich eigentlich nur die Veranlagung vererbt und nicht das Mal selbst, aber dann kamen noch weitere Merkmale dazu. Natürlich konnte auch vieles vom Großvater kommen, aber mir fielen auch bestimmte Blicke zwischen Georg und meiner Schwägerin auf, ich war eifersüchtig. Dann verunglückte Jans Mutter, und ich kam mir schäbig vor. Kennen Sie das, dass man jemanden am liebsten nach Honolulu wünscht oder auf den Mond schießen möchte, und dann stirbt diese Person? Man fühlt sich schuldig, ohne dass man selbst zur Waffe gegriffen hätte. Wir haben in der Zeit oft Jan bei uns gehabt, und auch, wenn ich den Verdacht nie ganz losgeworden bin, hätte ich es nicht mehr angesprochen. Der Junge hatte doch schon seine Mutter verloren. Vor zwei Monaten habe ich ein Gespräch zwischen Georg und Henry mitgehört. Danach fingen die Zweifel wieder an. Ich begann nach Beweisen zu suchen.« Sie seufzte. »Und ich fand sie.«

»Sie waren in Henrys Wohnung und haben dort nach Beweisen gesucht, richtig? Ihr Mann erwähnte einen Einbruch und hat sich gewundert, dass Henry keine Anzeige erstattet hat.«

Dirk bewunderte wieder einmal den Scharfsinn seines Chefs. Der Mann war gefährlich schlau. Gebannt wartete er auf eine Antwort und überlegte dabei, ob er Doris Thomas einen Mord zutraute.

Die Dame blickte nun erschrocken auf, und Schmitt fragte weiter. »Verwandte tauschen oft Haustürschlüssel untereinander aus. Besaß Georg einen? Frau Thomas, Sie können es ruhig zugeben. Da Henry nie eine Anzeige erstattet hat und es keinen Personenschaden gab, haben wir damit gar nichts zu tun. Henry schien jedenfalls zu wissen, um was es dabei ging und wer die Einbrecherin war.«

Doris schniefte und suchte in der Handtasche nach einem Taschentuch. Dafür brauchte sie nur einen kurzen Griff in ein finsteres Nirwana, und schon hielt sie eine Packung in der Hand. Es würde Dirk immer ein Rätsel bleiben, wieso Frauen sich blind in einem solchen Chaos wie es nur in Damenhandtaschen vorkam, zurechtfanden.

»Ich fand die Sache mit den Blutgruppen heraus«, sagte sie nach einer längeren Pause. »Henry rief mich am nächsten Morgen an.«

»Und was hat er gesagt?«, wollte Schmitt wissen.

»Er sagte, er hätte mich auf seiner Kamera am Eingang gesehen und aus Respekt vor seinem Bruder hätte er nicht die Polizei gerufen, aber er wollte doch wissen, warum ich bei ihm herumgeschnüffelt hätte. Er war merkwürdig ruhig, nahm es eher mit Humor«, erinnerte sich Frau Thomas. »Ich habe ihm direkt auf den Kopf zugesagt, dass er nicht Jans Vater sein kann und ob Georg der Vater von Jan wäre.« Ihre Augen glänzten, die Erinnerung daran schien ihr zu schaffen zu machen.

Dirk holte ein Wasser von einem Beistelltischchen und stellte es ihr mit einem Glas zusammen hin. Dafür erntete er einen anerkennenden Blick von seinem Chef. Weinende Frauen hielt Dirk nicht gut aus.

Frau Thomas kaute auf ihrer Unterlippe und fuhr dann fort: »Henry hat mich angefleht, es bloß nie Jan zu erzählen. Der Junge würde noch Dummheiten machen, er sei doch so labil.«

Dirk dachte an die Aktion mit dem Kran, Henry Thomas schien seinen Ziehsohn gut eingeschätzt zu haben.

Ungeduldig mischte er sich nun ein: »Also wusste Henry, dass Jan nicht sein Sohn war?«

»Ja, schon sehr lange. Das hat er mir selbst gesagt. Aber er wollte nicht, dass Jan es erfuhr.«

Schmitt räusperte sich. »Frau Thomas, wie sieht es denn mit Ihrem Mann aus. Wusste er, dass Jan sein Sohn war? Von Anfang an?«

»Ja, ich glaube, dass Georg es von Anfang an wusste, aber nie vorhatte, mich zu verlassen. Inwieweit er Jans Mutter geliebt hat, kann ich nur ahnen, wahrscheinlich hat er sie sehr geliebt, denn ich habe miterlebt, wie er gelitten hat, als sie gestorben ist.« Sie machte eine Pause, und die traurigen Gedanken sah man ihr an. Dann setzte sie sich aufrecht hin, und ihre Miene wurde härter. »Ganz gewiss wollte Georg nie, dass ich es erfahre. Denn, und das wissen die wenigsten, alles, was Georg besitzt, der Laden und das große Grundstück mit dem Haus, läuft auf meinen Namen. Wenn wir uns trennen, kann er einen teuren Tennisschläger und die Schallplattensammlung von Elvis mitnehmen, mehr nicht.« Zur Bestätigung ihrer Worte nickte sie zweimal mit dem Kopf und kümmerte sich dann um ihr Wasser.

»Frau Thomas, warum erzählen Sie uns das? Sie wissen, dass Sie Ihren Mann damit belasten?« Schmitt musterte die Frau freundlich.

»Als ich von Jans Selbstmordversuch oder Unfall gehört habe, wusste ich, dass die Wahrheit wichtig ist. Für Jan und für alle Beteiligten. Das alles hier muss aufhören, Herr Schmitt. Und ich will, dass mein Mann endlich zu seiner Schuld steht. Und damit meine ich das

Fremdgehen. Aber Georg hat seinen Bruder nicht umgebracht. Warum sollte er das plötzlich tun?«

Wenig später geleitete der Kommissar persönlich die Dame nach draußen. Als er zurück ins Büro kam, lehnte sein Chef sich mit seiner feinen Stoffhose an die Heizung und fragte ihn: »Was hältst du davon, Dirk?«

»Nun, ich könnte mir vorstellen, dass Henry Thomas ein Motiv hatte, seine Schwägerin umzubringen, damit sie nichts verrät, aber den Mord an Henry haben wir damit noch nicht aufgeklärt. Doris Thomas hatte kein Motiv, ihren Schwager umzubringen.«

»Richtig«, sagte Schmitt und rieb sich die Hände, als wäre ihm kalt. »Aber zumindest wissen wir nun, dass Henry seit Jahren schon wusste, dass Jan nicht sein leiblicher Sohn war. Und das Geld, das Georg seinem Bruder regelmäßig überwiesen hat, war ganz bestimmt der getarnte Unterhalt.«

Dirk lachte. »Dann brauchen wir nur noch das Datum der ersten Überweisung und haben den Zeitpunkt, ab wann Henry von dem Kuckuckskind wusste.«

»Kluges Kerlchen. Das war vor ungefähr zehn Jahren. Und bitte noch kein Wort zu Jan, bis wir mehr Sicherheit haben. Wir warten trotzdem erst das Ergebnis des laufenden Vaterschaftstests von Hans Berthold ab. Geh doch bitte mal dran.«

Das Telefon vom Festnetz klingelte, und Dirk meldete sich ordnungsgemäß. »Herbert Radau hier. Ich bin als Psychologe im St. Josef Krankenhaus tätig …«

* * *

»Müssen wir uns vorwerfen, keinen Personenschutz angeordnet zu haben?«, fragte Schmitt seinen jüngeren Kollegen auf dem Weg ins Krankenhaus.

»Nee, Chef. Und es ist auch gar nicht bewiesen, dass der Typ vorhatte, Jenny etwas anzutun. Wir werden mal hören, was er von Jenny wollte. Ich meine, vielleicht hat sie ja auch einen Freund, der nur schauen wollte, wie es ihr geht.«

Sie betraten das lichtdurchflutete Foyer und orientierten sich, auf welcher Etage die Unfallstation war. Vor dem Fahrstuhl empfing sie bereits ein schlaksiger Typ in Cordhosen. Dirk sorgte in seiner Uniform gleich für Aufsehen, und der Mann trat auf sie zu. »Das ging schnell, super. Ich bin Herbert Radau und bringe Sie mal zu unserem Gefangenen.«

Der tat so, als würden sie sich in einem Guerillakrieg befinden und als wäre ihm nun ein besonderer Coup geglückt, dachte Dirk amüsiert. Schmitt sah das anscheinend ähnlich, denn er raunte Dirk zu: »Wann bekommt ein Psychologe schon mal Gelegenheit, jemanden gefangen zu nehmen? Ich bin gelinde gesagt beeindruckt, aber nun sollten wir übernehmen.«

Schließlich standen sie einem jungen Mann mit einem braunen Zopf gegenüber, der sie trotzig anstarrte. »Ich wollte sie nur besuchen und schauen, wie es ihr geht.«

»Kommissar Schmitt, guten Tag. Bitte zeigen Sie mir erst mal Ihren Ausweis und erzählen Sie mir dann, woher Sie denn überhaupt wussten, dass ihr etwas passiert ist.«

Der Mann räusperte sich und sagte dann: »Na ja, ich war derjenige, der den Überfall auf die Frau in Auftrag gegeben hat.«

8. KAPITEL

Verdammt, jetzt starrte Steffi bereits seit einer halben Stunde auf ihr Handy und schaffte es einfach nicht, ihren Freund Jan anzurufen. Noch vor wenigen Tagen hatte sie nicht einmal darüber nachgedacht, sondern ihn wegen jeder Kleinigkeit ganz selbstverständlich angefunkt. Plötzlich war alles anders.

Sie strich sich über ihren Bauch und dachte an Henry. So viele Überraschungen steckten in dem älteren Mann, und sie begann zunehmend, wirklich um ihn zu trauern. Wie musste es da erst Jan gehen? Sie alle hatten ja erlebt, wie verzweifelt er oben auf dem Kran gewesen war. Verdammt noch eins. Sie griff zum Handy und wählte seine Nummer.

Die Mailbox sprang an. »Lasst mich in Ruhe, melde mich, wenn ich Bock habe.«

Na toll, dachte Steffi resigniert.

Doch sie brauchte nicht lange zu warten, da summte ihr Handy, und der Name *Jan* erschien im Display. »Ich

bin froh, dass du Bock auf mich hast. Wie geht es dir?«
Er lachte leise. »Du, ich bekomme jetzt alles, was ich letzte Woche schon haben wollte. Medikamente, Mitgefühl und einen Psychologen – ohne dass ich in der Psychiatrie bin. Aber ehrlich gesagt habe ich da gar keine Lust mehr drauf. Ich warte noch auf meinen Spezialschuh, und dann mache ich die Biege.«

»Umso besser.« Sie erzählte Jan von dem Besuch des Notars. Das war ja kein Geheimnis.

Jan war baff. »Was? Im Testament steht nichts davon, dass ich nicht sein Sohn bin? So deppert kann der Alte doch nicht gewesen sein.« Jan klang jetzt nach irgendetwas zwischen amüsiert und erleichtert.

Steffi wandte ein, dass Henry ihn ja seit seiner Geburt aufgezogen und natürlich immer geliebt habe, egal ob er nun leiblich war oder nicht. »Was denkst du denn darüber, Jan?«

Er schwieg kurz und wurde dann ernst: »Ich denke zurzeit nicht viel Gutes über meine Mutter. Dabei war sie immer meine Heldin gewesen, wenn ich wieder Ärger mit Henry gehabt hatte. Aber sie ist fremdgegangen, hat Henry betrogen und irgendwie auch mich. Sie hat mir nie erzählt, wer mein leiblicher Vater war. Vielleicht hatte Henry deshalb so viele Frauen. Er konnte danach keiner mehr lange vertrauen.«

Steffi stimmte ihm vorsichtig zu, gab aber zu bedenken: »Es ist schon ziemlich lange her, wer weiß schon, wie die Umstände damals waren. Schaffst du es morgen zum Notar?«

»Klar, der Schuh wird heute noch anprobiert. Drück die Daumen, dass alles passt. Hier munkelt man übrigens, dass Jenny auch in diesem Krankenhaus liegt, ich weiß aber nicht warum. Vielleicht wandere ich mal durch die Gänge.«

»Diese junge Polizistin soll im Krankenhaus sein? Wieso denn?«

»Angeblich ist sie in ihrer Wohnung überfallen worden.«

Steffis Gedankenkarussell kam sofort in Gang. Das war doch kein Zufall, dass ausgerechnet die Praktikantin des Kommissars, der die Morde untersuchte, bedroht worden war. Hatte Jenny zu viel herausgefunden? Jenny war die erste Person gewesen, die bemerkt hatte, dass Steffi schwanger war. Sie hatte einen messerscharfen Verstand und war eine gute Beobachterin. Nur Charme hatte sie wenig. Um das zu erkennen, hatte Steffi genug Zeit am Theater verbracht. Mit ihrer direkten und etwas spröden Art war die junge Frau vielleicht zu weit gegangen.

»Was machst du denn da?«

Sie hörte ein Ächzen und Stöhnen. »Ich habe mich in meinen Rollstuhl gesetzt und werde nun mal die Gänge unsicher machen.« Jan lachte. »Hier ist richtig was los, Steffi, ich sehe gerade Kommissar Schmitt und seinen Kollegen aus dem Fahrstuhl eilen. Und der launige Psychologe ist auch bei ihnen. Hoffentlich hat er denen nicht gesagt, man müsse mich einweisen oder gar verhaften. So Psychologen ziehen ja mitunter die merkwürdigsten Schlüsse.«

Beunruhigt klang ihr Freund nicht gerade, und Steffi fragte sich zum ersten Mal, ob Jan doch etwas mit dem Mord an seinem Vater zu tun haben könnte.

* * *

Schmitt räusperte sich. »Ich muss Sie auf Ihre Rechte hinweisen, denn alles, was Sie nun sagen, kann und wird gegen Sie verwendet werden. Möchten Sie einen Anwalt?« Er starrte den Mann mit dem braunen Zopf an, der da so völlig unbedarft ein Verbrechen zugegeben hatte.

»Ich möchte einfach nur wissen, wie es der Frau geht. Natürlich habe ich nicht gewollt, dass sie dermaßen heftig angegriffen wird. Der Typ sollte sie erschrecken und eine Warnung auf dem Computer hinterlassen. Das Darknet mag keine Polizeispitzel. Verdammt!« Er stützte seinen Kopf auf die Hände, sodass sein Gesicht nicht zu sehen war.

»Sind Sie dieser *Arche*?« Schmitt erinnerte sich an das, was ihm der Kollege aus der IT-Abteilung erzählt hatte. Demnach hatte die Person, die sich hinter dem Avatar *Arche* verbarg, die Aufgabe, Neulinge im dunklen Netz, die auffällig viele Fragen stellten, zu observieren und zu enttarnen. Arche hatte offenbar schnell herausgefunden, wo Jenny sich aufhielt, und schließlich auch, wer sie war.

»Der Typ war ein Vollpfosten, der sich von Jenny hat überraschen lassen und in Panik reagiert hat. So war das nicht vorgesehen.«

Ein merkwürdiger Verbrecher, dachte Schmitt schon ein wenig amüsiert. Der Kerl hatte Mut, hier aufzutauchen. Sofern seine Geschichte stimmte. Vielleicht wollte er aber auch nur beenden, was er in Jennys Wohnung begonnen hatte. Schmitt zückte Stift und Notizbuch.

»Dann brauche ich erst mal Ihren Namen und den Personalausweis.«

Der junge Mann reichte ihm den Ausweis, den er vorher aus seinem Portemonnaie gezogen hatte. *Tim Anders* stand dort, wohnhaft in Dortmund, vierunddreißig Jahre alt. Schmitt reichte den Ausweis an Dirk weiter, der ein Foto davon schoss.

»Und nun bitte die Adresse des nächtlichen Besuchers.«

»Was sind Sie denn für einer?«, fuhr Tim Anders auf. »Ich werde hier niemanden verraten, und für die Zeit des Überfalls habe ich ein Alibi. Aber bitte sagen Sie mir doch endlich, wie es der Frau geht.« Seine braunen Augen schauten so flehend drein, dass Schmitt nickte und sagte: »Sie wird wieder. Aber Sie werden mit einer Anzeige rechnen müssen.«

Er nickte nur lässig und sichtlich erleichtert. »Dann viel Glück bei dieser Anzeige. Kann ich mal zu ihr?«

Heißsporn Dirk, der schon die ganze Zeit zunehmend laut ausatmete, um seine Empörung zum Ausdruck zu bringen, wie Schmitt vermutete, wurde jetzt laut. »Sag mal, bei Ihnen piept's wohl. Erst lassen Sie unsere Kollegin verprügeln, und dann wollen Sie an Ihrem Bett Händchen halten? Haben Sie bei Ihrer Fortbildung zum Verbrecher nicht mitgeschrieben? Die meisten Opfer legen keinen Wert auf so etwas. Lassen Sie die Finger von ihr.«

Tim Anders beachtete den Polizisten wenig, ein Zucken mit der Schulter, dann bat er Schmitt um Hilfe. »Bitte, es ist wichtig. Fragen Sie nach, ob sie Arche sehen möchte.«

Schmitt fragte sich, ob er das wirklich verantworten konnte und wollte. Würde es Jenny bei der Verarbeitung des Überfalls helfen oder nicht? »Einen Moment bitte«, sagte er, dann verließ er den Raum. Aus den Augenwinkeln bemerkte er noch das empörte Kopfschütteln von Dirk.

Er suchte den Psychologen und fand ihn in einer Besucherecke, wo er vor einem Laptop saß und eine dampfende Tasse Kaffee in der Hand hielt. Kurz erklärte er dem Mann, worum es ging, und war erstaunt über die knappe Antwort. »Fragen Sie Jenny halt selbst. Ich bin nicht ihr Betreuer und möchte ihr diese Entscheidung auch nicht abnehmen.«

Fünf Minuten später führte er Tim Anders zu Jenny Korte und setzte sich dann auf einen Stuhl vor das Zimmer, die Tür lehnte er nur an, indem er seinen Schal feststeckte. Und dann war er doch sehr erstaunt, als Tim Anders sich nicht nur entschuldigte und erklärte, was schiefgelaufen war, sondern als er auch eindringlich zu Jenny sagt: »Hans Berthold ist gefährlicher, als viele denken. Angeblich soll er mal jemanden umgebracht haben. Lass die Finger vom Darknet und hör auf, alleine zu ermitteln.«

Ungeduldig wartete Schmitt dann ab, bis Tim sich nach nur wenigen Minuten von Jenny verabschiedet hatte, und hielt ihn auf. »So, Sie erzählen mir jetzt mal ganz genau, was Sie über Hans Berthold wissen. Auf mich brauchen Sie auch nicht aufzupassen, denn ich ermittle in einem Team. Und zwar wegen Mordes.«

Das erschrockene Gesicht von Tim sprach Bände. Es hatte ja in Dortmund nicht jeder von den Morden in Warendorf etwas mitbekommen. »Damit ich das nächste Opfer bin? Hans Berthold ist gefährlich.« Tim Anders machte Anstalten, sich loszureißen.

Schmitt blieb gelassen. »Lieber Herr Anders, ich bin der Meinung, dass der Tod so ziemlich jeden Verbrecher ungefährlich macht. Stimmen Sie mir da nicht zu?«

»Hä?«

»Hans Berthold ist tot und Teil meiner Mordermittlung. Als Opfer, nicht als Täter. Und er ist ebenso mit einer Greifvogelkralle ermordet worden wie ein Falkner, den Hans Berthold kurz vor seinem Tod getroffen hat. Und jetzt würde ich gerne mit Ihnen über die beiden Männer sprechen.«

Das Gesicht von Tim Anders war bühnenreif. Er fasste nach seinem Zopf und ließ ihn durch die Finger gleiten. Dann nickte er. »Okay, Mann. Dann sieht die Lage natürlich anders aus. Aber ich weiß nicht allzu viel. Nur das, was ich im Netz gefunden habe, als Jenny das Foto von dem Typen hochgeladen hat. Er soll mal einen Auftragsmord übernommen haben. Aber ehrlich, so etwas macht man doch nicht als Schnupperkurs. Der hat bestimmt noch mehr Leichen im sprichwörtlichen Keller.«

Schmitt zog eine Augenbraue angesichts dieses merkwürdigen Statements hoch.

»Ich meine ja nur, wenn der einmal für Geld gemordet hat, macht er das doch auch noch ein zweites und drittes Mal.«

Schmitt zupfte den jungen Mann kurz am Ärmel. »Lassen Sie uns nicht auf dem Flur über Auftragsmorde sprechen.«

Im Schwesternzimmer wurden sie von zwei neugierigen Augenpaaren empfangen. Es hatte sich offenbar rumgesprochen, dass auf der Station ermittelt wurde. Schmitt schickte die beiden Damen höflich nach draußen, wissend, dass sie wahrscheinlich vor der Tür lauschen würden.

»Also, Herr Anders. Was haben Sie an Informationen über Herrn Berthold?«

Tim Anders nahm seine Finger zur Hilfe und zählte wie ein Erstklässler ab. »Er wurde im Darknet ›Greifer‹ genannt. Er hat jemanden im Auftrag ermordet. Er hat gute Kontakte nach Katar und Dubai und hat sowohl mit wertvollen Hengsten, Diamanten und Greifvögeln gehandelt. Das war auch sein größtes Talent. Berthold konnte einfach alles auftreiben, was auf dem Schwarzmarkt gebraucht wurde. Er war der König der Hehler.« Beim letzten Finger angekommen, berichtete er: »Er ist aus dem Gefängnis ausgebrochen.« Dann nahm er die nächste Hand und hob den Daumen hoch. »Ach ja. Und er ist tot.«

Sehr witzig, dachte Schmitt und sagte: »Sie kommen mit aufs Polizeirevier, damit Sie einem unserer Kollegen zeigen, wo genau Sie diese Informationen gefunden haben.«

Das Scherzen verging dem jungen Mann, sein Gesichtsausdruck wurde leicht panisch. »Das geht auf gar keinen Fall, dann kann ich einpacken. Ich mache Ihnen einen Vorschlag. Ich fertige Screenshots an und sende Ihnen das Material an Ihre Mail. Mehr bekommen Sie von mir nicht.«

Schmitt nickte und würde auf jeden Fall noch eine Anzeige gegen den Mann aufsetzen, denn er hatte immerhin den Auftrag erteilt, Jenny in ihrer Wohnung zu überfallen. Wenn er Pech hatte, plädierte die Staatsanwaltschaft wegen Anstiftung zur schweren Körperverletzung für eine Gefängnisstrafe. Aber das rieb er dem Kerl lieber erst unter die Nase, wenn er das Material hatte.

Er nahm die Personalien auf und entließ den Mann nach wenigen Minuten. Immerhin ein Halunke mit Gewissen. Schmitt nahm ihm durchaus ab, dass er diesen Ausgang des Überfalls nicht gewollt hatte. Er war ein sehr hohes Risiko eingegangen, um nach Jenny zu sehen. Dennoch trug er dafür die volle Verantwortung. Bei diesem Gedanken fiel ihm auf, dass er Dirk schon seit einiger Zeit nicht mehr gesehen hatte. Schnorrte der sich Kaffee und Plätzchen bei den Pflegekräften oder hielt er bei Jenny Händchen?

Als er vor Jennys Tür stand und Stimmen hörte, trat er ein und sah, dass Kollege Dirk tatsächlich beides tat und gut für sich gesorgt hatte. Ein großer Becher Kaffee lag in der einen Hand, ein Marsriegel steckte angebissen in der anderen Hand. Jennys Gesicht glühte, ihre Augen strahlten, offenbar genoss sie den ganzen Aufruhr um ihre Person. Schmitt grüßte höflich und erkundigte sich nach ihrem Befinden.

»Es könnte besser sein, aber zum Glück funktioniert mein Verstand ganz ausgezeichnet. Ich glaube, ich weiß, wer die Morde begangen hat.« Triumphierend blickte Jenny von ihm zu Dirk und wieder zurück.

* * *

Jan starrte auf den Türspalt, durch den er gerade eine ungeheure Neuigkeit belauscht hatte. Jenny wusste, wer seinen Ziehvater umgebracht hatte? Noch immer ging ihm auch gedanklich dieser Begriff schwer ab, klang wie aus einem schlechten Märchen. Aber wenn die drei Ermittler da drinnen nun den Namen dieses Mörders diskutierten, wollte er dabei sein.

Vorsichtig rollte er ein Stück näher, hatte jedoch dem ungewohnten Gefährt zu viel Schwungkraft verliehen. Seine vorstehenden Fußspitzen prallten gegen die nur angelehnte Tür. Er schloss die Augen, als könnte er dadurch unsichtbar bleiben. Leider schwang die Tür weit genug auf, und drei Augenpaare starrten ihn an. Jan sah zu Jenny. Der weiße Verband um ihren Kopf sah gigantisch aus, zumindest wirkte ihr schmales Gesicht darin noch schmaler. Sie war also tatsächlich angegriffen worden.

»Jan, was ist denn mit dir passiert?«, fragt sie ebenfalls überrascht von seinem Anblick. Anscheinend hatten ihr die Kollegen gar nichts von seinem idiotischen Einsatz erzählt. Das würde nun leider wohl nicht so bleiben.

Er stotterte sich eine Antwort zurecht. »Ich hatte einen Aussetzer oder vielmehr einen Anfall geistiger Umnachtung. Man nennt das auch Regression. Rückfall in das Verhalten eines trotzigen Buben. Und was ist deine Ausrede?« Er grinste schief und war froh, dass weder Kommissar Schmitt noch Polizist Dirk irgendetwas klarer darstellen wollten.

»Ich habe die falsche Person in meine Wohnung gelassen.« Sie lachte zu laut, und mit einem Blick zu ihrem Chef fügte sie hinzu: »Ich habe mich naiv und viel zu tief ins Darknet begeben.«

Jan sah, dass der Kommissar zustimmend nickte. Das hatte bestimmt Ärger gegeben. Außer dem körperlichen Angriff. Jan holte tief Luft. »Ich habe gehört, dass du zu wissen glaubst, wer meinen Vater umgebracht hat.« Jenny schüttelte den Kopf, ganz langsam, alles andere tat bestimmt weh. »Das sind interne Ermittlungen, das kann ich dir jetzt und hier nicht sagen.«

Und Schmitt ergänzte altväterlich: »Zumal das sicher nur Vermutungen sind. Darf ich Sie auf Ihr Zimmer zurückbegleiten?« Der Kommissar erhob sich. »Ich will sichergehen, dass Sie dort auch ankommen und nicht weitere Gespräche belauschen.« Er sagte das ganz gemütlich, kein bisschen verärgert oder belehrend.

Was blieb ihm übrig? Umständlich versuchte Jan, den Rolli zu drehen, und fuhr aus dem Zimmer hinaus.

Auf dem Flur begegnete ihnen dann dieser Psychologe. »Hallo, Jan, zu dir wollte ich gerade. Ich hätte nicht gedacht, dass du es aus deinem Zimmer schaffst.«

»Ich werde es mit Ihrer Hilfe hoffentlich auch heute aus dem Krankenhaus schaffen. Ich habe am Nachmittag einen wichtigen Notartermin.« Jan wandte sich zum Kommissar. »Ich denke, wir sehen uns dort, oder?«

Kommissar Schmitt nickte knapp und ließ ihn dann endlich in Ruhe.

Jan hätte gerne gewusst, zu welchen Schlüssen Jenny gekommen war. Was hatte sie im Darknet herausgefunden?

Kaum waren er und der Psychologe in seinem Zimmer, da wurde er auch schon von einer Pflegekraft darüber informiert, dass er in die Physiotherapieabteilung kommen sollte, um den Schuh anzupassen.

Der schlaksige Psychologe versperrte ihm allerdings den Weg zur Tür und fragte mit harmloser Miene: »Jan, warum sollte ich davon ausgehen, dass du nicht wieder versuchst, dir das Leben zu nehmen, sobald wir dich entlassen?«

»Weil ich mit dem orthopädischen Schuh nicht auf Kräne klettern kann? Das war ein Scherz. Kommen Sie schon, Herr Psychologe. Ich habe Ihren Namen vergessen. Das war eine trotzige Überreaktion aufgrund einer seelischen Belastung. Glauben Sie mir, der Sturz war eine echte Lehre für mich. Als ich dachte, ich müsste jetzt tatsächlich sterben, ist nicht mein Leben an mir vorbeigezogen, sondern nur meine Dummheit. Ich war total glücklich über das Luftkissen der Feuerwehr. Das müssten Sie doch bemerkt haben.«

Der Psychologe verzog keine Miene. »Sie spielen am Theater, stimmt das?«

»Ja und?«

»Sie sind Therapie-erfahren.« Das klang nach einem Vorwurf.

»Wollen Sie meine Biografie schreiben, oder was wird das? Ja, ich kann Ihnen alles Mögliche vorspielen. Darauf läuft das doch hier hinaus, oder? Sie werden mir wohl glauben müssen.«

»Ich glaube Ihnen sogar, dass Sie gar nicht sterben wollten, habe ich ja schon gesagt. Aber eventuell wollten Sie sich umbringen, weil Sie Ihren Vater getötet haben. Schuld kann schwer auf einem jungen Menschen lasten.«

Jan lachte auf. »Dafür müsste ich erst mal wissen, wer mein Vater ist. Und jeder, der mich kennt, weiß, dass ich zu so einer Tat gar nicht fähig bin. Ich hätte schon meine erste Ohnmacht, wenn man mir die Tatwaffe in die

Hand drücken würde. Unterhalten Sie sich mal mit der überfallenen Polizistin. Die behauptet doch, den Täter zu kennen.«

»Also gut, wenn Sie mir versprechen, weder sich noch andere zu verletzen, dann dürfen Sie heute Nachmittag gehen.«

Jan grinste ihn an. »Ganz ehrlich? Ich weiß nicht, was nach der Testamentseröffnung passiert. Und jetzt lassen Sie mich mal bitte zu meiner Anprobe, sonst wird das mit dem Gehen heute nichts mehr.«

* * *

»Ist ein bisschen wie bei Agatha Christi oder bei Edgar Wallace, oder?« Dirk stupste seinen Chef an, der neben ihm in dem geräumigen Büro des Notars saß.

Herr Dr. Norbert Groß thronte an einem monströsen Schreibtisch, sicher eine sündhaft teure Maßanfertigung. Dirk betrachtete die feine Maserung des taubenblau gebeizten Holzes und die dicken Füße, die fest auf einem anthrazitfarbenen Teppich standen. Er blickte auf seine Papiere und dann zur Uhr. Ein paar Minuten hatten die säumigen Gäste noch. Allein Herr Groß wusste, wer heute alles zur Testamentseröffnung erscheinen musste. Dirk rechnete mit Steffi, Jan und eventuell noch mit dem Bruder des Toten, Georg Thomas. Doch es standen noch vier freie Stühle in dem Raum.

Ein Poltern kündigte die nächsten Besucher an. Die Tür ging auf, und die Sekretärin von Herrn Groß führte Steffi und den humpelnden Jan herein. Es war wirklich bemerkenswert, was die Freundschaft der beiden aushielt, musste Dirk anerkennen. Steffi stützte Jan am Arm, sah aber selbst auch recht blass um die Nase aus. Immerhin war der Blick, den sie Dirk nun zuwarf, betont munter und breit grinsend. Blieb zu hoffen, dass diese Freundschaft auch durch eine Erbschaft nicht bedroht wurde. Gleich dahinter machte sich auch Georg Thomas bemerkbar. Er ging herum und gab sogar jedem die Hand. Jan starrte ihn unsicher an. Noch hatte keiner dem jungen Mann gesagt, was sie von seiner Ehefrau Doris Thomas erfahren hatten. Dass Jan der Sohn von Georg war.

Georg setzte sich neben Jan und klopfte ihm auf die Schulter. »Kein Sorge, ich nehme dir sicher nichts weg, mein Junge. Wahrscheinlich soll ich mich um die hässlichen Armbanduhren unseres Vaters kümmern, die keiner haben will.« Sein Lachen war nervös und eine Tonlage zu hoch.

Der Zeiger der modernen Wanduhr rückte auf die zwölf. Es war sechzehn Uhr, doch der Notar wartete noch und faltete wichtig die Hände.

Jan schien nicht zu wissen, wie er seinen klobigen orthopädischen Schuh abstellen sollte, und rutschte hin und her. »Von mir aus können wir anfangen«, sagte er.

»Wir können noch nicht anfangen, oder hat jemand eine Nachricht mitgebracht?« Herr Groß ließ den Blick über die Anwesenden schweifen.

»Von wem? Fehlt noch jemand?«, fragte Georg und blickte sich um, als wenn der Schatten der Person schon im Raum wäre. Und Dirk fühlte sich nun wirklich in die alten Schwarz-Weiß-Krimis zurückversetzt.

Um fünf nach vier marschierte Dr. Groß durch sein Büro und fragte seine Sekretärin, ob es eine Absage für die Testamentseröffnung gegeben habe. Um zehn Minuten nach vier hörte man Schritte auf der Treppe. Alle Augen gingen zu der dick gepolsterten Zimmertür. Dirk riss die Augen auf, denn herein kam nun Birte Schmor in einem schicken, grünen Kostüm, die blonden Haare hochgesteckt. Sie streifte den Blick des Kommissars und entschuldigte sich dann für eine Verspätung, die sie mit Sicherheit absichtlich inszeniert hatte. Da hätte Dirk seinen nagelneuen Fahrradhelm drauf verwettet. Immer und immer wieder unterschätzten sie diese kleine, zarte Frau, die mal einen Jagdschein und mal einen Falknerschein gemacht hatte, sich also bestens mit tödlichen Waffen auskannte und ihren Hund darauf abgerichtet hatte, auf Kommando zuzubeißen. Wenn auch von Letzterem keine große Gefahr zu erwarten war.

»Frau Schmor, wie schön. Setzen Sie sich bitte, damit wir endlich beginnen können.« Bevor der Notar nun die allgemeinen Förmlichkeiten verlas, stellte er sich vor und erklärte: »Sie wissen es vielleicht oder auch nicht, dass im üblichen Fall das Nachlassgericht sich um die Benachrichtigung der Erben und die Eröffnung eines Testaments kümmert. Dass wir nun hier alle in meinem Büro zusammenkommen und ich das Testament von Henry Thomas öffentlich verlese, gehörte zum Wunsch des Verstorbenen.«

Dirk spürte ein Kribbeln im Nacken. Ob es nun die eine oder andere Enthüllung geben würde? Verstohlen sah er sich um. Wem stand der Angstschweiß ins Gesicht geschrieben?

Jan Thomas kratzte sich wiederholt an seiner Wade. Der ungewohnte Schuh drückte anscheinend. Steffi verschränkte gerade die Arme vor ihrem üppigen Busen, und Georg, der Bruder des Verstorbenen, starrte immer wieder auf sein Handy und zog die Stirn kraus. Allein Birte Schmor und sein Chef blickten den kommenden Dingen mit einer gelassenen Miene entgegen.

Schmitt beugte sich zu ihm und flüsterte: »Nun haben wir eine Menge Verdächtiger unter einem Dach, nicht wahr? Ich würde hier heute gerne mit ein paar mehr Klarheiten hinausgehen.«

»Eigentlich fehlt nur Ehefrau drei, Claudia Vogel«, flüsterte Dirk zurück und ergänzte: »Aber die hat ja schon zu Lebzeiten genug bekommen.«

»Pscht«, zischte jemand, und nun hatte der Notar die volle Aufmerksamkeit. »Wir machen das auf diese Art, da es Henry wichtig war, Sie alle persönlich anzusprechen, wenn er Ihnen sein Erbe zuteilt.« Dann holte er Luft und verlas den letzten Willen des Verstorbenen: »Meinem Sohn Jan Thomas, der aus erster Ehe entstand, vermache ich meine Wohnung mit all dem Inventar darin sowie meine Sparkonten wie unten dokumentiert. Mein Sohn, wir hatten unsere Schwierigkeiten, aber glaube mir, ich habe dich geliebt. Erinnere dich immer an unseren Besuch im Berliner Zoo, kurz nachdem deine Mutter verstorben war. Wir waren damals innig verbunden, und so will ich dir auch in Erinnerung bleiben.« Der Notar musste sich räuspern, die Worte gingen offenbar auch ihm nahe.

Alle Blicke gingen zu Jan, der glänzende Augen bekam und gegen ein paar Tränen ankämpfte, dabei aber auch sichtlich verwundert die Stirn runzelte.

Was für eine Show, dachte Dirk. Jan wusste, dass er nicht Henrys Sohn war, und vor allem, dass dies auch

Henry beim Verfassen des Testaments gewusst haben musste.

Blätter raschelten, dann sprach Herr Groß den Bruder Georg an, und es klang komisch, denn die Worte passten nicht zu dem so um Seriosität bemühten Notar. »Bruderherz, auch wir hatten unsere Probleme, echte Probleme, will ich meinen. Doch eine letzte Bitte habe ich an dich. Kümmere dich um meine Greifer, und sieh zu, dass sie in gute Hände kommen. Der Erlös gehört dir.« Es folgten noch ein paar Hinweise, dann machte der Notar eine Lesepause, trank einen Schluck Wasser und blickte dann Birte Schmor an. »Liebe Birte, für ein ›Bis dass der Tod euch scheidet‹ hat es nicht gereicht. Aber du hast mir in einer Zeit geholfen, als ich mit einem zehnjährigen Jungen alleine dastand. Du warst mir bis zum Schluss eine gute Freundin, und du erbst mein Grundstück, auf dem ich meine Greifvögel gehalten habe. Ich habe es vor einiger Zeit günstig erstanden. Wenn du lange genug wartest, wer weiß, vielleicht wird es mal Bauland.«

Ein Prusten war zu hören. Birte Schmor riss die geschminkten Augen auf und schüttelte dann empört den Kopf. »Dieser Mistkerl. Was soll ich mit einem Stück Acker?«

Der Notar hob die Hand. »Moment, ich bin noch nicht fertig. »Natürlich gehört dir auch alles, was auf dem Grund und Boden steht und zu finden ist, außer den Vögeln.«

Dirk dachte an die fünfzehntausend Euro, die sich im Kühlschrank befunden hatten und die sie zurückgeben mussten, sobald klar war, dass Henry Thomas das Geld nicht aus illegalen Geschäften erwirtschaftet hatte. Und das war leider schwer zu beweisen. Die aufgebrachte Dame wirkte auch sofort etwas beruhigter. Birte Schmor wusste, dass der Kommissar Geld gefunden hatte. Sie war ja danach befragt worden. Dirk sah ihr an, dass sie am liebsten sofort aufgesprungen wäre, um sich auf dem Grundstück genauer umzuschauen. Doch plötzlich fiel ihr Steffi auf, die ja ebenfalls im Raum saß, und sie guckte die rothaarige Frau plötzlich an, als wollte sie ihr nun doch noch die Augen ausstechen. Was blieb wohl für die letzte Frau an Henrys Seite übrig? Dirk lehnte sich zurück. Die Veranstaltung machte ihm Spaß.

Der Notar schob sich seine Brille zurecht und wandte sich wieder dem Text zu. Den Einwurf von Birte Schmor hatte er einfach überhört. »Meine liebe Steffi«, ging es weiter im Text. »Du warst plötzlich und unerwartet noch mal eine große Liebe für mich. Natürlich war ich zu alt für dich, aber ich habe mir gewünscht, dass es ein paar Jährchen gut geht. Was habe ich falsch gemacht? Etwas oder besser ein Teil von mir hat dir Angst gemacht. Ich wollte mir ein paar Jahre erschleichen, und ich wollte ein Kind von dir. Vielleicht hat es geklappt? Wie auch immer, du bekommst meine Wertpapiere, damit du dir endlich ein Klavier kaufen kannst. Und mein Auto, egal welches Modell sich gerade in meiner Garage befindet. Und eins noch. Ich hoffe zutiefst, dass die Freundschaft zwischen dir und Jan all das hier überdauert. Mach es gut, meine Liebe.« Der Notar räusperte sich, und zu Dirks Erstaunen schien er tief bewegt. Erneut ein Räuspern. Dann verlas er noch ein paar grundlegende Dinge und schloss mit den Worten: »Da wir nun den überraschenden Fall haben, dass es einen weiteren Erben gibt, wird das Erbe von Jan Thomas zu gleichen Teilen aufgeteilt werden, was vorab eine Begutachtung notwendig macht. Und natürlich muss ein Vaterschaftstest klären, dass das Baby von Frau Sandmann auch tatsächlich Henrys Kind ist.« Er machte eine bedeutungsschwangere Pause und sah zu Jan hinüber. »Unter den Unterlagen befindet sich auch eine Adoptionsurkunde, womit Ihr Erbrecht bestehen bleibt. Junger Mann, ich kann Sie gerne bei allem unterstützen. Bleiben Sie doch noch kurz hier.« Alle anderen wurden daraufhin verabschiedet mit dem Hinweis, Bescheid zu geben, ob sie alle bereit seien, ihr Erbe auch anzunehmen.

Kaum dass Dirk und sein Chef das Gebäude verlassen hatten, trat auch schon Birte Schmor mit einem entzückenden Lächeln auf sie zu. »Herr Kommissar, ich denke, wir sollten uns mal unterhalten.«

Dirk konnte seine Klappe wieder nicht halten und antwortete, ehe Schmitt auch nur seinen Mantel zugeknöpft hatte: »Wollen Sie nun doch noch zugeben, dass Sie zwei Falkenjunge aus der Natur entwendet haben?«

»Seien Sie nicht albern. Da lag eine Verwechselung vor. Nein, es geht um das Geld, das Sie aus Henrys Kühlschrank entwendet haben.«

Schmitt zuckte bei dem Wort »entwendet« pikiert zusammen. »Wir entwenden nichts, wir beschlagnahmen, liebe Frau Schmor. Sollte die Herkunft des Geldes legal sein, werden Sie es selbstverständlich als Teil Ihres Erbes zurückbekommen. Vielleicht erinnern Sie sich ja nun doch noch daran, welches Tier Henry verkauft hat. Guten Tag.«

Sie nickte mit einem eingefrorenen Lächeln und eilte die Straße entlang.

»So«, sagte sein Chef, als sie sich anschnallten. »Was wissen wir nun?«

»Dass Henry seinem Ziehsohn Jan nichts von einem leiblichen Vater erzählen wollte, aber durch die Adoptionsurkunde mächtig für Verwirrung gesorgt hätte. Sonst hätte er es doch zumindest im Testament auch noch hinterlegt.«

Der Kommissar nickte und fuhr vom Kreisel aus auf die nächstgrößere Straße. »Sonst noch was?«

»Birte Schmor hat mit einem größeren Batzen gerechnet, und der liebe Dr. Groß war ein Freund von Henry Thomas oder zumindest ein guter Bekannter.«

»Sehr gut beobachtet, wann liegt endlich Ihr Antrag auf Weiterbildung auf meinem Schreibtisch?«

Dirk verdrehte die Augen. Das Thema nervte ihn, zumal sein Chef ja recht hatte. »Dann drücke ich ein paar Jahre die Schulbank, und du verguckst dich derweil in einen neuen Assistenten für deine Mordfälle«, maulte er denn auch gleich los.

Schmitt nickte. »Das kann passieren. Aber ich vergucke mich nicht wie ein Teenager, sondern ich habe ein feines Näschen für gute Mitarbeiter. Und du bist so einer. Jede Wette, dass Birte Schmor uns alsbald eine Quittung präsentieren wird, die mit einem exotischen Stempel aus Katar geschmückt ist und uns weismachen soll, dass Henry Thomas einen prachtvollen Falken dorthin verkauft hat? Für fünfzehntausend Euro?«

Dirk erinnerte sich, dass Birtes Bruder bei den Ölscheichs lebte. »Puh, und was machen wir dann?«

»Ich fürchte, wir können dann gar nichts weiter machen, als ihr das Geld auszuhändigen. Wahrscheinlich steht ihr sogar ein Teil des Geldes eh zu, denn ich habe den Verdacht, dass die beiden gemeinsam ihr Geld mit diversen Geschäften aufgebessert haben. Birte hatte die Kontakte, Henry das nötige Areal und die Möglichkeit, durch geschicktes Agieren alles legal aussehen zu lassen. Er kaufte laut seiner Unterlagen ja öfter mal Vögel ein und verkaufte sie weiter. So kam er aktuell auch zu dem Adler.«

Dirk kaute an seiner Unterlippe und überlegte laut: »Stell dir vor, ihm stirbt ein legal gekauftes Tier, und er ersetzt es einfach durch ein der Natur entnommenes Tier. Schon hat der Vogel Papiere, zumindest, wenn das Alter einigermaßen stimmt. Also ich bin da ja Laie, aber so oder ähnlich könnte es doch funktioniert haben. Nicht im großen Stil, aber ab und an.«

Schmitt hupte, als ein LKW seine Masse ausnutzte und einfach ausscherte, und sagte: »So kompliziert musst du gar nicht denken. Viele Falkner züchten auch und stellen Papiere aus. Henry Thomas kann doch einfach Papiere gefälscht haben. Es gab vor einigen Jahren mal einen ganz großen Fall in Rheinland-Pfalz. Da hat ein Falkner über einhundertfünfzig Greifvögel der Natur entnommen und sie mit Hilfe gefälschter Papiere verkauft. Wenn Henrys Exfrau dann die Jungtiere erst bei ihrem Dad im Garten versteckt hat, musste Henry keine Durchsuchung fürchten. Zudem hat er ja offen Vorführungen gemacht und immer schon alle möglichen Leute zu sich eingeladen. Selbst sein eigener Bruder hat doch ausgesagt, wie genau und rechtschaffen

Henry immer mit den Tieren gewesen sei. Aber ist er deshalb auch umgebracht worden?«

»Chef, ich weiß, es geht nach Faktenlage, aber mein Gefühl sagt mir, er ist wegen der Frauen umgebracht worden.«

Schmitt lachte. »Meine Güte, bringt Ella dir solche Sachen bei? Kannst du mir auch sagen, wegen welcher? Ist Eifersucht oder Rache das Motiv? Und warum traf es auch Hans Berthold?«

»Weil er vielleicht doch der Vater von Jan ist? Doris Thomas kann uns Blödsinn erzählt haben.«

* * *

»Hallo, Herr Dr. Bohne«, krächzte Schmitt und hörte den Ausführungen des Mannes am anderen Ende der Leitung aufmerksam zu. »Ach was. Berthold ist also nicht der Vater? Nicht mal verwandt? Ja, schade. Obgleich für den Jungen vielleicht auch gut. Man will ja keinen Verbrecher als Vater haben. Danke jedenfalls.« Er legte auf und blickte seinen Kollegen an. »Es scheint tatsächlich Georg Thomas zu sein. Hans Berthold kommt nicht infrage. Wir sollten uns Onkel Georg mal vorknöpfen. Das ist überfällig.« Schmitt gab seiner Sekretärin Bescheid, dass er nun zu dem Besitzer des Jagdladens fahren würde. »Fragen Sie bitte mal vorsichtshalber nach, ob er auch da ist, und melden Sie mich bitte an.«

Unterwegs im Auto, Dirk hatte er als Stallwache zurückgelassen, rief er Jan Thomas an und teilte ihm mit, dass Hans Berthold nicht sein Vater sein könne.

Jan stieß einen überzeugenden Seufzer aus. »Dann kann ich ja wieder auf bessere Gene hoffen. Ich setz mich mal ins ›Extrablatt‹ und schaue, ob mir jemand ähnlich genug sieht, oder haben Sie einen besseren Vorschlag?«

Schmitt musste sich erst an den neuen Humor des jungen Manns gewöhnen. »Ja, habe ich, aber ich muss vorher noch etwas klären. Wo kann ich Sie später finden? Im Theater? Okay. Machen Sie keinen Blödsinn.«

Er gab Gas, denn Frau Krone hatte ihm mitgeteilt, dass Georg Thomas gleich zu Henrys Vögeln fahren wollte, die ja nun ihm gehörten und deren Versorgung er schnell übernehmen wolle. Wenn der Bruder verärgert darüber war, dass er nicht mehr geerbt hatte, hatte er sich zumindest nichts anmerken lassen. Auch Jan Thomas hatte er begrüßt wie einen Neffen und nicht wie einen verloren gegangenen Sohn. Wann wollte der Mann wohl endlich mit den Lügen aufhören?

Das war dann auch die erste Frage, die er dem Besitzer des Jagdladens ganz unverblümt stellte. Georg runzelte die Stirn und suchte instinktiv mit einer Hand nach seinen Zigaretten.

»Herr Thomas, ich bin mir ziemlich sicher, dass Sie der Vater von Jan sind. Denn Ihr Bruder ist es nicht, das habe ich schriftlich.«

»Was für ein Blödsinn«, stieß Georg Thomas hervor. Was weiß ich denn, was Henrys Frauen so getrieben haben.«

Schmitt konnte nachvollziehen, dass man Behörden schon mal belog, aber wenn man ihn für dumm hielt, wurde er schnell sehr deutlich. »Sie können jetzt ein offenes Gespräch mit mir führen oder aber auf die Anordnung des Familiengerichts warten, die dann den Vaterschaftstest durchführen lässt. Dauert ein paar Wochen länger, erregt dafür aber auch mehr Aufmerksamkeit. Ist mir egal.« Schmitt machte ein blasiertes Gesicht und starrte auf seine Fingernägel. John, der sein neues Halsband trug, stolzierte derweil im Laden herum, als dürfte er sich noch etwas aussuchen.

»Verdammt, ja, ich bin Jans Vater, aber das weiß sonst niemand. Bitte, das muss so bleiben, Herr Kommissar.« Sein Blick war flehend, doch Schmitt empfand kein Mitleid. »Nun, Henry wird es ja wohl irgendwann herausgefunden haben, nicht wahr? Sie haben ihm ja seit Jahren Alimente gezahlt.«

Georg Thomas nickte kurz. »Ich habe Henry geschworen, dass der Junge es nie erfährt. Er ist labil und würde sich etwas antun ...« Georgs Augen wurden auf einmal groß. »Oh mein Gott, er weiß es! Der Sturz vom Kran.«

»Herr Thomas, Ihr Sohn braucht Sie jetzt. Er weiß, dass Henry nicht sein leiblicher Vater sein konnte, und nun sucht er nach einer Alternative. Sagen Sie ihm die Wahrheit, sonst wird das Ihre Frau übernehmen.«

Georg Thomas konnte sich denken, dass Schmitt von irgendeiner Person informiert worden war. Viele Möglichkeiten gab es nicht. Um genau zu sein: nur eine! Der Mann sackte in sich zusammen. »Ich habe schon manches Mal geahnt, dass Doris es weiß, aber sie hat bis jetzt geschwiegen.« Er zündete sich eine Zigarette an und marschierte zur Tür, um sie zu öffnen. Kühle Luft strömte herein, und Schmitt achtete darauf, dass John nicht einfach rauslief.

»Wussten Sie von Anfang an, dass es Ihr Kind war?« Georg Thomas zögerte zu lange mit der Antwort, egal, was er nun sagte, es war wahrscheinlich gelogen, dachte Schmitt und war dann umso überraschter.

»Ich habe noch nie eine Frau so geliebt wie Judith, die erste Frau meines Bruders. Und ich bereue es zutiefst, dass ich nicht mit ihr durchgebrannt bin. Aber als wir uns kennenlernten, war meine Doris schwanger und ich hochverschuldet. Jugendsünden.« Er zog hektisch an seiner Zigarette und machte ein gequältes Gesicht. »Meine Güte, wie kann man nur glauben, dass Geld und Sicherheit wichtiger sind als die große Liebe.«

»Wäre Judith denn überhaupt mitgekommen?«, fragte Schmitt.

»Sie werden lachen, aber darüber habe ich tatsächlich nie nachgedacht. Man glaubt ja immer, diese starken Gefühle würden auf Gegenseitigkeit beruhen. Als Judith dann schwanger wurde, kühlte sich die Affäre ab. Judith erzählte mir, wie glücklich Henry sei und wie sehr er sich auf das Baby freue. Manchmal sagte sie einfach, sie habe Glück, denn sie habe sich beide Brüder geangelt.« Er blickte Schmitt ernst an. »Nein, sie wäre nicht mit mir durchgebrannt, und es war wohl nur vernünftig, es nie versucht zu haben. Als Jan dann auf der Welt war, machten die drei in Familie, doch schon ein Jahr später trafen wir uns mehr oder weniger regelmäßig. Mal zwei Monate gar nicht, dann zwei Mal die Woche, wenn es sich ergab. Bei einem Streit hat sie es mir dann an den Kopf geworfen. Jan sei mein Sohn. Und ich solle lieber beten, dass Henry es nie erfährt, denn er würde mich bestimmt umbringen.« Georg Thomas fuhr sich mit beiden Händen durchs Gesicht. »Nun sind beide tot, und Jan und ich müssen uns neu finden. Das

Schicksal denkt sich die merkwürdigsten Szenarien aus. Wissen Sie, Herr Kommissar, ich liebe meine Doris auch, anders halt, mit weniger Leidenschaft. Ich hoffe, sie verlässt mich nicht.«

Schmitt nickte. Er glaubte nicht daran, dass Doris Thomas ihren Mann verlassen würde. Dann hätte sie es schon längst getan. Er rief seinen kleinen Dackel und verabschiedete sich von Georg Thomas. Der ließ seine Hand für einen Moment nicht los. »Herr Kommissar, können Sie Jan mitteilen, dass ich sein Vater bin? Und dass ich froh darüber bin? Ich weiß nur nicht, ob ich wirklich für ihn da sein kann.« Den letzten Satz hatte er sehr leise gesprochen, und Schmitt war sich gar nicht sicher, ob er ihn richtig verstanden hatte.

Geahnt hatte Schmitt allerdings, dass die Reaktion von Jan Thomas nicht unbedingt die reine Freude ausdrücken würde. Er traf ihn im Theater, wo er ganz alleine im Foyer auf einer Stufe saß und einen Text lernte, das gebrochene Bein weit von sich gestreckt.

»Hallo, Herr Schmitt. Puh, Ihr Gesichtsausdruck macht mir Angst.«

John wackelte vor Freude mit dem kleinen Hinterteil und ließ sich von Jan durchkraulen.

»Was ist mit meinem Gesichtsausdruck?«, fragte Schmitt.

»Jemand, der gute Nachrichten bereithält, schaut anders drein. Also, wer ist mein Vater? Haben Sie noch einen weiteren Kriminellen für mich gefunden, oder ist es gar der Mörder von Henry?«

»Es ist ... Ihr Onkel Georg.«

Jan riss die Augen auf und starrte vor sich hin. Schmitt wartete auf eine Regung, doch lange Zeit tat sich gar nichts. Jan saß einfach da und schien kaum zu atmen.

Dann plötzlich verzog sich sein Gesicht, und er lachte böse auf. »Hey, da bleibt ja wieder alles in der Familie. Kurzer Rollentausch, ich bin doch mit Henry blutsverwandt, er ist halt nur mein Onkel, und mein Onkel ist mein Vater. Was stimmt denn mit der Familie nicht? Da hat ja praktisch jeder jeden betrogen.«

»Solche Dinge passieren, Jan. Georg hat deine Mutter, glaube ich, tatsächlich geliebt. Aber das soll er dir mal in einer ruhigen Stunde selbst erzählen. Pass auf dich auf, junger Mann.« Schmitt war ganz unwillkürlich zum Du übergegangen, als es ihm auffiel, war es ihm sofort unangenehm. Er verabschiedete sich etwas umständlich und verließ das Theater mit gemischten Gefühlen.

Anfangs hatten sie Jan als labilen, jungen Mann kennengelernt, und dieser hatte während der Ermittlungen tatsächlich harte Schläge einstecken müssen. Dafür hielt er sich erstaunlich gut und schien an den ganzen Krisen eher zu wachsen.

Schmitt zermarterte sich auf der Fahrt nach Hause in den Feierabend das Hirn, inwiefern die neuen Erkenntnisse die Morde erklären könnten. Er fand, dass es für Henry vielleicht ein Motiv gegeben hätte, seinen Bruder zu ermorden, weil der ihm Hörner aufgesetzt hatte, aber Georg war ja nicht das Opfer. Gab es in umgekehrter Richtung ein Motiv? Es war zum Verrücktwerden. Immer wieder passten Henry Thomas und Hans Berthold eher in ein Täterprofil, aber er fand keinen Grund, warum sie zum Opfer geworden waren.

9. KAPITEL

»Wir müssen tiefer graben, Dirk«, sagte Schmitt, als er am nächsten Morgen ins Büro kam. »Ich fahre jetzt endlich in die Justizvollzugsanstalt nach Düsseldorf und sehe mich nach einem Zellengenossen von Hans Berthold um, und du studierst die Akten. Ich will ganz genau wissen, wann Henry von dem Fremdgehen seiner Frau erfahren hat, was er beruflich in den letzten drei Monaten getrieben hat und wer ihm was schuldete. Und frag doch auch noch mal den Kollegen, der sich mit dem Darknet auskennt, was der über Berthold herausgefunden hat. Wir übersehen etwas, Dirk. Wir übersehen etwas!«

Schmitt wählte die Nummer, die für Behörden für den Kontakt zur Justizvollzugsanstalt reserviert war, und musste zwei Mal verbunden werden, bis er die richtige Person am Apparat hatte. Der Mann teilte ihm mit, dass sich noch ein weiterer Mann dort befinde, der zumindest eine gewisse Freundschaft mit Hans Berthold gepflegt habe.

»Jochen ist ein ruhiger und vernünftiger, älterer Mann, der sicher mit Ihnen reden wird. Zurzeit befindet er sich auf der Krankenstation, aber Sie können ihn sprechen, Herr Schmitt.«

Wunderbar, es war Mittag, und er würde neunzig Minuten brauchen. Unterwegs konnte er etwas Klassik hören und nachdenken.

Schmitt hatte in seinem Leben schon mehrere Gefängnisse gesehen. Sie sahen sich alle ähnlich. Viel Beton, viele schwere Sicherheitstüren und viel langweilige Struktur. Wie alle Besucher von außerhalb musste auch der Kommissar seinen Ausweis und das Handy abgeben, bis er schließlich einem langhaarigen, dünnen Mann von etwa Mitte sechzig gegenübersaß, der wegen einer leichten Lungenentzündung auf der Krankenstation lag. Ruhe und Wärme seien notwendig. Sie erhielten beide einen Kaffee, und dann konnte Schmitt Jochen Kranz ein paar Fragen stellen.

Der zeigte einen traurigen Hundeblick. »Tut mir echt leid, dass es Hans erwischt hat. Er war ein Krimineller, und von bestimmten Geschäften hätte er nie und nimmer die Finger lassen können. Aber einen solchen Tod hat er nicht verdient.«

Schmitt hatte dem Insassen das Wichtigste über die beiden Mordfälle erzählt. »Wissen Sie von weiteren Delikten, die etwas mit seinem Tod zu tun haben könnten?« Schmitt blickte den älteren Herrn erwartungsvoll an.

Der grinste müde. »Herr Kommissar, es ist immer nur die Spitze des Eisbergs, die in den Akten steht, zumindest bei den echten Halunken. Aber viel Reden tut hier keiner. Verständlicherweise.«

Schmitt machte ein skeptisches Gesicht. »Ich glaube vielmehr, dass hier eine ganze Menge geredet wird. Hier rühmt man sich, weil die Behörden so dumm sind und die eigene Raffinesse so groß. Die Zellenwände könnte man tapezieren mit den ganzen Gerüchten und üblen Nachreden. Und über Hans Berthold erzählt man sich, dass er einen Mord begangen hat.«

Ein Hustenanfall von Jochen störte das Gespräch, und Schmitt goss dem Mann ein Glas Wasser ein. Er wartete geduldig.

»Yip. Sie kennen sich aus, Herr Kommissar. Also, man sagt, der Hans habe mal eine Frau ermordet. Ist aber nie als Mord erkannt worden.«

»Warum soll er die Frau getötet haben?«

»Herr Kommissar, können Sie dafür sorgen, dass ich Cannabis bekomme? Wegen meiner Lungenentzündung. Die ist chronisch. Ich weiß, dass man mit Cannabis Erfolge bei chronischen Lungenentzündungen hat. Ich schlafe kaum noch eine Nacht. Ich bin ein Schatten meiner selbst.«

Schmitt nicke vorsichtig. War ja klar, dass der Häftling nicht kostenlos sang. »Ich werde mit den Ärzten hier reden, aber versprechen kann ich nichts.«

Jochen Kranz musterte ihn aus Augen, die tief in den Höhlen lagen. Seine Menschenkenntnis schien ihm zu raten, dem Kommissar zu vertrauen. Zum Glück, dachte Schmitt, der Jochen eindringlich ansah.

»Es war eine Gefälligkeit für einen Freund. Angeblich ist die Frau fremdgegangen.«

»Ist es da nicht üblich, den Nebenbuhler auszuschalten?«

Jochen Kranz stieß ein heiseres Lachen aus. »Das macht doch jeder, wie er mag. Aber Sie haben schon recht, ich finde auch, dass man keine Frauen umbringt, nur weil sie sich für jemand anderen entschieden haben. Das ist den Ärger nicht wert.« Jochen Kranz blickte auf. »Außerdem bringt man keine Frauen um. Das ist ein Tabu.«

»Weshalb sitzen Sie hier?«

»Bewaffneter Raubüberfall. Hat den Ärger auch nicht gelohnt.« Er schmatzte und trank von seinem Wasser. Schmitt bereitete gedanklich die nächste Frage vor, da fügte der Häftling hinzu: »Der Nebenbuhler soll ein naher Verwandter gewesen sein, und Blut ist halt dicker als Wasser.«

Schmitt kribbelte es unter der Kopfhaut. Das Motiv führte zum Täter. Noch war es etwas früh für eine präzise Schlussfolgerung, aber wenn seine Ahnung sich bestätigte, hatte er endlich ein plausibles Motiv für die Morde.

* * *

Steffi war nach dem Besuch beim Notar geplättet und wollte nach Hause, um allein zu sein. Jan, der am Abend noch versucht hatte, sie zu erreichen, hatte sie auf den nächsten Tag vertröstet. Sie wollte niemanden mehr sprechen und schon gar nicht sehen. Georg war so lieb gewesen und hatte sie im Auto mitgenommen.

»Frau Sandmann, wenn Sie mögen, können Sie sich morgen früh schon das Auto meines Bruders holen. Wir besorgen uns die Autoschlüssel aus der Wohnung, und ich fahre Sie zum Grundstück. Ich wollte eh spätestens morgen nach den Vögeln schauen und Fotos für die Anzeige im Netz machen. Jetzt ist es dafür schon zu dämmrig. Ich bin froh, wenn sie alle so bald wie möglich verkauft sind.«

Natürlich, das hatte Steffi ganz verdrängt. Der Audi von Henry befand sich ja noch immer bei dem Schuppen, wo er ermordet worden war. Endlich ein Auto zur Verfügung zu haben, wäre fantastisch. Sie hatte Georg dankbar angestrahlt, und nun stand er pünktlich mit seinem schweren Wagen vor ihrer Wohnung und hielt ihr galant die Beifahrertür auf. Heute war sie ausgeschlafen und munter und bemerkte auch die Ähnlichkeit der beiden Brüder. Henry hatte mehr auf sein Aussehen und auf die Figur Wert gelegt, er war sportlicher gewesen. Georg sah ein wenig hausbacken aus, aber die braunen Augen und das Grübchen im Kinn hatten sie beide.

Georg hatte die Haustürschlüssel für Henrys Wohnung dabei und bot sich an, schnell in Henrys Haus zu springen und nach einem Autoschlüssel zu suchen. Steffi nickte dankbar. Kaum war er weg, musste sie ein paar Mal niesen. Der dezente Geruch von Zigaretten kribbelte ihr in der Nase. Nach Taschentüchern brauchte sie in ihrer Handtasche gar nicht erst zu suchen. Einen Keksriegel hatte sie immer dabei, aber keine Taschentücher. Mist. Sie sah sich im Auto um und öffnete dann das Handschuhfach. Dort befanden sich eine geöffnete Tüte mit braunen Hundeleckerli und tatsächlich auch Taschentücher. Sie zog die Packung heraus, dabei fiel aber auch alles andere in den Fußraum, die Tüte samt den Hundeleckerlis, eine Taschenlampe und alte Tankquittungen. Sie bückte sich fluchend, denn natürlich hatten sich die Hundeleckerlis über die Fußmatte verstreut und verströmten einen unangenehmen Geruch. Sie wollte diese dunklen Brocken ungern anfassen, aber es nützte nichts. Schnell sammelte sie alles auf und hatte plötzlich einen Gegenstand in der Hand, der sich ebenfalls in der Tüte befunden haben musste. Es war eine große Vogelkralle, die an einem Holzstab befestigt war, und sie wirkte wie ein Fossil aus einem Museum. Erst bei dem Gedanken an ein Museum kamen ihr die Worte des Pathologen aus der Rechtsmedizin in Erinnerung, die sie nur am Rande vernommen hatte. Das Mordwerkzeug erinnere an eine selbstgebaute Waffe eines Neandertalers. Mit so einem Ding war Henry ermordet worden.

Steffi sah Georg gerade aus dem Haus kommen. Schnell stopfte sie alles in die Tüte zurück und schob auch die anderen Sachen hinterher. Bis auf die Taschentücher, dafür war es zu spät, die Klappe war bereits zu und Georg an der Fahrertür. Sie schob sie schnell unter ihren Oberschenkel und ließ sie dann in ihre Tasche plumpsen, als Georg den Wagen startete. Mit zitternden Händen holte sie sich dann ein Taschentuch aus ihrer Handtasche, als hätte sie stets eine Packung dabei, und putzte sich die Nase. Es tat gut, das heiße Gesicht hinter dem Tuch zu verstecken. Sie spürte ein Zittern in den Beinen. Wie sollte sie je aus dem Wagen aufstehen, ohne dass Georg ihre Erregung spürte.

»Alles okay?«, fragte er sie bereits.

Sie murmelte ein dumpfes »Ja«. Verdammt, sie war Schauspielerin, wenn auch nur als Laie. Sie würde doch ein paar Minuten lang ein Pokerface machen können.

Viel zu schnell waren sie bei Henrys Grundstück angekommen, dabei fühlte sie sich noch immer nicht in der Lage, auf ihren Beinen zu stehen, geschweige denn aus dem Wagen zu klettern. Der schöne, blaue Audi von Henry parkte in der fahlen Abendsonne. Georg Thomas benahm sich wie ein Gentleman und öffnete ihr die Wagentür. Steffi lächelte und stützte sich ab, um aus dem Wagen zu klettern. Der Cayenne hatte einen hohen Einstieg, eigentlich war es leicht. Ihre Füße erreichten den sandigen Boden – und plötzlich fielen noch zwei dicke, braune Brocken Hundeleckerlis auf den hellen Grund. Mist, die hatte sie übersehen. Die mussten sich in ihrer Kleidung verfangen haben.

Georg starrte darauf, bückte sich und hob sie auf. Er blickte in ihr Gesicht. Sie sah, wie es hinter seiner Stirn arbeitete. Es schien ihm gerade eingefallen zu sein. Dass er einen Gegenstand zwischen den Hundeleckerlis versteckt hatte. Und jetzt fragte er sich bestimmt, was seine Beifahrerin noch alles im Handschuhfach entdeckt hatte. »Nanu? Waren Sie etwa an meinem Handschuhfach? Haben Sie etwas gebraucht?«

»Nur ein Taschentuch. Danke.« Sie hörte ihre Stimme kaum, so leise war sie.

Georg fasste sie am Unterarm.

10. KAPITEL

Dirk hörte seinen Chef schon, bevor die Tür zum Büro aufgerissen wurde. Mit wehendem Trenchcoat glitt Schmitt in den Raum, wild entschlossen wie ein Feldherr. »Dirk, was wissen wir über den angeblichen Unfalltod von Jans Mutter?«

»Ich weiß nichts darüber, Chef. Ich war damals gerade achtzehn Jahre alt und hatte nur Augen für den Mercedes meines Vaters, den ich ab und an fahren durfte.«

»Wenn ich Kindheitserinnerungen von dir wissen möchte, frage ich danach«, brummte Schmitt und wurde dann sehr konkret: »Such bitte alles raus, was es zu dem Tod der Frau gibt. Da gab es ja eine Todesursache und eine Untersuchung des Tatorts.«

Dirk wandte sich seinem Rechner zu und suchte im Archiv nach Judith Thomas. Als er das Datum ihres Todes angezeigt bekam, konnte er nach Meldungen dieses Tages suchen und fand schließlich den Bericht eines

Kollegen, den er flüchtig kannte. Dirk fasste zusammen, während der Kommissar ebenfalls intensiv auf seinen Bildschirm starrte. »Also Chef, ein gewisser Robert Lange hat den Bericht verfasst. Der ist kurz und präzise und schildert, dass man die Frau zwischen einer Leiter und einem Marmortisch gefunden habe. Sie ist wohl mit der Schläfe auf die Tischkante gefallen, als sie auf der Leiter den Halt verloren hat. Sie muss sofort tot gewesen sein. Der Ehemann befand sich auf Reisen und hatte ein stichfestes Alibi, andere Verdächtige gab es nicht, und so ging man selbstverständlich von einem tragischen Unfall aus. Da kann man den Kollegen nicht viel vorwerfen.« Dirk betrachtete seinen Chef. »Ist das ein letzter verzweifelter Strohhalm, oder hast du in der JVA etwas herausgefunden?«

Schmitt fragte einfach zielstrebig weiter. »Steht dort eigentlich, wer die Tote gefunden hat?«

»Nein, nur dass eine hysterische Frauenstimme am späten Nachmittag die Polizei informiert habe, weil sie ihre Freundin tot aufgefunden hat. Mach es doch nicht so spannend«, maulte Dirk und riss dann die Augen auf, als er hörte, was der Kommissar aus dem Gefängnis zu berichten hatte.

Noch während der letzten Worte tippte Schmitt schon ein paar Tasten seines Telefons und ergänzte dann: »Robert Lange, der Kollege, der damals vor Ort war, ist seit zwei Jahren in Rente, ich kenne ihn flüchtig. Mal sehen, wie gut seine Erinnerung ist.«

Der ehemalige Kollege meldete sich bereits nach dem vierten Klingelton, Schmitt stellte das Gespräch auf Lautsprecher. Nach den üblichen Floskeln, wie dem

Rentner denn nun die Rente gefalle und ob er überhaupt Zeit habe zu telefonieren, erklärte sein Chef dem Mann, worum es ging.

Robert Lange reagierte prompt. »Also, das war ein wirklich tragischer Haushaltsunfall, Horst. Die Frau ist von der Leiter aus auf die Marmorplatte gestürzt. Es fehlte nicht ein Wertgegenstand, die Dame hatte keine Feinde, und der Ehemann, der natürlich immer verdächtigt wird, war weit weg.«

Schmitt teilte ihm mit: »Und jetzt ist der Ehemann ebenfalls tot, aber der wurde ganz sicher ermordet. Daran besteht kein Zweifel. Der Täter hat die Mordwaffe sogar am Tatort zurückgelassen.«

Am anderen Ende blieb es eine Zeit lang still. »Der tote Falkner war der Ehemann dieser jungen Mutter? Hab's in der Zeitung gelesen. Das ist spooky. Aber überzeugt hast du mich damit nicht.«

Dirk sah, wie Schmitt ein paar Mosaike auf einen Block malte.

»Ist dir noch irgendetwas aufgefallen, das nicht im Bericht steht? Wie hat der Ehemann auf die Nachricht reagiert?«

»Ja, wie wohl? Er war tief betroffen, dachte an seinen Jungen und wie er das nun alleine schaffen solle. Aber er schloss einen Mord ebenfalls aus.«

Schmitt nickte und malte weiter und wollte dann wissen. »Aber rein theoretisch kann jemand die Frau auch so geschubst haben, oder derjenige hat einen Aschenbecher aus Marmor genommen und dann das Szenario mit der Leiter arrangiert. Ein paar Blutstropfen an die Platte, und schon ist es ein Unfall. Ich meine, du weißt doch, wie das ist. Wenn man keinen Verdacht schöpft, sucht man auch nicht so genau.«

Glatteis, dachte Dirk. Gleich würde sich der Kollege noch angegriffen fühlen. Aber Robert Lange lachte nur. »Möglich ist alles, zumindest bei *Navy CIS*. Diese Serie liebe ich. Aber im Ernst, ich habe keine Ahnung, Horst. Wahrscheinlich ist es möglich, es gibt immer ein paar Mörder, die davonkommen. Wenige, aber es gibt sie.«

Die Stimme seines Chefs klang grimmig. »Diese sind nicht davongekommen, wenn ich hier richtig kombiniere. Danke, Robert.«

»Chef? Das ist dünn, was wir haben, oder?« Dirk blickte zweifelnd drein und fuhr fort: »Du glaubst, dass jemand Rache für einen Auftragsmord an Judith Thomas genommen hat? Und du gehst davon aus, dass unser Kleinkrimineller Hans Berthold diesen Mord im Auftrag des Ehemanns begangen hat? Da fällt mir als Verdächtiger aber nur Georg Thomas ein, der darin ein nachvollziehbares Motiv gehabt haben könnte, richtig? Seine große Liebe zu Judith Thomas. Aber warum jetzt? Also warum passieren die Morde nach über zehn Jahren?«

»Eine gute Frage, Dirk. Ich denke, dass Hans Berthold daran die Schuld trägt. Sein Auftauchen hat unseren Rächer auf den Plan gerufen. Er muss die Verbindung zwischen Berthold und Henry Thomas herausgefunden haben. Hans Berthold befand sich in einer misslichen Lage. Er war ein flüchtiger, gesuchter Verbrecher und brauchte wahrscheinlich dringend Bargeld und Hilfe. Und was macht man in einer solch verzweifelten Lage? Man sucht Leute, die einem etwas schulden.

Jan und auch Georg waren als Verwandte nah genug dran, um eventuell etwas von dem Treffen der beiden Männer mitbekommen zu haben. Vielleicht hat einer auch ein Gespräch zwischen Henry Thomas und Hans Berthold belauscht oder eine Notiz gefunden. Was weiß ich. Streng genommen können wir auch Jan als Verdächtigen nicht ausschließen, aber er war es nicht. Bevor wir unseren neuen Verdächtigen vernehmen, möchte ich mir bei einer anderen Person Hilfe holen, um mehr Klarheit zu bekommen. Wir lassen Claudia Vogel kommen. Ein Polizeiwagen vor ihrer Haustür sorgt für eine gewisse Dramatik, damit die Dame endlich redet.«

Jetzt kam Dirk nicht mehr mit. »Claudia Vogel? Die ist doch erst viel später auf der Bildfläche erschienen. Sie war Ehefrau Nummer drei.«

Schmitt griff bereits zum Hörer, um eine Anweisung durchzugeben. »Kann sein, Dirk, oder auch nicht. Aber die Angst unserer Frau Vogel scheint vielleicht doch nicht gespielt. Ich glaube, sie hatte etwas herausgefunden und befürchtete deshalb, dass jemand sich auch an ihr rächen will. Es ist nur ein Gefühl.«

Dirk schaute seinen Chef verdutzt an.

»Nenn es Menschenkenntnis oder Erfahrung, Dirk. Die Dame trägt eine Schuld mit sich herum.«

Nur zwanzig Minuten später klopfte es an der Tür, und Frau Vogel wurde von seiner Sekretärin ins Büro geführt.

Claudia Vogel trug eine Wolke aus teurem Parfüm und zorniger Stimmung in den Raum. »Sagen Sie mal, piept es bei Ihnen, Herr Kommissar? Sie können mich doch nicht abholen lassen wie eine Verbrecherin? Fünf von vier Nachbarn standen am Zaun.«

»Guten Tag, Frau Vogel, das klingt nach einem mathematischen Wunder in Ihrer Straße. Es tut mir leid, wenn Ihre Nachbarschaft falsche Schlüsse zieht, dafür kann ich nichts. Aber wir müssen allmählich mal konkret werden. Noch immer haben wir zwei brutale Morde aufzuklären und kein Motiv. Ich erzähle Ihnen jetzt einmal eine Geschichte, und Sie sagen mir dann, welchen Teil der Geschichte Sie schon kannten.«

Frau Vogel strich sich über ihre feine, hellblaue Stoffhose und überlegte, wobei ihre Stirnfalte sich zusammenzog. Beinahe vorwurfsvoll fragte sie dann: »Kann ich hier irgendwo einen Kaffee bekommen, wenn ich mir schon Ihre Reime anhören muss?«

»Dirk, sei doch so nett und bring unserem Gast einen Kaffee und einen Keks.« Die Stimme seines Chefs klang süffisant. Und während Schmitt dann aber sehr sachlich begann, ihre neuesten Ermittlungsergebnisse Exfrau Nummer drei mitzuteilen, eilte Dirk schnell zur Kaffeemaschine, damit er die Aussage von Frau Vogel nicht verpasste. Er bekam gerade noch den letzten Satz des Kommissars mit. »So, Frau Vogel, und jetzt möchte ich von Ihnen wissen, seit wann Sie wussten, dass Judith Thomas, die Mutter von Jan, ermordet worden war.«

Dirk stellte ihr eine Tasse Kaffee und einen eingepackten Butterkringel auf den Tisch, an dem sie nun saß. Claudia Vogel nahm den Löffel und rührte in ihrer Kaffeetasse, ohne dass sie Milch oder Zucker hineintat. Das machte sie so lange, dass Dirk beinahe aufgesprungen wäre, um ihr den Löffel aus der Hand zu nehmen.

Schließlich redete sie doch noch: »Sie haben wahrscheinlich keine Ahnung, wie und wo ich Henry kennengelernt habe. Tatsächlich kannte ich ihn über Judith. Sie war eine alte Freundin von mir. Als sie starb, habe ich das nur über mehrere Ecken gehört. Zu der Zeit lebte ich für ein paar Jahre in Hamburg. Als ich nach Warendorf zurückkehrte, habe ich mich mal bei Henry gemeldet, um mehr über Judiths Tod zu erfahren. Er erzählte etwas von einem tragischen Haushaltsunfall.« Sie trank einen Schluck aus ihrer Tasse und seufzte. »Er hat nur vage von einem unglücklichen Sturz erzählt, ich merkte, dass es ihm zu nahe ging, und habe nicht weiter gefragt. Außerdem befand er sich gerade in einer Trennungsphase mit seiner zweiten Frau. Wir gingen mal zusammen aus. Zuerst verband uns die Erinnerung an Judith, dann merkten wir beide, wie einsam wir waren, und den Rest kennen Sie. Aber dann, vor drei Jahren etwa, traf ich eine damalige Nachbarin von Henry und Judith, die mir die Geschichte mit der Leiter erzählte. Und da wusste ich, dass Judith ermordet worden war.« Claudia Vogel blickte den Kommissar an. »Die Judith, die ich kannte, wäre nie und nimmer auf eine Leiter gestiegen. Sie hatte extreme Höhenangst, ihr wurde sofort schwindelig. Aber ich durfte das schon damals niemandem erzählen, diese Schwäche war ihr peinlich. Doch ihr Ehemann hat es mit Sicherheit gewusst. Ich begann also nachzuforschen. Vielleicht hatte sie ja eine Therapie gemacht und ihre Höhenangst verloren. Ich habe ein paar ganz alte Bekannte ausfindig gemacht, ohne Ergebnis, bis eine Tante von Judith mir schließlich erzählt hat, dass sie damals bei der Polizei gewesen war und denen sogar von Judiths Höhenangst berichtet hatte. Aber die hätten ihr gar nicht zugehört und meinten, der Unfallort sei akribisch untersucht worden, und der Ehemann habe erklärt, dass sie sehr wohl auch mal auf eine kleinere Leiter gestiegen sei. Und da wusste ich es.«

»Was genau wussten sie?«, fragte Schmitt und lächelte leise und ein klein bisschen überheblich, fand Dirk.

»Was glauben Sie wohl? Dass Henry seine Ehefrau hat umbringen lassen. Ich konnte es nur nicht beweisen.«

Dirk warf eine Frage ein: »Aber Sie haben jemandem von Ihrem Verdacht erzählt?«

Claudia Vogel schnaubte, als fühlte sie sich durch Dirks Einmischung gestört, aber sie antwortete: »Ich habe es Henry auf den Kopf zugesagt und dann die Scheidung eingereicht. Ich wollte nicht die nächste tote Ehefrau werden.«

Dirk ahnte plötzlich, warum Claudia bei ihrer Scheidung so gut weggekommen war. Sie hatte Henry erpresst. Sie hatte zwar keine Beweise, aber sie hätte mit der Tante zusammen eventuell doch genügend Druck bei der Staatsanwaltschaft aufbauen können, damit der Fall neu untersucht worden wäre. Zwei tote Ehefrauen hätten Henry in jedem Fall geschadet, also hatte er gezahlt und war Claudia los. Vielleicht war er dann auf die Idee gekommen, mit seiner zweiten Exfrau ins Raubvogelgeschäft einzusteigen. Er brauchte sicher Geld nach der Scheidung.

Schmitt unterbrach seine Gedanken. »Frau Vogel, haben Sie denn auch gewusst, warum Henry seine Ehefrau hatte loswerden wollen?«

»Nein, das ist mir erst klar geworden, als ich erfuhr, dass Henry nicht Jans Vater sein konnte. Judith hatte ihm ein Kuckucksei untergeschoben. Als Henry ermordet wurde, habe ich sofort an Rache für den Mord an Judith gedacht. Stellen Sie sich vor, der Mörder findet heraus, dass ich schon sehr lange davon gewusst und es verschwiegen habe. Damit trage ich in seinen Augen vielleicht auch eine Schuld.«

Damit war klar, warum sie ihr Wissen bislang vor ihnen verborgen hatte. Judith Thomas lebte in großer Angst, seit ihr Exmann ermordet wurde. Sie hatte eine nachvollziehbare Angst um ihr Leben. Und diese Angst hatte sie sogar davon abgehalten, sich der Polizei anzuvertrauen.

Schmitt stand auf. »Wir werden alles noch mal genau prüfen und …«

Das Telefon auf Schmitts Schreibtisch klingelte schrill, und Claudia Vogel zuckte zusammen. Schmitt entschuldigte sich und nahm ab. Dirk hörte eine aufgeregte Männerstimme, verstand aber nichts von dem Inhalt des Telefonats.

Frau Vogel murmelte. »Das ist Jan.«

Dirk beobachtete, wie das Gesicht seines Chefs sehr ernst wurde, er nickte und sagt dann: »Sie kommen bitte sofort zu uns.«

»Was ist mit ihm?«, fragte Claudia schrill.

Schmitt kam hinter seinem Schreibtisch hervor, und man sah sofort, dass er eine Last auf den Schultern trug. »Das war Jan Thomas. Er versucht vergeblich, Steffi zu erreichen. Sie waren zum Frühstück verabredet. Steffi wollte heute Morgen nur kurz das Auto von Henry abholen, das noch immer bei den Vögeln steht. Georg wollte wohl Fotos von den Greifvögeln für den Verkauf machen und hat ihr angeboten, sie dorthin zu fahren. Das war vor über zwei Stunden.«

* * *

Steffi starrte Georg an, der sie am Arm festhielt. Er sieht es, dachte sie. Er sieht deine Angst, dein schlechtes Gewissen und ahnt, dass du ihn für den Mörder hältst. »Kannst du mir die Autoschlüssel geben, Georg? Mir ist kalt, und ich möchte nach Hause«, bat sie dennoch tapfer.

Er lachte. »Ach Steffi. Ich darf doch du sagen, oder? Ausgerechnet wir beide landen nun da, wo der schreckliche Fall begann.« Er hielt inne und starrte in die Ferne. »Eigentlich begann der Fall aber schon sehr viel früher. Vor über zehn Jahren. Ich habe einfach kein Glück, Steffi. Nicht mit meiner großen Liebe und nicht mit Henrys großer Liebe. Denn das warst du, Steffi, nicht wahr? Seine große Hoffnung auf einen zweiten Frühling. Auf eine neue Chance. Und nun stehen wir hier, und ich kann dich nicht gehen lassen. Verdammt. Verdammt!«

Steffi zuckte zusammen, das letzte Wort klang wie ein Schuss aus seinem Mund. Glücklich sah er dabei nicht aus. Ein letztes Aufbäumen versuchte sie dennoch. Betont harmlos, aber so verkrampft wie ein Schüler beim Direktor fragte sie: »Was ist los, Georg? Du wirkst so melancholisch? Mir fehlt dein Bruder auch, aber die große Liebe war er für mich nicht. Es tut mir leid.«

Und dann hätte sie beinahe vor Erleichterung gejubelt. Er gab ihr die Schlüssel für den Audi. Einfach so. Sie griff danach und setzte sich in Bewegung. Seine Hand an ihrem Arm glitt ab, er machte sich erst an seinem

Handschuhfach zu schaffen, holte dann einen Rucksack aus dem Kofferraum. Steffi beeilte sich. Sie musste es doch nur bis zu Henrys Auto schaffen, reinspringen und die Zentralverriegelung betätigen. Dann war sie sicher. Steffi rannte beinahe zum Auto, verlor dabei aber den Schlüssel. Hektisch bückte sie sich danach, rannte weiter und riss die Autotür auf. Sie setzte sich hin, wollte die Tür schließen, doch ihr Mantel guckte noch heraus, die Tür schloss nicht ganz. Georg war zu schnell. Er öffnete die Beifahrertür, als sie ihre schloss.

Georg setzte sich und packte seinen Rucksack umständlich nach hinten. »Fahr los, Steffi.«

»Ich bin schwanger, Georg. Ich erwarte ein Kind von deinem Bruder. Mein Baby ist mit dir verwandt. Das kannst du nicht wollen.«

»Steffi, ich kann dich nicht gehen lassen. Noch weiß keiner etwas. Ich muss nachdenken. Fahr einfach los. Aber vorsichtig, damit dem Baby nichts geschieht.« Er lachte bitter. Und traurig.

* * *

Schmitt hatte einen Wagen zu Jan geschickt. Wie sollte der Arme denn mit seinem Klumpfuß Auto fahren? Schmitt war in höchster Alarmbereitschaft. Dirk hatte er mit einem Kollegen zusammen sofort zum Schuppen und zu den Greifvögeln geschickt. Wenn sie Glück hatten, trafen sie Steffi und Georg dort an. Steffi hatte ja gar nicht das Wissen, um Georg gefährlich werden zu können, also konnte die Sache noch harmlos ausgehen. Hoffte Schmitt. Und sie hatten auch noch keine realen

Beweise, dass Georg wirklich der Mörder war. Wäre da nicht diese kleine böse Ahnung in seinem Hinterkopf, die andeutete, dass da gerade etwas aus dem Ruder lief.

Das Klingeln seines Handys zeigte den Anruf von Dirk Kemper an. Lass ihn Steffi gefunden haben, schickte Schmitt ein Stoßgebet ans Universum.

»Hi, Chef. Leider habe ich keine guten Nachrichten. Georg Thomas und Steffi Sandmann sind nicht hier, nicht mehr. Das Auto von Georg steht vor dem Schuppen, aber der Audi von Henry ist nicht zu sehen. Ich glaube, sie sind zusammen weg.«

Schmitt fluchte leise und klammerte sich an einen Strohhalm, als er sagte: »Noch kann Steffi nicht wissen, dass Georg als Mörder infrage kommt. Vielleicht wollten sie gemeinsam eine Besorgung machen oder ...« Er wurde unterbrochen. »Chef, dann hätte Steffi ihrem Freund Jan sicher Bescheid gegeben. Wir sollten das ernst nehmen.«

Die nächsten Minuten war Schmitt damit beschäftigt, eine Fahndung nach Henrys Audi rauszugeben sowie die Ortung der Handys von Steffi und Georg. Leider stürzte in dem Moment, als er die Handynummer von Steffi diktierte, Jan Thomas unbeholfen in sein Büro. Anscheinend war seine Sekretärin Frau Krone gerade nicht am Platz, sonst hätte er das nicht geschafft. Unbeholfen marschierte Jan durch die Tür. Er setzte sich mit auffallend blassem Gesicht auf einen Stuhl.

»Was ist hier los?«, fragte er, kaum dass Schmitt aufgelegt hatte. »Herr Kommissar, ich bin nicht blöd. Wenn eine erwachsene Person zwei Stunden nicht erreichbar ist, dann macht kein Polizist der Welt darum eine Welle.

Sie aber lassen mich sofort herbringen und geben eine Handyortung in Auftrag.«

Schmitt blieb ruhig und erklärte ihm, dass Georg Thomas immerhin zu den Verdächtigen gehörte und man in einem Mordfall so ein Verschwinden durchaus ernster nahm als üblich. Dann setzte er sich zu dem jungen Mann, um ihm mitzuteilen, dass nach den neuesten Erkenntnissen seine Mutter damals ermordet worden war und dass Henry in den Verdacht geraten war, diesen Mord in Auftrag gegeben zu haben. Er beschrieb auch kurz ihren Verdacht, was die Rolle von Hans Berthold in diesem Fall anging. Das seien noch recht dünne Annahmen, aber sie hätten die Aussage eines Knastkollegen von Hans Berthold, der diese Informationen preisgegeben hatte. Angeblich habe Hans Berthold vor Jahren eine Frau im Auftrag des Ehemannes ermordet, weil sie mit dem Bruder fremdgegangen war. Schmitt räusperte sich. »Das alles passt zu gut zu unseren Mordfällen, als dass wir das ignorieren können, Herr Thomas.«

»Hören Sie auf, mich so zu nennen, ich werde den Namen ablegen, das schwöre ich. Sie wollen mir also mit Ihren ganzen Konjunktivsätzen sagen, dass mein Ziehvater meine Mutter umbringen ließ, weil er hinter ihr Verhältnis mit meinem Onkel gekommen ist. Hans Berthold hat den Mord ausgeführt, und beide sind nun gestorben, weil das plötzlich jemand herausgefunden hat, der meine Ma nun gerächt hat. Damit habe ich als einziger Sohn ein prächtiges Motiv. Bin ich bereits verhaftet? Sitze ich deshalb hier? Steht schon eine Wache vor der Tür? Keine Sorge, ich laufe Ihnen nicht so schnell weg.«

Und er hob mit einer Grimasse den Fuß mit dem orthopädischen Schuh in die Höhe.

Schmitt hob beruhigend beide Hände hoch. »Nein, ich halte Sie keineswegs für den Mörder, sondern ich dachte, es wäre gut, wenn Sie uns bei der Suche nach Ihrer Freundin helfen können.«

Schmitt sah, dass Jans Gesichtsausdruck sich veränderte. Er zog die Stirn zusammen und kaute an einem Daumennagel. Dann sackte er in sich zusammen. »Herr Kommissar, haben Sie nicht gestern noch gesagt, Georg hätte meine Mutter ehrlich geliebt? Sie haben meinen Onkel in Verdacht, habe ich recht? Glauben Sie wirklich, der hat seinen eigenen Bruder umgebracht?«

Schmitt sagte nichts, sondern hob nur kurz die Augenbrauen in die Höhe.

»Scheiße, verdammt. Jetzt soll ich also doch wieder einen Mörder zum Vater haben! Gönnen Sie mir denn gar nichts Gutes?« Der spöttische Ton wurde ganz abrupt abgelöst durch einen unterdrückten Schrei. Jans Augen wurden panisch. »Er hat Steffi in seinem Auto. Und das Baby. Verdammt, warum sitzen wir denn hier herum? Wir müssen sie retten!« Jan griff nach Schmitts Arm.

Der Kommissar hoffte, dass Jan als Georgs Sohn den Mann beeinflussen könnte. Sanft bat er ihn: »Herr Thomas, Jan, können Sie Ihren Onkel beziehungsweise Ihren Vater anrufen und mit ihm reden? Also, falls er drangeht.«

Wie befürchtet ergab die Ortung der Handys, dass beide Mobilteile ausgestellt waren. Das wusste mittlerweile jeder, dass man auf der Flucht nicht online gehen durfte. Leider war das ein weiterer Hinweis, dass Steffi sich in der Gewalt von Georg befand.

* * *

Tatsächlich gewöhnte man sich selbst an so eine Situation, stellte Steffi fest, der Körper konnte unmöglich dauerhaft Adrenalin produzieren. Sie fuhren seit einer Stunde in Richtung Holland. Und Georg erzählte ihr die ganze Geschichte.

Bei Judiths Tod vor zehn Jahren hatte er auch an einen tragischen Haushaltsunfall geglaubt. Denn Henry hatte sich erst ein halbes Jahr nach Judiths Tod bei ihm gemeldet und einen riesigen Streit mit dem Bruder angefangen. Da hatte Henry angeblich gerade herausgefunden, dass Jan nicht sein Sohn sein konnte. Er hatte sich den Mutterpass angeschaut, und die Blutgruppen passten nicht zusammen. Die Brüder hatten sich darauf verständigt, dass Jan nichts erfahren, und Georg monatlich für den Seitensprung bezahlen sollte. Alimente, Schmerzensgeld, Strafschulden, es hatte mehrere Bezeichnungen dafür gegeben, aber offiziell bekam Henry das Geld für Softwareleistungen. Und dann hatte Georg Steffi erzählt, wie er im Hotel Johann gewesen war, um einen bestellten, präparierten Bussard dort abzugeben. Dabei habe er diesen Typen mit dem auffälligen Schnauzbart an der Rezeption gesehen, der nach seinem Bruder fragte, weil er ihn an seinem alten Haus nicht mehr angetroffen hätte. Steffi hatte überhaupt keine Ahnung, was Georg ihr da erzählte.

»Dass das ein Verbrecher war, sah man auf drei Meilen«, meinte Georg, während sie sich auf Schleichwegen westwärts bewegten. Er redete und redete.

»Das Schicksal meinte es gut mit mir. Der Mann wollte etwas aus seinem Zimmer holen und hat dabei sein Handy auf der Theke liegen gelassen. Die Sperre war noch nicht aktiviert, und ich habe einen Chatverlauf mit Henry entdeckt. Darin teilte mein werter Bruder dem Mann mit, dass er keinen Kontakt mehr wünsche und ihm nicht helfen könne. Er habe ihn damals gut entlohnt und solle ihn in Ruhe lassen.« An der Stelle machte Georg eine lange Pause und atmete dann tief ein. Was er dann gelesen hatte, war anscheinend extrem wichtig. »Und dann stand es da, Steffi. So lapidar, als gebe es keine Schuld.«

»Was stand da?«, wagte nun auch Steffi eine Frage.

»Das kann ich dir genau zitieren«, sagte Georg. »›Die Hilfe bei deiner Frau sollte schon etwas mehr wert sein als das bisschen Geld, das du mir bezahlt hast.‹ Und da wusste ich es, dieser Mann hatte Judith im Auftrag von Henry umgebracht. Eiskalt. Weil Henry herausgefunden hatte, dass Jan nicht sein Sohn sein konnte.« Der Wagen geriet ins Schliddern. Steffi hatte nicht aufgepasst und musste schnell gegenlenken, als sie den Bäumen am Straßenrand zu nahe kam. Nicht Georgs Verdacht erschreckte sie so, sondern die Erkenntnis, dass er wahrscheinlich recht hatte. Sie hatte sich auch getrennt, weil es etwas in Henrys Persönlichkeit gegeben hatte, das ihr Angst machte. Eine merkwürdige Unbarmherzigkeit. Sie fand keinen besseren Ausdruck dafür.

»Du hättest zur Polizei gehen können.« Steffi blickte auf die Tankanzeige, die sich der Reservemarkierung näherte.

»Sinnlos. Nach zehn Jahren? Was sollen die noch an Beweisen finden? Selbst wenn sie mir geglaubt hätten, hätte es nie genügend Beweise für eine Verurteilung gegeben. Sie haben beide den Tod verdient. Das musst du doch einsehen. Hans Berthold sogar noch mehr als mein Bruder, denn er hat nur für Geld getötet.«

Steffi wollte jetzt nicht darüber nachdenken, wer den Tod verdient hatte und wer nicht. Selbstjustiz war nicht ihr Thema, damit wurde die Welt eher schlimmer als besser. Aber sie hörte sich hier gerade Georgs Lebensbeichte an, und das machte ihr Sorgen. Wenn er sie auch umbringen wollte, wäre er keinen Deut besser als Hans Berthold. Doch es schadete nicht, die ganze Geschichte zu hören. Wenn Georg abgelenkt war, vergaß er eventuell, auf die Tanknadel zu schauen.

»Warum hast du sie mit dieser merkwürdigen Kralle getötet? Das war doch ein ganz schönes Risiko?« Sie erschrak, als ihr Beifahrer laut loslachte.

»Das war wirklich ein spontaner Einfall, der vor allem für Verwirrung sorgen sollte. Zufällig habe ich in meiner Tiefkühltruhe vor Monaten schon einen toten Gerfalken aufbewahrt, den ich präparieren lassen wollte, als Deko für meinen Laden. Der Gerfalke kommt in unserer Region ja gar nicht vor, sondern liebt die richtig kalten Regionen. Aber ich kenne einen dänischen Falkner, der ein Paar besaß. Sein Weibchen ist im Herbst an Altersschwäche gestorben, und er wusste, dass ich nach einem solchen Falken schon lange suchte. Und der beste Aufenthaltsort für ein Tier, das man nicht sofort ausstopfen kann, ist nun mal wie für den Sonntagsbraten auch die Kühltruhe. Ich habe es dann immer wieder vergessen, und dann fiel er mir vor Kurzem beim Aufräumen vor die Füße. Meine Frau benutzt diese Truhe im Keller so gut wie nie und wusste nichts von dem Gerfalken. Ich wollte sie damit überraschen und habe es dann glatt vergessen. Der Rest war einfach. Und da ich das aufgetaute Tier dann bei meinem Bruder schön in der Wohnung drapiert habe, hat dies bestimmt für falsche Schlüsse gesorgt.«

Steffi verzog angeekelt das Gesicht. Das war doch krank. Da hatte sie doch wieder den Beweis. Diese ganze Jäger- und Falknerschaft tickte doch nicht richtig.

»Jan hat mir erzählt, dass drei Krallen bei dem Tier fehlten und die Polizei von drei Waffen ausging. Wen wolltest du denn mit der dritten Waffe töten?« Ein Seitenblick, und sie sah, dass Georg traurig das Gesicht verzog.

»Ich wollte damit niemanden mehr töten, sondern sie auf Judiths Grab legen. Als Symbol, dass sie gerächt worden ist.« Er starrte vor sich hin und drehte den Kopf dann zu ihr um. »Kannst du das für mich erledigen?«

Machte der Witze? Wollte Georg sie verhöhnen oder quälen? Sie fuhren gerade durch ein sehr einsames Waldstück, und Steffi wusste gar nicht, ob sie vielleicht schon in den Niederlanden waren. Hier kam so schnell keiner vorbei. Wollte er sie hier verscharren? Leise sagte sie: »Dann musst du mich aber gehen lassen. Tot nütze ich dir nichts.«

Betroffen blickte Georg sie noch mal an. »Aber Steffi, ich bringe doch niemand Unschuldigen um. Und dann auch noch eine schwangere Frau? Was denkst du denn von mir? Ich bin doch kein Monster. Halt hier an, wir haben gleich eh keinen Sprit mehr. Von hier komme ich zu Fuß weiter. Dir mache ich es im Auto bequem.«

Steffi hielt an und blickte um sich. Viel weiter hätten sie gar nicht fahren können, denn der Weg wurde höchstens noch zum Fußpfad. »Aber hier findet mich doch niemand. Oder bekomme ich mein Handy?«

Georg schnallte sich ab und stieg aus. Aus dem Kofferraum holte er eine Wolldecke, die auch schon bessere Tage gesehen hatte. Sie kannte das alte Teil, das Henry immer im Auto hatte und das roch, als hätte er damit schon mal ein totes Reh transportiert.

»Du musst dich bitte nach hinten setzen, Steffi. Mach es dir bequem. Füße hoch.«

Sie sah die Kabelbinder in seiner Hand und ahnte, was er vorhatte. »Georg, bitte, das kannst du nicht machen.«

Er tat es trotzdem. Er fesselte ihre Hände mit dem Kabelbinder an den Handgriff der hinteren Tür und sagte: »Sobald ich einigermaßen sicher bin, gebe ich deine Koordinaten weiter, und jemand holt dich. Ich habe damit gerechnet, dass der Tag kommen würde, und vorgesorgt. Dein Handy lege ich ins Handschuhfach, ausgeschaltet versteht sich. Ich bin kein Dieb, du bekommst es natürlich zurück.«

»Und wenn du verunglückst oder auf der Flucht erschossen wirst? Was dann?«

»Das wird nicht passieren, Steffi. Und so einsam ist es hier auch nicht. Du musst nur ein wenig Geduld haben. Heute Abend, spätestens morgen wissen die, wo du bist.«

Entsetzt sah sie, wie Georg seine Jacke schloss und den Kragen hochstellte. Dann machte er ihre Arme an dem Handgriff hinten fest und legte eine Decke über sie. Als er dann auch noch den Wagen abschloss und jedes Fenster überprüfte, ahnte sie, dass auch ihre Schreie nicht weit reichen würden. Das Letzte, was sie von ihm sah, war der wippende Rucksack auf seinem Rücken.

* * *

»Wir müssen sofort die Konten einfrieren, damit Georg Thomas sich kein Bargeld besorgen kann. Er wird ahnen, dass er bald seine Karten nicht mehr benutzen kann.«

Dirk nickte seinem Chef zu. Mittlerweile hatten sie alle möglichen Leute eingeschaltet, Georgs Frau, seinen Sohn. Sie sollten Georg zur Umkehr bewegen durch Anrufe und Nachrichten. Ab und zu würde der Mann vielleicht auf sein Handy schauen. Auch einige Straßensperrungen waren organisiert, aber vermutlich zu spät. Georg hatte einen geschätzten Vorsprung von drei Stunden. Der Kommissar hatte sich eine Zeit lang mit der Bank gestritten, bis sie endlich auf die neuesten Kontobewegungen geschaut hatten und mitteilten, dass Georg zweitausendfünfhundert Euro abgehoben hatte. Das war das Tageslimit. Er würde eine Weile untertauchen können.

Doch was hatte er mit Steffi vor? Georgs Ehefrau konnte oder wollte plötzlich keine Hinweise liefern, aber eine Angestellte erzählte von einem Kunden in den Niederlanden, der nicht nur ein Geschäftskontakt, sondern außerdem ein sehr guter Freund von Georg sein sollte. Überall schauten Kollegen also auf den Straßen in den Niederlanden nach Verkehrskameras, die den Audi von Henry zeigten, und in einem kleinen Nest mit Namen Epe hatte eine Kamera das Auto tatsächlich an einer Ampel erfasst. Man konnte gut sehen, dass zwei Personen in dem Wagen saßen.

Jan war wie elektrisiert, als er das mitbekam. »Sie lebt! Oh mein Gott, sie ist am Leben.«

Das waren auf jeden Fall gute Nachrichten. Jetzt hatten sie eine klare Richtung und konnten weitere gezielte Straßensperren vornehmen. Schmitt informierte die Kollegen aus den Niederlanden und forderte zwei Hubschrauber an, die das Grenzgebiet überfliegen sollten.

Dirk wäre am liebsten dorthin gefahren, um bei der Suche zu helfen. Wenn sie nur ein paar Stunden früher die richtigen Schlüsse gezogen hätten, wäre Steffi nicht alleine mit einem Mörder unterwegs. »Was hat er bloß mit ihr vor?«, fragte er laut in die kleine Runde im Büro.

Schmitt ließ seinen häufig gespielten Trommelwirbel mit den Fingern der rechten Hand ertönen. »Ja, was hat er mit ihr vor? Was würde ich tun, wenn ich schnell fliehen muss und damit rechne, dass Handyortung und Kennzeichenfahndung des Wagens bereits laufen? Georg Thomas scheint bislang ganz geschickt die Nebenstraßen und nicht die Autobahn zu benutzen. Er muss aber einkalkulieren, dass auch die Nachbarländer informiert werden. Also muss er den Wagen irgendwo loswerden. Noch kann er damit rechnen, dass wir im Dunkeln tappen. Irgendwo an der Grenze wird er versuchen, den Wagen loszuwerden.« Eine neue Energie glitt über sein glatt rasiertes Gesicht. »Los, Dirk, schau mal bei Google Maps nach, ob es ein geeignetes entlegenes Waldgebiet an der Grenze zu den Niederlanden gibt. Irgendetwas, wo er das Auto verstecken kann. Denn zu Fuß wird ihn kein Holländer erkennen. Georg hat ein Allerweltsgesicht. Nur zusammen mit einer rothaarigen, kräftigen Frau würde er ein markanteres Bild abgeben. Das heißt, sobald er zu Fuß unterwegs ist, wird er Steffi zurücklassen.«

Dirk tippte sofort los, während Jan sich leise meldete. »Tot oder lebendig?« Er blickte traurig von einem zum anderen.

Dirk schaute schnell wieder auf den Bildschirm. Er wusste es einfach nicht.

Doch Schmitt beruhigte ihn. »Ich denke, es macht für ihn keinen Sinn, Steffi zu töten. Spätestens mit ihrem Verschwinden wird er ahnen, dass er der Hauptverdächtige geworden ist. Es war ja kein Geheimnis, dass er heute Morgen mit Steffi verabredet war. Wir werden sie finden, Jan.«

»Amtsvenn!« Dirk rief nur das eine Wort aus.

»Was soll das sein?«, fragte Schmitt und kam näher.

»Das ist ein Landschaftsschutzgebiet, und es grenzt direkt an die niederländische Grenze. Da müssen wir hin. Soll ich eine Hundestaffel organisieren?«

»Nur, wenn Sie ohne mich fahren wollen. Ein Auto können Hunde eh nicht erschnüffeln. Jan, kommen Sie, wir drei suchen Steffi.« Der junge Mann sprang so schnell auf, dass er schmerzverzerrt wieder zurück auf den Stuhl sank. Aber Dirk sah ihm an, dass diese Fahrt nun genau das Richtige war, um Jan wieder etwas Hoffnung und Energie zu geben. Etwas vorsichtiger folgte der junge Mann den beiden Beamten.

* * *

Steffi hatte kein Gespür, wie lange sie bereits gefesselt auf der Rückbank des Wagens lag. Sie rief immer mal wieder oder klopfte mit den Füßen gegen die Scheibe, in der Hoffnung, dass ein Hundespaziergänger sie fand. Die Scheibe konnte sie mit ihren Füßen nicht eintreten. Die Warnblinkanlage hatte sie bereits mit den Füßen eingeschaltet, aber viel nützte das nicht. Sie würde nur besser gesehen, wenn es dunkler wurde und tatsächlich jemand in die Nähe kam. Mist aber auch, dass eine Hupe bei ausgeschaltetem Motor nicht funktionierte. Die Tür bekam sie auch nicht auf, die Kindersicherung musste aktiviert sein. Sie war nahe einer Panikattacke, was bedeutete, dass sie kaum Luft bekam.

Sie zählte laut bis zwanzig, um sich zu beruhigen, und versuchte dann, sich hängen zu lassen und durch ihr Gewicht diesen blöden Handgriff aus der Halterung zu bekommen. Für irgendetwas mussten ihre Kilos doch gut sein, aber auch das führte zu keinem Erfolg. Ihre Handgelenke schmerzten unangenehm durch den Druck der Kabelbinder. Ihr fiel ein, dass sie dieses Auto von Henry geerbt hatte. Es gehörte nun ihr und würde tatsächlich zu ihrem Sarg werden, wenn sie nicht rechtzeitig gefunden wurde. Sie hatte nicht einmal etwas zu trinken bei sich und konzentrierte sich zunehmend auf ihren Durst. Draußen prasselte plötzlich Regen auf das Blech des Autos. Bei dem Wetter würde es auch keine Spaziergänger geben.

Ein Reh traute sich immerhin aus dem Dickicht und blickte irritiert auf das fremde Objekt im Wald. Dann spitzte es die Ohren und rannte mit hektischen Sprüngen davon. Das Reh musste ein Geräusch gehört haben. Steffi begann wieder zu schreien und mit den Füßen gegen die Scheiben zu schlagen. Sie fand im Fußraum eine Taschenlampe und versuchte, sie mit den Füßen zu greifen, klemmte sie zwischen die Schuhe. Mehrmals entglitt ihr das Teil, dann endlich konnte sie mit dem Hartplastik gegen die Scheibe pochen. Immer und immer wieder, bis die Oberschenkelmuskulatur brannte. Es wurde dunkel, nur noch schemenhaft konnte sie einzelne Bäume voneinander unterscheiden.

Plötzlich tauchte eine Gestalt aus dem Regen auf, düster, die Kapuze tief in die Stirn gezogen, durch das Laub stolpernd. Sie starrte das Auto an, suchte offenbar nach Lebenszeichen. Mein Gott, dachte Steffi, so sah in ihren Augen ein Triebtäter aus. Lief allein bei Regen im Dickicht umher, die Hände tief in die Taschen vergraben, starrer Blick nach unten, Kopf gesenkt. Sie duckte sich, doch wenn er näher kam, würde er sie ohnehin sehen. Das Auto war verriegelt, aber mit einem spitzen Stein würde es von außen sicher gelingen, eine Scheibe einzuhauen. Die ganze Zeit hatte sie gebetet und gefleht, dass jemand sie fand. Nun kam endlich jemand vorbei, aber es fühlte sich gar nicht gut an. Die Gestalt kam näher, suchte die Taschen des Anoraks ab. Plötzlich gab es das typische Klicken, wenn eine Zentralverriegelung geöffnet wurde. Georg war also zurückgekommen. Georg hatte erkannt, dass er sie doch töten musste, um zu entkommen. Sie wusste zu viel.

Steffi wurde es eng in der Brust. Doch zunächst setzte Georg sich auf den Fahrersitz und schloss die Tür. Feuchtigkeit geriet ins Auto, die Scheiben beschlugen.

»Bitte«, sagte sie leise. »Bitte, lass mich gehen.« Statt einer Antwort fasste er ins Handschuhfach und holte ein Taschenmesser hervor. Entsetzt beobachtete sie, wie er die Kapuze absetzte und sich nach hinten zu ihr umdrehte.

»Es ist vorbei, Steffi. Bleib ruhig.«

Sie strampelte mit den Beinen und verpasste ihm mit dem Knie einen Stoß gegen die Nase.

»Oh verdammt.« Georg hielt inne und fasste nach seiner Nase. Sie blutete. »Autsch, den Tritt habe ich sicher verdient. Halt jetzt aber bitte still, sonst kann ich den Kabelbinder nicht durchtrennen. Wir fahren nach Hause.«

Einfach so? Konnte sie ihm trauen? Eine andere Wahl hatte sie nicht. Er schnitt ihr die Fesseln durch und befreite sie aus der misslichen Lage. Steffi entschied, hinten sitzen zu bleiben. »Was hast du vor?«, fragte sie.

Georg startete den Motor. »Tanken. Wir müssen als Erstes zu einer Tankstelle. Und dann stelle ich mich der Polizei. Weißt du, Steffi«, er fuhr rückwärts und wendete an einer freien Fläche. »Ich kann das Jan nicht antun. Henry hat seine Mutter umbringen lassen, und ich bin keinen Deut besser, wenn ich ihm seinen letzten Angehörigen, seinen leiblichen Vater, auch noch wegnehme. Und das tue ich, wenn ich mich ins Ausland absetze und dann ständig auf der Flucht bin.«

Steffi fragte sich, wie schön Jan das wohl fand, wenn er sein kleines Familienglück immer im Knast aufsuchen musste, aber sie hütete sich davor, etwas zu sagen.

Georg griff ins Handschuhfach. »Hier, ruf den Kommissar an, ich meine es wirklich ernst.« Er reichte Steffi ihr Handy und bog vom Spazierpfad auf eine kleine, befestige Straße ein.

Der Audi ruckelte und holperte, sodass ihr das Handy aus der Hand fiel. Und plötzlich bremste Georg abrupt, denn sie befanden sich plötzlich nur noch dreißig Zentimeter von der Motorhaube eines Polizeiwagens entfernt. Steffi erkannte auf der Fahrerseite das Gesicht von Dirk Kemper, und ein tiefer Seufzer der Erleichterung entfuhr ihr. Der sportliche Polizist sprang sofort aus dem Wagen und zog dabei seine Dienstwaffe. Ehe Georg sich versah, hatte der Polizist die Fahrertür geöffnet und zielte auf die Brust von Georg. »Steig langsam aus, Steffi, dir passiert nichts.«

»Natürlich passiert mir nichts. Georg wollte mich gerade zu euch bringen.«

»Steffi!« Sie sah, dass auch Jan hinten im Auto saß und die Tür aufgestoßen hatte. Aber natürlich kam er keineswegs so rasch aus dem Auto heraus. Sie hörte, wie der Kommissar ihn bat, im Auto sitzen zu bleiben, während er selbst nun ausstieg.

Als Georg die Stimme von Jan hörte und ihn dann auch sah, wurde er leichenblass. »So habe ich mir das nicht vorgestellt. Jan sollte nicht dabei sein«, murmelte er und ließ sich widerstandslos verhaften.

Jan hielt sich nicht an die Anweisung des Kommissars. Natürlich tat er das nicht, dachte Steffi. Er stieg aus und nahm sie fest in die Arme, drückte kurz zu. Dann ließ er sie los und stand mit hängenden Armen und einem orthopädischen Schuh in einer Pfütze. Er starrte Georg vorwurfsvoll an. »Du hättest es mir sagen müssen. Alles!«

Georg nickte. »Die Morde tat ich für mich und für Judith, das hier«, er hob kurz die Hände, die in Handschellen steckten, »das hier tue ich für dich, mein Sohn. Ich kann es einfach nicht besser.«

* * *

Die Füße auf dem Schreibtisch, die Hände hinter dem Nacken, so saß Dirk am nächsten Tag an seinem Schreibtisch und wartete auf Kommissar Schmitt und John. Die beiden wollten einen Spaziergang zum Bäcker machen. Als er das Tapsen der kleinen Pfoten hörte, schmiss er seine langen Beine schnell zu Boden und setzte sich ordentlich hin. Er hörte Gelächter, und dann kam Schmitt zusammen mit Ella ins Büro.

»Hey, Schatz, du hast mir gar nicht gesagt, dass du uns besuchen willst.« Dirk strahlte seine Freundin an.

Die hob den Zeigefinger. »Du hast dich heute Morgen aus dem Haus gestohlen, und ich klage lediglich meinen Gutenmorgenkuss ein. Alles andere ist dienstlich. Gibt es Kaffee bei euch?«

Frau Krone kam wenig später mit einem Tablett herein, Schmitt hatte Buttercroissants mitgebracht, und zusammen krümelten sie den dunklen Teppich im Büro zu. John bemühte sich, den Schaden klein zu halten.

Ella erzählte, dass es den Jungfalken gut gehe. »Wir sind uns sicher, dass Birte Schmorr illegal Greifvögel aus der Natur entnimmt, und früher oder später werden wir sie kriegen.«

Schmitt nickte. »Sie hat mir übrigens tatsächlich eine Rechnung aus Katar präsentiert, auf der vermerkt ist, dass Henry einen Wanderfalken mit Papieren dorthin verkauft hat. Der Vogel stammte angeblich aus der Zucht eines Kollegen und wurde von Henry ausgebildet und verkauft. Das Geld aus der Butterdose müssen wir ihr überlassen.« Er zuckte mit den Achseln und biss in sein Croissant. »Eine gute Nachricht habe ich noch, vor allem für Jenny. Denn in unserer Kartei befand sich tatsächlich ein Typ, dem der Mittelfinger der rechten Hand fehlt, und ich freue mich schon, wenn er mir sein Alibi nennt. Ich denke, diesen tätlichen Angriff haben wir aufgeklärt, und Jenny kann auf Schmerzensgeld klagen.«

Dirk grinste. »Wie ich Jenny kenne, würde sie lieber dich verklagen, weil du sie aus dem Team geworfen hast.«

In diesem Moment ging die Tür auf, und Frau Krone kündigte eine Besucherin an. »Frau Thomas will euch noch mal sprechen«, sagte sie und machte der Besucherin Platz.

Doris Thomas sah müde aus. Dunkle Ringe unter den Augen und ein aufgequollenes Gesicht zeugten von einer miesen Nacht. Ohne viel Worte holte sie einen Umschlag aus der großen Tasche. »Die soll ich Ihnen von meinem Mann geben.« Sie legte den Umschlag so vorsichtig auf den Tisch, als könnte darin eine Bombe hochgehen.

Schmitt griff danach und holte ein paar Fotos aus dem braunen Umschlag. Wortlos reichte er sie an Dirk weiter. Darauf zu sehen war eine weibliche Person, mal auf einer mobilen Strickleiter oben an einem Baum, mal griff sie in einen Brutkasten, und mal sah man sie, wie sie einen Käfig mit einem Jungvogel transportierte. Die Aufnahmen waren nicht besonders gut, wahrscheinlich von einer Wildkamera aufgenommen. Aber auf zwei Fotos blickte Birte Schmor unwissend frontal in die Kamera.

»Reicht das als Beweis, um sie anzuklagen?«, fragte Ella, die natürlich auch auf die Fotos blickte.

»Das reicht zumindest mal für eine Vernehmung, in der wir der Dame so weit einheizen, dass sie gestehen wird. Viel mehr interessiert mich allerdings, was Georg mit den Fotos getan hat.«

Doris Thomas, die noch immer im Raum stand, fasste ihre Tasche fester und sagte: »Ich habe keine Ahnung, und ich möchte es auch nicht wissen. Ich hoffe, dass Georgs Bereitschaft in allem zu einer milden Haftstrafe führt.« Mit einer Hand hielt sie ihren Mantel zusammen, die andere umklammerte die große Handtasche. »Verstehen Sie mich nicht falsch, aber einen solchen Liebesbeweis, Judith nach all den Jahren zu rächen, so etwas hätte ich auch gerne mal von meinem Mann erfahren.« Sie drehte sich um und ging.

»Puh«, meinte Dirk und neckte Ella. »Ich hoffe, du erwartest nie, dass ich für dich morden muss. Ich dachte, das Zeitalter hätten wir hinter uns gebracht.« Ella zog ihn zärtlich am Ohr und meinte ernst. »Ich glaube, sie bleibt dennoch bei ihm.«

Schmitt stand auf. »Das glaube ich auch. Georg wird Birte Schmor erpresst haben, um an Informationen über seinen Bruder zu kommen, sie war seine engste Vertraute, und ich zähme einen Bären, wenn sie nicht immer schon geahnt hat, dass Judiths Tod kein Unfall war. Hätte sie uns das früher erzählt und wäre Claudia Vogel so mutig gewesen, uns bezüglich ihres frühen Mordverdachts, was den Haushaltsunfall angeht, einzuweihen, dann hätten wir Georg schon viel früher im Fokus gehabt. Ich habe es die ganze Zeit geahnt: Zu viele Falken und Frauen haben uns irritiert und den Blick auf die Fakten versperrt.

PERLHUHN-RAGOUT MIT ORANGEN
Das berühmte Rezept aus dem Hotel

Zutaten:

1 Perlhuhn, ca. 1,5 kg
1 Orange
250 ml Geflügelfond
250 ml Weißwein, trocken
20 Oliven, schwarz, entsteint
2 EL Olivenöl
1 Zwiebel
1 Möhre
Salz und Pfeffer

Zubereitung:

Geflügel, Möhre und Zwiebel fein würfeln.

In einem Schmortopf das Perlhuhn in Olivenöl anbraten, dann die Gemüsewürfel zugeben und ebenfalls anbraten. Wein zugießen und fast vollständig einkochen lassen. Geflügelfond dazugießen, leicht pfeffern und salzen und das Perlhuhn im geschlossenen Topf bei mäßiger Hitze etwa eine Stunde schmoren – das Fleisch ist gar, wenn man die Keule ansticht und nur noch klare Flüssigkeit austritt.

Währenddessen die Oliven vierteln, einen Teil davon anschließend hacken und beiseitestellen. Die Hälfte der Orange spiralförmig abschälen, dabei nur den dunklen Teil der Haut ablösen. In kochendem Wasser fünf Minuten blanchieren, abschrecken und beiseitestellen.

Die Orangen auspressen und den Saft zur Sauce gießen. Die Sauce um die Hälfte einkochen lassen. Durch ein Sieb gießen und feine Orangenschalenstreifen unterrühren. Mit Pfeffer und Salz kräftig abschmecken.

Das Perlhuhn häuten, das Fleisch in kleine Stücke teilen. Zusammen mit den Olivenvierteln in die Sauce geben und wieder erhitzen. Die Orangenspirale in Öl kurz anbraten und mit den gehackten Oliven auf das fertige Ragout geben.

DANKSAGUNG

Ein Buch hat immer auch seine Helfer im Hintergrund, und daher möchte ich mich herzlich bedanken.

Beim KBV für die professionelle Begleitung und Umsetzung meines Buchprojektes. Auch dieses Cover ist wieder ein Eyecatcher!

Bei Volker Neumann für das Lektorat, das den Text immer noch mal ein Stück besser macht.

Bei dem Falkner D. Walter, der mir spannende Geschichten zu seinen Greifvögeln erzählt hat und auch viel Wissenswertes über das Verhalten und die Unterschiede der einzelnen Vögel.

Bei meinen kritischen Erstlesern, meinem Mann Michael, der mir nichts durchgehen lässt, egal wie geschickt ich mich rausrede, und bei meiner Freundin Anja, die sich tapfer auf jeden großen und kleinen Schreibfehler stürzt.

Dank auch an Elli Keltenblytz (Künstlername), die mich mit ihren tollen Fotos über Greifvögel immer weiter inspiriert hat.